中雨作品

葬密者

本土首部绝密档案类悬疑小说　《薛定谔之猫》兄弟篇
特殊部门幸存者二十年离奇工作经历

第一部 临界

上海社会科学院出版社
Shanghai Academy of Social Sciences Press

目 录

第一章　深山尸臭

　　我的故事开始在1959年，之后的半个世纪里，我一直为"葬密者"——这个外界并不知晓的机构工作。因为部门的特殊性，我与我的战友们经历了很多旁人完全不敢想象的奇异事件，也接触了许多在那个特殊年代有着自己独特故事的不同人群。到现在须发皆白了，我没有亲人，没有朋友，独自生活在一间专门为我们这种在秘密机构工作过的老人而设立的疗养院里。我身边曾经有过的战友：沈头、铁柱、疯子……以及我深爱过的女人，现在都已经离世了。当年那懵懂的少年，也满脸黑斑，必须依靠机械才能行动了。

　　我老了！

　　所幸，时代也变了，不再是我们那个社会能见度低的年代。于是，我决定用我手中的笔墨，书写我这半生的传奇。

　　如果，你相信我的故事。

　　那么，故事背后那一群曾经生龙活虎的人们，我希望你能客观地看待他们，不要去刻意地给他们贴上各种各样的标签，我不希望我的战友们成为后人议论的话题。美国影片里的超级英雄只是生活在大屏幕上，真正的英雄，是平凡的，也无法完美。

　　又或者，你无法相信我写下的这一切。那么，就当一个老人杜撰的故事看看吧！

　　谨以此书，献给工作在秘密战线的那一群人。世界有没有因为我们的付出而改变，我不知道；但是我们自己，我们这些当事人，却因为这一切……

　　故事要从我们发现那一具爬满蛆虫的敌特尸体说起……

　　那是 1959 年初，当时我才二十一岁，嘴上没几根毛，却被单位定为右倾分子，送到了易阳镇外的大通湖农场学习劳动。当时被一起送过来的还有一千多人，都是省内各个单位里思想上犯了小毛病的。所以，每个人私底下都认为：身边的其他人全部都是美帝与苏修、或者蒋介石派来破坏新中国的坏分子与特务，就自己是冤的，农场领导总会看到这一点，然后放自己回原单位，继续为新中国服务。

　　那年初秋吧！我与农场里另外三位同志被农场领导古场长安排了一个看似奇怪，甚至有点荒谬的任务——去农场外的汇龙山掏鸟蛋，从根源上捣毁四害之一——麻雀。

　　和我一起被派出农场的，还有以前省公安厅的大刘，大刘打老蒋时候就是做侦察的，喝酒喝多了说错话被送过来改造思想的；前任北县副县长老孙，男女问题；易阳镇邮局保卫科伍大个，识字不多读报纸读错字；以及出黑板报抄错语录的前紫江机械厂宣传干事——我——王解放。

　　当天下午，农场的黄干事亲自开了台烂吉普车把我们拉到易阳镇外！我们回头看了看远处的汇龙山，然后在一个荒废的土地庙安顿了下来。哥几个捡了点柴，也都没考虑带的那小半包口粮吃完了以后怎么过，胡天胡地地煮了一锅黏黏的粥美美地喝了，最后围着火，计划明天开始的掏鸟蛋计划。大刘把我分到了他一组，让老孙和伍大个一组，明天早起上汇龙山开始行动。

　　我听着他这安排心里偷偷笑，要知道大刘也不是个会过日子的，我跟在他屁股后面走，他身上还有大半包烟，我可以多抽上几根。当然，大刘这安排也是有私心，因为咱都不喜欢和老孙混到一起，老孙总在他那曾经的副县长架子上下不来，喜欢摆谱装首长耍官腔。再者，他是因为生活作风问题下来的，私底下都骂他老流氓。而伍大个神经比较粗大，让他和老孙一组还是合适，反正老孙说个啥，伍大个就呵呵一笑，不跟他搭腔。

第二天一大早我们就出发了。也没整啥早饭，反正山上枝叶茂盛，逮着什么都能啃几口。我们在山脚下分开，各自背着麻袋往山上走。大刘叮嘱了一下掏下的鸟蛋都要小心点，别给弄破糟蹋了！

我跟在大刘屁股后面上了山，初秋的山上有着一丝丝凉风，吹在脸上特别舒服。一天很快就过去了，我们也掏下几窝鸟蛋，肚子里装满了一些乱七八糟的野果子。到天慢慢黑下来，大刘和我一合计，两人扭头往山下走。

当时天上已经繁星密布。大刘却很兴奋，说这自由的感觉真好啊，以前打老蒋时，经常要半夜急行军，摸黑反而走得快些。他一边这么说，一边加紧了步子。我在他身后小跑着才追得上。

很快，我们四个人栖身的那个土地庙便出现在我们眼前。远远地就看到有火光，自然是老孙和伍大个先我们一步回来了。大刘鼻子抽动了几下，嘀咕道："我咋闻到了鸡蛋粥的味道？"

我也笑了，寻思着老孙和伍大个一定是拿着掏回的鸟蛋在煮粥，肚子也咕咕地叫了起来，加快了步子。

我们咧着嘴走进土地庙，首先看到的却是老孙一张煞白的脸。他背靠着墙壁，双眼无神地傻坐在那，手里叼着一个烟屁股，那叼烟的手，抖得特别厉害，好像是将死之人的回光返照一般。

大刘连忙大跨步走了上前，冲着老孙问道："孙哥，你这咋了？"

老孙嘴唇抖了几下，没有吱声，指着坐在火堆前的伍大个，示意我们有啥问他。我们才正眼去看正架着锅折腾的伍大个，伍大个也皱着眉，用根大木棍在锅里搅着。见我们看他，他扭过头来，表情很严肃："大刘啊！我和老孙今天可能遇到了敌特！"

"敌特？"大刘紧张起来："赶紧说说，怎么一回事！"

伍大个瞟了一眼老孙，然后说起了他们下午在山上的发现……

伍大个和老孙没有走出太远，就在半山开始找鸟窝。开始也都顺风顺水，老孙说自己不会爬树，可老家伙眼尖，老远就能瞅见茂密的树叶中的鸟窝。伍大个就负责动手，爬上爬下，两人也算合作得愉快，很快就捣毁了四五个鸟窝，其中有三个鸟窝里都有鸟蛋。老孙把每个蛋都拿到手里煞有其事地看来看去，伍大个便笑了，说："就几个鸟蛋，你看那么仔细干吗？难不成还能看出一朵花来？"

老孙摇摇头，说："我只是看看咱掏的有多少是麻雀蛋，别整来整去麻雀没给咱捣毁几窝，弄下啥乌鸦蛋来忌讳。"

两人走走停停的，很快也到了下午，老孙提议今天早点回去，明天继续。伍大个也点头，两人深一脚浅一脚地往山下走了。快走到山脚位置，一阵凉风从两人侧面吹了过来。伍大个鼻子抽了几下："嘿！老孙，你有没有闻到什么怪味？"

老孙长吸一口气："好像是有哦！好臭啊！"

伍大个转过身，朝着臭味飘过来的方向快步跑了过去，老孙在后面背着麻袋边追边笑着说道："你激动啥呢？弄不好是哪个不要脸的在前头拉屎呢？"

两人一前一后向那片林子里钻了进去。伍大个以前在邮局保卫科，公安局有大案子时候他经常被抽调过去帮着搞过刑侦。现在这气味他之所以觉得熟悉，就是因为他感觉有点像腐尸发出的恶臭。当然，这老林子里前不着村后不着店的，他也只能说是怀疑罢了。

越往前面走，那臭味就越重，到最后都必须捂着鼻子才能呼吸。可是两人转了一圈，这气味的来源却始终没找到。老孙腿脚没有伍大个利落，他一屁股坐到了地上，张嘴喊道："行了行了！找不到什么就拉倒吧！免得找到啥脏东西还犯恶心。"

第二章　蛆虫活尸

伍大个也停了下来，但头还是四处乱转，希望发现点什么。老孙用身上的衣服捂着口鼻，自顾自地喘着。冷不丁的，头顶感觉有什么东西落下来，开始老孙也没在意，以为是鸟粪落叶啥的。可紧接着头顶滴答滴答又掉了些东西下来。

老孙没抬头，伸手在头上拍了拍，嘴里嘀咕道："啥玩意啊！"

头上的东西被甩到了地上，伍大个那一会正皱着眉头四处看，也很无意地瞟了一眼被老孙从头上甩到地上的玩意。他的眼神往那块地上一扫，便直接定住了。

老孙见伍大个脸色一下变了，心里也发毛了，说："咋了？啥玩意？"说完也往地上瞟去，那不看还不打紧，看了后老孙一下从地上蹦了起来，手指着地上枯草上蠕动的玩意结结巴巴地说："这……这也太恶心了吧！"

只见地上被老孙从头上拍下来的东西，居然是几条肥肥的蛆虫，蛆虫旁若无人地蠕动着，那情景别提有多恶心了。

两人连忙抬头往老孙头顶望去，看到的一幕就更加毛骨悚然了。只见在老孙刚才坐的位置的头顶，一个巨大的斗篷一样的玩意挂在树枝上，斗篷下面连着几根绳子，而绳子的尾端上，居然挂着一个有手有脚的人。

当时天也微微有点暗了，那人的脸自然是看不清楚，但是那身体阴森森地悬在半空，还不时被风吹得晃来晃去，感觉特吓人。老孙连滚带爬地跑到伍大个身后猫着，结结巴巴地说道："这……这……这活人还是死人啊？"

伍大个死死地盯着头顶的人影，也愣住了。半晌，伍大个低声说道："应该是死的，这么久都没动弹。"

老孙站在伍大个背后探出头来，声音还是有点颤："可……可我怎么觉得他的手脚在那微微抖着啊？"

伍大个也顾不得恶臭了，咬了咬牙，往前走去，然后站到那身体的下方，认真地观察起来。老孙还是站在原地，不敢上前。

伍大个自个看了一会儿后，便冲着老孙挥手，说："咱赶紧回去等大刘吧！你瞅瞅这尸体穿着的还挺像军装，大刘是个老侦察兵，带他过来看看再说吧。"

老孙自然是点头，巴不得马上离开这是非之地。两人记下了位置，然后慌慌张张地下了山。

听伍大个说这些的工夫，我和大刘已经一人喝完了一碗稀粥，正伸长着舌头舔碗。说到那蛆虫掉落的时候，我肚子里一股酸水往上一涌，我咬咬牙硬生生给吞了下去，害怕浪费，怕吐出来的还有刚喝下去的稀稀的粥。

大刘自始至终没有插话，皱着眉头死死地盯着伍大个。到伍大个说完后，老孙才插话进来："大个说那是死人，可我老孙也是老革命，虽然没像你们似的参加过打仗，但死人我是见过的，我当时真的看见那具尸体在抖动，大个眼神不好，我可是看得真真切切的。"

大刘回头看了老孙一眼，然后又扭头冲着伍大个问道："你确定那是具死尸吗？"

伍大个点点头，然后又想起了什么似的，大脑袋又晃了晃："天太黑，看不仔细。再说都长满蛆了，会是活人吗？你什么时候见过活人身上长着蛆的。"

"可老孙咋就咬定那死尸会发抖呢？"说这话时，大刘掏出了他那扁扁的烟盒，一人扔了一支给我们，然后把烟盒捏成一团，扔进了火堆。

老孙点上烟，深深地吸了一口，脸色也好看了一点："大刘，老哥哥我承认当时吓懵了，可老哥哥再害怕，也不会瞎说啊！我是真看见那家伙在抖。"

伍大个接话道："那尸体悬得很高，林子挺密的，咱当时也都紧张，没看个仔细。所以咱四个人明早一起过去，看个究竟吧！"

大刘却"忽"的一下站了起来，大手一挥："等啥明早？我们现在就过去瞅瞅。"

老孙的头摇得跟个拨浪鼓似的："不去不去！那鬼地方打死我都不过去了！老子就只剩下这么一二十年阳寿，可不敢去那鬼地方了。"说完老孙扭头过来看我，因为他知道大刘是急性子，说要干啥就干啥，火急火燎的。伍大个又是个没心肺的，自然会跟着大刘上山。所以老孙扭头来看我，指望我会和他一起选择留下来。

我没有搭理他，径直站了起来，说："大刘哥，也算上我呗！"要知道那时候我还年轻，在农场里听大刘他们吹嘘以前在战场上惊心动魄的故事就心生向往，到现在有机会轰轰烈烈一场，对手还很有可能是潜伏在我们身边的敌特，自然是激动不已了。

大刘赞许地看了我一眼，反而是伍大个蹲在地上没有动弹，自顾自拨弄着那堆火，低声说道："我们几个没刀没枪的，这样直接上山恐怕不妥吧？我觉得咱还是先回农场汇报一下情况，让农场多派点人再一起过去。"

大刘朝着地上的他踹了一脚："等毛啊！多等一晚弄不好敌特早已经把那人给转移了！别废话了！咱今晚直接把你说的那尸体拖回农场，也算记个大功，弄不好还直接释放咱回原单位呢！"说到这，大刘瞟了一眼窝在角落的老孙，故意说道："某些人不愿意把握这为国家安全作贡献的机会，就随他去吧！反正也一把年纪了，在哪里养老都无所谓。"

大刘这话让老孙脸色立马变了，老孙连忙从地上爬起来，结结巴巴地说道："我……我也不是说不去，只是觉得……对了！只是觉得伍大个说得有理，如果真是敌特，咱四个人手无寸铁地上去，人家一枪一个，咱总不能死得那么不明不白吧？"

伍大个慢慢悠悠地站了起来:"行了行了!大刘你说咋样就咋样吧!我跟着你走就是。"

四个人意见基本上统一了下来。我们每人背了几根捡回来的粗一点的木棍,手里一人举上一根火把,出了山神庙,浩浩荡荡地往山上走去。

伍大个和老孙在前面带路,我挺小心眼的,故意走在他俩身后,留下大刘在最后。虽然我牛吹得嘣嘣响,可总还只是个二十出头的毛头小子,心里除了激动以外,也还是害怕。不过队伍里有大刘和伍大个,两个人都像天神般一前一后蠹着,一切似乎也没有那么可怕了。

很快,我们就上了山,也没走出多远吧,伍大个就低声说道:"就在前面了!"然后伍大个扭头冲大刘说道:"要不要把火把熄了,咱偷偷绕过去?"

还没等到大刘回答,老孙就插话了:"你脑子不好使吧?熄灭了火把等会咱怎么观察那敌特啊?"

大刘却摇头道:"弄灭吧!谁都不知道那边现在到底是什么情况,反正带了火柴,等会再点着就是。"

老孙还要反驳,可一看我和伍大个已经把手里的火把往地上踩了,便硬生生地把要说的话吞了下去,弯下腰,把手里的火给踩灭了。

四周一下黑了,我倒抽了一口冷气,心里也还是发毛。一抬头看见大刘已经弓着背,朝着伍大个指着的方向蹑手蹑脚地猫了过去。我不知道从哪里冒出一股豪情,没想那么多了,学着他的姿势,好像自己也是个训练有素的军人一般,追了上去。

老孙自然落在最后,紧紧地挨着我,鼻孔里不时长吁一口气,整得好像是要上刑场一般。就这样又前进了十几米,一股恶臭便飘了过来。

我寻思着他们说的那个敌特应该就在前方不远处了,脚步放得更轻了。大刘在地上捡起一块树叶,捂住了嘴鼻,我们也学着他的照做了。又走了几步,大刘闪到一棵树后面,举起一只手示意我们都停下。然后他慢慢地往地上趴去,最后匍匐着前进了。

我们自然是效仿,跟在他身后,缓缓地爬动着。

伍大个当时就趴在大刘身边，我瞅见他探头对着大刘低声说了句什么，大刘便停了下来，然后抬起头往头顶望去。

果然，距离我们七八米的上方，一个黑乎乎的人影模样的玩意，就悬在那半空中。大刘和伍大个，老孙三个都死死盯着那团黑影。可我那一会儿却很是警惕地把目光从那团黑影处移了下来，往我们身边的林子四周望去。虽然我是出生在旧社会，可打懂事起就一直在新中国长大的，所以我坚信着敌特并不会那么招摇地在我们看得见的地方摆着，应该是躲藏在我们身边的某处潜伏着。

可这左右的观察，我却一点情况都没发现，林子死一般的寂静。

第三章　奇怪的黑影

我前面的大刘似乎也发现了这一点，他在地上捡起个小石头，然后一扬手，朝着那团黑影的正下方扔了过去。石子稳稳地落地，四周依然没有任何动静。

大刘又往前爬了几下，动作还是小心翼翼，一只手伸进了裤兜，不知道在摸些什么。我们以为他还要试探什么，谁知道他掏出半截香烟，趴在地上用火柴点着，然后那火星一闪，映着他扭过来的大脸，居然是在咧嘴冲我们笑："没啥情况！都起来吧！"

大刘这一系列动作让我们都忍不住笑了，紧绷着的神经放松了不少，都爬了起来。大刘把那烟屁股狠狠地吸了一口，然后急促地咳了起来，骂道："丫的，这里还真的是奇臭无比啊！"说完把那没抽完的烟屁股往地上一扔。

老孙连忙扑了上去，把那烟屁股捡了起来，舔着脸笑道："你不要那么大口吸就是了！"

我们再次把火把点着，我一手捂着鼻子，一手举着火把，第一次认真地看头顶那团黑影。确实是一个有手有脚的人，不过老孙所说的手脚在抖倒是没有。蚊蝇围绕着他来回飞舞着，不时有几个小黑点往下掉，应该就是之前掉落到老孙头上的蛆虫吧。

大刘也死死盯着那尸体，咬牙切齿地说道："好家伙，咱这发现的还真是敌特啊！而且是伞兵哦！"

我忙问道："你的意思是，他上面那挂着的斗篷就是降落伞？"

大刘肯定地点点头，然后把手里的火把递给我，扭头冲伍大个招手道："来，大个！咱上树把降落伞上的绳子扯断，先把这尸体弄下来再说。现在看起来咱这个功是立定了，绝对是美式装备，不是蒋光头的人就是美特，肯定的。"

我也激动起来，追在他和伍大个后面高高举着火把，害怕他们上树后看不清。

冷不丁的，身后的老孙又吱声了："动了！动了！快看，动了！"

我后背一麻，连忙抬起头来，往老孙指着的那团黑影望去。黑影还是纹丝不动，并没有出现老孙所说的"动了"的情况。我便骂道："哪里动了？老孙你年纪大了，老花了吧？"

我头顶已经上树的大刘却打断了我的话："是动了！老孙没有瞎说，不过……"他说完这话打住了，大手攀着树枝，往那具死尸又靠近了不少，然后才说道："不过不是这尸体动，是上面的蛆虫在蠕动，在下面没看仔细，还真容易产生是这尸体在抖动的错觉。"

老孙没有反驳，往我身边靠了过来，也举起火把，给树上的大刘还有伍大个照着亮。

大伙都没有再说话了，大刘和伍大个来回上树下树折腾了好几趟，把那尸体上的绳子弄断。到最后，他们一人扯一根绳子，慢慢地把那尸体放了下来。

臭味更加浓烈了，熏得人眼睛都有点睁不开。我和老孙没有敢走上前，等着伍大个和大刘都下了树后，才一起往这尸体走去。大刘从我手里接过一根火把，来回挥舞着，驱赶围绕着腐尸的飞虫。到这一会我们才算第一次认认真真地看清楚这腐尸的全貌，这一看不要紧，一看吓得我和老孙全身汗毛倒竖！这是一具已经高度腐烂的尸体，头和四肢裸露在外，密密麻麻地爬满了蛆虫。大概是感觉到我们走近的缘故，原本挤挤挨挨的蛆虫迅速向四周爬去，钻入已经烂成黑洞的眼睛、口鼻和耳朵眼中。尸体脸上已经没有皮肤，惨白色的头骨清晰可见，仅有的几处烂肉呈现出一种类似枯叶般的深棕色。

腐尸身上穿着草绿色制服，看样子像是军装，除此之外，尸体身上没有其他东西，连皮带和脚上穿的鞋也不见了，想必是被人给拿走了。我和老孙再也控制不住了，往旁边快步走了几步，接着弯下腰来哇哇地吐了一地。大刘和伍大个一手举着火把，另一只手捂着鼻子，皱着眉头还是死死地盯着腐尸。半晌，大刘对着伍大个沉声说道："大个，这军装你看见过没？"

伍大个摇摇头："你都没见过的，我怎么可能认识啊？反正这绝对不是我们解放军的军装？"

老孙一手扶着旁边一棵大树，扬起脸来，脸色白得吓人："会不会是什么秘密部门的制服？"

大刘没有回答他，往前跨了一步，蹲了下去，然后居然伸出手，去拨弄起那个腐尸身上的衣服。我和老孙扭过脸，压根都不敢望过去了。也就是我们扭过脸的瞬间，在我侧面大概十几米的位置，一个直立着的人影赫然出现在我眼前。我当时反应也算挺快的，毫不犹豫地把手里的火把对着那人影扔了出去，然后大吼道："什么人？"火把旋转着飞向那黑影——还真的是一个大活人，但那短短的瞬间我压根看不清楚他的容貌，只见他一扭头，头上长长的头发挥动了一下，紧接着就朝着前方狂奔了出去。

我的叫喊声刚落，身后一个高大的身影已朝着黑暗中的人影冲了出去。是大刘！紧跟着他的是伍大个，两个人都抽出了后背上的大木棍，另外一只手举着火把，迅速地冲着前面的黑影追了上去。

我和老孙比他们俩稍微慢了半拍，但也还是跟了上去。老孙在我后面，嘴里还好像给自己壮胆般冲着前方吼着："站住！站住！"

黑影自然不会因为老孙这好像被阉的公鸡嗓音停下步子，相反的，他的速度更快了。看那模样，他应该很熟悉这林子里的地形，非常敏捷地在树与树之间穿过，有棵歪脖子树拦在前面时，他也是很灵活的一猫腰，钻了过去，丝毫没有影响他逃跑的速度。

我们也没有示弱，都咬着牙，死死地跟在他后面。我当时心里异常激动，感觉自己是在投入一场憧憬很久的战役一般，不敢有一丝怠慢，使上了吃奶的劲，生怕掉队。

就这么追出了十几分钟吧，我身后老孙的脚步声明显地跟我们拉开了一定距离。跑在最前面的大刘突然吱声了，他大声地吼道："大个！快回去！小心敌人调虎离山！"

伍大个猛地停住，然后不假思索地转过了身子，朝着我们来的方向，也就是那具腐尸的方向跑了回去。我迟疑了一下自己要不要跟着他跑回去，也好有个照应。可一转念前面这黑影是活生生的，身后还可能出现更坏的状况。再说老孙还在后面，他应该会跟上伍大个的。

想到这，我加紧了脚步，朝着前面继续奔跑。

不得不承认，黑影的速度比我们都要快上很多。再者，我与大刘在大通湖农场这么久，每天吃的都是些什么东西啊！体格自然不能和以前相提并论了。我们与前方那黑影的距离越来越大，到最后，我们只能依赖着前方树林发出的声响来判断黑影逃跑的方向，已经完全看不见他的人影了。

这样又继续了十分钟吧，我勉强跟上了大刘的步子，但两人喘气的声音一个比一个急促。身后老孙的脚步声早就听不见了，他应该是跟着伍大个回头去了。

大刘也是一根筋的人，就算这追敌特的结果，基本上已经可以确定为无功而返了，但他还是黑着脸，朝前继续跑着。就在这一个节骨眼上，从我们身后，也就是我们发现腐尸的那个方向，一声惨叫声传了过来，听声音应该是老孙。

"坏了，出事了！"大刘扭过头来骂道。然后他转过身子，朝着惨叫声发出的方向跑了回去。我又看了一眼前面的树林，那黑影早就消失在茂密的树林间了。我犹豫了一下，最后也转过身，跟着大刘往我们来的方向冲去。

这次没有跑出多远，就看到了在一棵大树下，老孙背靠着树坐着，手里的火把都快要熄灭了。见我们过来，老孙仰起脸来，脸上眼睛鼻子因为疼痛都挤到了一块。

"怎么了？叫得跟死了亲妈似的。"大刘冲着老孙恶狠狠地骂道。

大刘这话让老孙有点冒火："刘同志，你这话怎么说的？再怎么说我以前也是一县之长，你个公安厅的小刑警，怎么能这样对我说话？"

大刘哼了一声，我连忙站到了两人中间，对着老孙说道："大刘不是怕你出事吗？敌特都不追了，赶回来看你了。"

老孙也没有发火了，一只手抓着脚踝处，小声地嘀咕道："我也没啥事，就是追敌特心急，一不小心把脚给扭了。"

大刘又哼了一声，也不正眼看老孙，径直对我说道："小王，你扶上孙县长，我们回敌特尸体那边去，和伍大个会合再说。"

我应了一声，把手里的火把递给了老孙，然后把这老家伙一只大手搭到了我肩膀上，跟在大刘身后往腐尸方向走去。老孙理亏，所以就算刚才大刘阴阳怪气地说出"孙县长"三个字，他也没敢发火。

我们回去的路走得比较久，因为扶着老孙，再加上在前面带路的大刘对这林子也不是太熟，一路上也磨蹭了不少时间。到最后，那股臭味越来越重，我们才确定没有走错方向。大刘便扯着嗓子开始喊："大个！大个！人呢？"可叫了很久，还是没有人回答。我们三个心里都有点发毛了，按理说，臭味这么重了，腐尸应该就在附近啊，那么伍大个应该也在这附近啊？可是，咱在这鸦雀无声的林子里，如此大声地叫他，他不可能听不到啊？一种不祥的预感在我心里浮上，难道……难道伍大个遇到了什么突发情况？

大刘不时抬起头，往头顶望去，他是在找那个挂在树上的斗篷，斗篷不小，黑糊糊的一大片，隔很远都能看到。可是我们绕了几个圈，啥都没有找到。

一直没吱声的老孙说话了："大刘，刚才我们站的位置就是在这里了。"说话间，他抬起手，朝着他前方一棵大树下指去。大刘还是板着脸，但还是朝着老孙指的方向望了过去。地上两摊湿漉漉的东西，正是之前我和老孙呕吐的污物。

大刘举着火把快步走了过去，把火把来回挥舞着："那尸体呢？"说完又抬起头，往头顶去看，嘴里继续嘀咕道："那斗篷呢？怎么全部不见了？"

我把老孙放到一棵大树边，让他自己靠住，然后走到应该是之前摆放那尸体的位置，地上果然还有很多蛆虫在那没有目的地蠕动。我火把的光扫过，蛆虫惊慌失措地往地上的枯叶里钻。

腐尸消失了！头顶的斗篷消失了！连伍大个都消失了！

我倒吸了一口冷气，抬头朝大刘望了过去。大刘眉头皱得紧紧的，举着火把在地上四处看着。老孙在我们身后小声地说道："不会是……不会是诈尸吧？"

大刘没好气地说道："诈个屁啊！你以前不知道怎么还当了国家干部的，关键时刻全部是封建迷信那一套。"

老孙被抢白得脸上青一块白一块，可嘴上还是没示弱："不是诈尸那尸体怎么不见了？总不是伍大个扛着跑了？"说到这，老孙突然猛地一拍大腿："对啊！十有八九是伍大个给扛着跑回农场去邀功了，这么重大的发现，这小子就给自己记个头功，弄不好还可以直接回他邮局上班呢？"

老孙的话让我们都一下惊醒，要知道在那年代，人与人之间始终都是怀着一种警惕与互相的质疑，尤其是在农场里，都指望着某个重大发现立功回家，老孙这猜测还真的不无道理。

我也不由小声地说道："真有这个可能。"

"可能个屁！"大刘打断了我的话："伍大个不是这号人，你们两个做出这种事我还信，伍大个那没心没肺的家伙，怎么样都不会干出这么没屁眼的勾当。"

说完这话，大刘用火把指到他脚边，大声说道："你们两个走近来看看这是啥？"

我和一瘸一拐的老孙忙走过去一看，只见地上湿漉漉的一大片，老孙上前蹲了下去，用手指蘸了点放嘴里含住，继而吐到了地上："人血啊！还是热的。"

难道伍大个在这遇到了埋伏？出人命了？我心跳更加急促起来："大刘哥！伍大个出事了？"

　　大刘重重地点头，说："十有八九！"说完大刘抓起老孙的手，往肩上一搭："我们赶紧回农场汇报情况，要农场派人过来调查？"

　　"那伍大个呢？"我焦急地问道。

　　老孙抢在大刘开口前回答道："就算伍大个现在没死，凭我们三个怎么找啊？那腐尸穿的可是军装，敌人手里肯定有武器的。大刘的安排是对的，赶紧多叫点人过来，带着枪来再说。"

　　我也不好反驳了。我们三个人连夜下山，往大通湖农场赶去。

第四章　禁闭室看守老胡

　　我们一路上都没怎么交谈，我和大刘换了几次手搀扶老孙。一直到第二天中午时候，才回到农场。我们在农场门口给一个看守的干部简单汇报了一下情况，让他们去通知古场长他们。接着我和大刘把老孙搀去了医务室。医生随便看了看，拿了瓶油给老孙擦了擦，说："没事！休息一晚就好了。"

　　老孙刚把鞋穿好，医务室外急促的脚步声便传了过来。一扭头，只见古场长一张脸铁青，带头走了进来，他身后居然是几个挎着枪凶神恶煞的年轻同志。古场长还没等到我们开口，大手便是一挥，说："全部给我捆起来再说。"

　　那几个年轻同志立马扑了上来，三下两下把我们捆得跟个粽子似的。我和老孙都没敢出声，因为之前在单位被定为右派时，我们就是因为嘴巴硬，自我检讨不够所以才送到的这里。大刘却不甘示弱，努力抬起脖子，冲着古场长吼道："姓古的你疯了，敌特都已经攻到我们身边了，伍同志十有八九已经牺牲了，你还在这捆我们，赶紧派人上山啊！"

　　古场长看样子火气不小，他嗓门本来就大，这一会他的怒吼声震得我们耳膜隆隆响："少在这给老子瞎编！不识抬举的家伙，伍大个叛逃了，你们想推卸责任编出个这样的故事，谁信你们啊？"

　　大刘还不肯罢休："我编了个啥？我们发现敌特的事，你也得给机会我们详细汇报啊！啥都不问就捆人，你这是军痞作风，典型的修正主义。"

　　古场长没有理睬他，冲着按住我们的那几个年轻同志一挥手："全部关禁闭室去！"说完他一转身，往外走去。

我们被连拉带扯地拖出了医务室，大刘还对着古场长的后背在叫嚣："姓古的，你这是公报私仇，老子就知道你小子没安啥好心！姓古的，你有种！"

公报私仇？大刘这话让我心里一惊，之前我知道他和古场长都是一个队伍里复原的，在省公安厅时候也做过同事，可他俩之间有过什么私仇倒一直没听说过。在农场里的时候，古场长好像对大刘也挺关照的，难道，在他们之间还有一些不为人知的隐情不成？

由不得我多想，押解我的那同志一个耳光就抽到了我脸上："快走！少磨蹭！"

很快，我们三个就被拖到了农场猪圈后面的那排小房子门前。以前也有其他学员被关进过这个禁闭室，出去后不知羞耻地说那是去疗养，说里面的条件比我们住的房间还要好！没有光线，方便睡觉。

那话自然是苦中作乐的调侃，禁闭怎么可能会蛮舒服呢？押解我们的同志在那排小房间门口掏出一串钥匙，麻利地打开了门。门推开的瞬间，里面忽然冒出一个光溜溜的脑袋，把我们几个吓了一跳。定眼一看，是一个穿着管教干部制服的秃头男人，身上脏兮兮的，一张老脸笑得跟看见亲人似的，眼睛朝着外面四处乱看，嘴里嘀咕道："又送人过来啊？这次又是关多少天啊？"

掏钥匙开门的那个平头同志没有好气地回答道："还不知道，古场长还没发话说关多久，你给好好看着就是了！"说完便把我们三个往里面推，禁闭室里确实没有一丝丝光，敞开的大门也正好是在背光的一面，让我们看不清里面的究竟。我们被推进了一个用粗木条做成的笼子，只有四五平方米大小，笼子的门被他们锁上。

冷不丁的，我瞅见那个秃头的看守，居然没有跟着我们进来，反而还是站在敞开的那扇大门门口，伸长着脖子往外东张西望着。他背微微弓着，双手在胸前来回地搓动着，好像外面的世界已经天翻地覆的变化，他一直没看到过似的。

大刘还是扯着嗓子在叫嚷："把老子关禁闭，也得把身上的绳子给解开吧？老子以前捆犯罪分子也没像你们这么霸道啊？"

那个平头同志扭过头来，咧开嘴笑道："不捆掉你这一身匪气怎么成。"说完他和另外三个同志便往门外走去。

奇怪的事情就出现了，只见这几个年轻同志走出门后，那个秃头男人却弯着腰往后退，完全没有要跟着他们出去的样子。接着，那扇门被关住了，并被从外面锁上，整个小房间里一下伸手不见五指了，可这穿着看守制服的秃头男人，也和我们一起被反锁在了这禁闭室里了。

大刘就乐了，冲着黑暗中那秃头男人站的位置喊道："这同志贵姓啊？"

黑暗中对方还很快回话了："姓胡，你叫我胡干事就是了！"

"哼！跟我们一样被关在这小黑屋里还胡干事？叫你一声老胡就很给你面子了！"老孙扭了扭身子，很费劲地从地上的稻草上挺了起来，靠着墙坐住了。

黑暗中那老胡"呵呵"地笑了几声："随便，叫老胡也行。这位老哥声音很熟啊！你以前是不是在县农机厂工作过啊？"

老孙没好气地回答道："我在农机厂做书记的时候，你小子嘴巴上还没长毛呢？"

"你是孙县长吧？"这姓胡的看守一下激动起来，紧接着黑暗中几点火星一闪，只见老胡举起了一根火柴，点上了他另外一只手里的蜡烛，朝着我们木笼子这边照过来，火光映着他那张圆圆的老脸，像个半明半暗的烧饼似的，特别滑稽。

听到有人对自己叫上了之前的官职，老孙也似乎又找回了一些尊严一般。他尽量地挺起胸膛，可两手还是被绑在身后，严重地影响了他想要刻意挽回的首长形象。老孙清了清嗓子："唉！那都是以前了！几十年的老革命，犯了点小错误，现在还不是得重新从基层做起？对了，老胡，你以前也是农机厂的吗？我怎么对你没啥印象？"

老胡把蜡烛插到了旁边一个小桌子上，拉了个椅子坐下，微微笑着回答道："您老是领导，怎么会记得我这种小人物呢？我们一起开过会，那时候我在镇宣传……"说到这，老胡似乎突然想到了些什么，硬生生地把后面的话吞了回去，那微笑也止住了，挥了挥手："嗨！过去的事，不提也罢！不提也罢！"

大刘见他们聊得好像挺欢，插嘴进来："胡同志，你看你和老孙以前都是老相识了，老孙现在落到这地步，你别的忙帮不上，给他把身上的绳子给解了呗！"

老胡又笑了："这倒不是啥问题，我姓胡的别的权力没有，给你们松绑倒没人说我的！"话音刚落，不知道他从哪里摸出一把剪刀来，走上前要我们三个都靠上去，他也懒得解那结，直接几剪刀下来，给我们三个松了绑。

我们甩了甩胳膊，一下子别提多舒坦了。我才定下心来，就着桌上蜡烛那一点点微弱的光，仔细地打量起这禁闭室来，这是一个七八十平方米的长条房间，和我们被关的笼子并排还摆着四五个类似的木笼子。房间没有窗户，甚至四面墙壁上一丝缝都没有，那扇门就是这空间与外界唯一的桥梁。老胡坐着的椅子后面靠墙摆着一张床，床头摆着几套衣服，看颜色应该也是农场给发的制服，床边上摆着一个水桶。

我便好奇了，冲老胡问道："胡同志，你难道就住在这禁闭室里？"

老胡神色黯淡下来，点了点头，说："我的职责是监管关到这里禁闭的学员，自然是住在这里了。"

大刘故意说道："那你和被关禁闭有啥区别？我们还只是关个十天半月就放出去了，你这模样可是长期守在这伸手不见五指的黑屋子里，比我们这些受处罚的可要惨多了。"

大刘的话应该是打中了老胡的痛处，老胡没有吭声了，在桌子上摸出一个小盒子打开，抓了几根烟丝，用一张纸卷好，就着蜡烛的火点上。老孙不知道是想讨好他骗口烟抽还是真心实意地觉得他可怜，这一会探头隔着木栏杆说道："唉！胡同志，看来你也是个苦命人，混的这差事太造孽了。"

我却突然意识到什么了一般，追问道："老胡，你不会是犯了什么错误被调到这禁闭室当看守的吧？"

老胡低着头吸他的烟，没有回答我的问话，岔开了话题："孙县长，你什么原因被弄到大通湖农场来学习的啊？"

老孙还是死死地盯着老胡手里的烟屁股，吞了一口口水："唉！还不是那点破事，再说来大通湖也只是学习，还没演变成敌我矛盾，学习好了保不成还能回去继续为祖国作贡献呢？"

这话说得答非所问，但老胡好像听明白了似的，点了点头，又问上了一句："那你来这里学习怎么又被关到禁闭室来了啊？"

这话问得不止老孙，包括我和大刘都一起激动起来。老孙便把我们之前这两天的经历给老胡说了个大概，我和大刘也都没好气地补充了几句。到说完整个经过，木笼子外的老胡脸色却变了，眉头皱得紧紧的，去卷烟丝的手，竟然也抖动起来。

我们都察觉出什么不对来，可谁都没开口问他怎么回事。老胡慢悠悠地卷好了一支烟，没叼上，接着又卷起了第二根，第三根。我们三个看着直咽唾沫，等到老胡把烟卷好，还真是给我们一人点上了一根，递给了我们。然后他自己又卷好一根，重新坐回到那个椅子上，嘴唇动了动，自顾自的不知道说了句什么。

大刘有烟在手，心情一下好了很多，他眯着眼吸着烟，对着老胡说道："胡同志，依你看这古场长是不是有病？我们有这么重大的情报回来汇报，他啥都不问清楚，就把我们给捆了，不是有病那是啥？"

老胡还是没有说话，依然在那一个人念念有词。我们便没有理他了，各自叼着烟，害怕飘走了一丝烟雾。冷不丁的，老孙好像自言自语地说上了一句："姓古的真不是个玩意，骗我去帮他做那见不得光的勾当，最后还把咱都给捆上了。"

老孙说这话时候自个没有觉得啥不对，可我和大刘却一下在他话里听出了什么来。我先探了头过去："我说孙哥，你不会是有啥事情瞒着我和大刘哥吧?"

老孙也反应过来,连忙摇手,说:"没啥没啥?我胡说着玩的。"

"没那么简单吧?古场长给我们布置掏鸟蛋的任务后,把你单独留下来还说了半小时,你们都合计了什么?老实说!"大刘的语气完全是用上了他在公安厅做刑侦时候那架势,眼睛瞪得大大的,阴着脸盯上了老孙。

老孙有点慌了,把屁股往后挪了挪:"嗨!两位小同志你看你们想得太远了吧!一点小事就弄得上纲上线,就只是古场长自己家的一点私事,让我帮忙留意罢了!也没啥惊天动地的秘密。"

大刘还是不依不饶:"老实点,赶紧说。"

老孙苦笑道:"古场长的母亲都八十了,最近得了个气喘的病,镇人民医院的刑院长也整不好。镇上的老中医介绍了一个据说以前给薛岳看过病的半仙过来,那半仙开出一个方子,说可以药到病除的。可古场长一看那方子,当场傻眼了,药引子居然是凤凰蛋。半仙也说了,这药引子找不到也无所谓,只是药效要大打折扣,只能达到四成效果。可古场长又是个大孝子,连忙问半仙哪里能找到凤凰蛋。半仙说汇龙山以前就有过凤凰,只是现在有没有倒不知道了,半仙还说了,凤凰蛋其实和麻雀蛋样子差不多,只是上面有着十字的花纹。所以啊,古场长便专门找着我们四个他比较放心的人,去寻访凤凰蛋啊!"

听完老孙的话,我和大刘愣是半天没出声。我最先打破沉默:"有这破事,古场长直接给我们几个说不就得了,要弄得这么神神秘秘干吗?"

老孙叹了口气:"唉!古场长也是老同志了,封建糟粕这一套,他一个干部能随便迷信的吗?还不都是为了尽点孝道。再说古场长也对我说了,不管能不能找回凤凰蛋,我们四个这趟上山,都算我们一个加分,也算对我们帮忙的回报。"

"不会这么简单吧?"大刘阴阳怪气地说道:"老孙,你还有什么事情瞒着我们吧?古场长难道就只是要你注意鸟蛋,没有其他话说给你听?"

老孙便有点急了:"大刘同志,你看看你今天这些话说的!我孙正红怎么说以前都是县委班子里下来的，没必要为一些这样的小事还在你们这些后辈面前说谎吧？"

一直坐在外面的老胡却开口了："古场长确实是有事瞒着你们，不过他应该连着老孙也一起瞒住了。"

老胡这话让我们都为之一惊，一起扭过头朝他望了过去。只见老胡从旁边的抽屉里摸出一支蜡烛，就着桌上要灭的那个火星点着，然后扭过头来，双眼里竟然不知道什么时候开始，滑下了两串眼泪来。我们三个关在笼子里的一下哭笑不得，我冲他嘀咕道："胡同志，咱这点阶级斗争里的破事，你也不用听得哭鼻子吧？"

老胡抬手抹了一把眼泪，摇了摇头："孙县长，你难道真不记得我了，我是以前宣传部的胡小品啊。"

"胡小品？就那个传播谣言的胡大嘴？"大刘反而先说话了。

我也愣了一下，觉得这名字好像听说过。老孙也直起身子来："是小品啊？你不是被判了八年吗？怎么现在在这大通湖农场当看守了？"

胡小品叹了口气："去年提前刑满释放，我以为就可以回家了。可来了个领导说，像我这情况回到社会上也已经是闲杂人等了，虽然知道我不会危害社会，总害怕造成一些不良影响。所以，调我来大通湖农场，刚开始我也以为是过来真当个啥干事，便点头了。谁知道过来后让我守这禁闭室。你们这些学员犯个错误，最多送进来关个十天半月，我倒好，天天给黑在这里面，比我以前在劳改时候还不如。"

我听了哭笑不得，嘴上还是安慰道："好说歹说也是农场的看守，也算为人民服务的一个岗位，总比我们这些人强吧，单位还是挂着，人却到了这里，以后怎么样还真不知道。"

老孙探手过来冲我挥了挥，示意我打住，他表情一下严肃起来，正色对着胡小品说道："小品同志，你刚才说古场长瞒着我们的事，不会是和你当年遇到的那破事有关系吧？你瞅瞅，我们昨天晚上遇到的可能也是敌特哦，和你当年那发现一样啊。"

胡小品连忙摇头："我当年是自己眼花，造成了不良后果，是我自己咎由自取。孙县长，你可别再提当年那事了。"

大刘也往前探了探："别岔开话题，你刚才说的古场长瞒着我们的事是怎么回事？"

胡小品答道："我也只是估计，瞎猜的，就随便说说，你们不要往心里去。我寻思着古场长在这儿也几年了，不可能对我当年那事不知情啊，要你们上汇龙山，难道他就没担心过你们遇到什么情况？"

大刘嗯了一声："你这么说我倒是明白了一点，难怪我们把昨天发现敌特腐尸的事给值班的同志一说，古场长就那么紧张，还直接把我们三个给关了禁闭。这老小子估计是害怕我们仨都像你一样传播这情况，又整出当年那档子事来。"

我和老孙都若有所思地点了点头，几年前汇龙山确实出过一个不小的事件，但是当时我还小，具体是怎么回事我也不知道，于是，我忍不住好奇，伸长脖子对着胡小品说道："胡哥，反正这会没有外人，你就把你当年遇到敌特的情形给我们说说呗！我们保证只当个故事听着，不会四处乱说的。"

胡小品脑袋摇得跟个拨浪鼓似的："说了那是我眼花，不能算数的，不提不提。"他嘴上这么嘀咕着，眼睛却盯着老孙，应该是忌惮老孙以前的职务，不敢在他这么个领导面前翻出当年的旧事。

老孙多机灵一个人啊，自然嗅出了胡小品心里想的啥。只见老孙往后挪了挪屁股，眼睛微微闭上，嘴里嘀咕道："嗨！我还什么领导啊，没变成阶级敌人也是万幸了，在这儿就是个普通学员。小品你不用害怕我批评你，说说呗！我当年也只是听说了大概而已，看我们昨天遇到的那怪事和你当年看到的，能整合出啥结论不？"

胡小品扭过头去，又卷起了烟卷。这次他又卷了四根，全部点上，递给了我们仨，自己也叼上了一根。这秃头也是好玩，叼上烟后居然一探头，把桌上那蜡烛给吹灭了，整个禁闭室里顿时伸手不见五指，好像他接下去说的事情完全不能见光一般。黑暗中，只听见他细细碎碎的说话声来……

那年我也才刚三十，在宣传部做个普通干事。那天是 1952 年 11 月 10 号，我记得特别清楚。前一天每个镇派了一个宣传干事去县里开会，开到第二天下午。我寻思着反正我们易阳镇也不远，就决定当天晚上赶回来。

谁知道才走出七八里地，天就阴了下来，下起了雨。我重新回去又要走一个多小时，便寻思着干脆赶段山路，翻过汇龙山得了。

那时候人也年轻，身体好，胆也大。打着那只手电便往汇龙山上爬，爬到半山腰，那场雨居然就停了。我便挺得意的，想着再坚持几个小时，就可以要我媳妇给我弄点热水烫烫脚，钻自家被窝里猫着了。

整个上山的过程都挺顺利的，到下山的山路了，那小凉风吹着，我步子也欢快起来。

可突然间，从我前方窸窸窣窣地传过来一些声响。我刚开始寻思着可能是黄鼠狼、兔子什么的，没怎么在意。可接着那声音越来越清晰，分明是有人在林子里走动的声音，而且还不止一个。要知道单单一个人在那林子里逛，还真弄不出那么大的动静。

我便警觉起来，当时也才刚解放不久，湘西那边国民党的余孽也都还在，听说也都是躲在山上。我心里就有点发毛了，想着不会让我给碰上了那些残余部队吧？

我忙把手电给关了，左右四处看，最后找了堆灌木丛钻了进去。我把身体蜷成一团，眼睛从草的缝隙处往外看，等待着那声音接近，看看到底是什么人大半夜跑这汇龙山里来转。

声音越来越近了，我也越发紧张起来。可那脚步声到了我附近后，居然停住了。我屏住呼吸，死死地盯着前方，等待着那脚步声再次响起。

那么耗着有二十来分钟吧？我等得没啥耐心了，以为是遇上了封建迷信里说的鬼赶脚，科学解释是叫幻听的那么回事，正要钻出去，继续赶路。可就在我要站起来的时候，我清楚地看到在我前方十几米的位置，地上的两堆草在那里慢慢地移动起来。

我吓得连忙往后缩，死死地盯着那两堆草。那些草动得也不慢，很快就靠近了。我终于看清楚，是两个穿着草绿色制服的人影趴在那地上在匍匐前进。我所看到的那草，不过是他们头上戴着的用草编成的伪装罢了。

我当时就断定——这是敌特，潜伏进我们中国大陆的台湾或者美帝的特务。可是我手无寸铁，怎么敢跳出来和他们搏斗呢？正想到这，地上那两个敌特突然举起手来，冲着身后挥了两下手。我的天啊！看来在他们身后还有大部队啊！

我全身冒出冷汗来。地上那两个人影也站了起来，手上还都提着枪。那枪只有一尺多长，以前咱还真没见过的家伙，肯定是敌特的先进武器。

紧接着，前方林子里那串脚步声又响了起来，陆陆续续地钻出了十几个人影来，个头都不小，身上穿着的是我没见过的军装，他们快速地集结到一起，张开嘴说上了话。

当时月亮也出来了，他们站的位置正好是一块空旷处，所以月光能够照到他们的脸上。我朝着他们脸上望去，想要看看这些敌特的模样，以后也好给组织上汇报。谁知道……唉！谁知道你们猜我看到的都是些啥？这十几个人竟然都是长毛子洋人，眼珠子深蓝深蓝的，跟鬼似的。

"不会是苏修派过来的特务吧？"我忍不住插话问道。

"少打岔了，那时候苏修还是我们新中国的好战友，还没有露出他们狰狞的本来面目，好着呢！"大刘瞪了我一眼，示意我闭嘴。

黑暗中的胡小品"嗯"了一声："当时我也是这么想的，以为是苏联老大哥派的小分队过来协助我们做什么秘密工作的，可是紧接着发生的事，却完全地打翻了我的推测……"

我还是猫在灌木丛里不敢吱声，要知道他们可是都带着家伙的，我冒冒失失地蹦出去，不知道会发生什么。只见这群毛子兵围成一个圈，说上了话。我尖着耳朵去听，想要听到他们说些啥？我可是懂一点俄语的，可是听了半天，压根啥都听不懂，苏修说的话尾音像咬个大萝卜似的，都是啥司机啊！鲁啊什么的，可这些毛子兵说话，却完全不是那么回事。

这些个毛子兵叽歪了一会，其中一个从后背一个包里掏出个小玩意，应该是指南针什么的，然后他们又东张西望起来。到最后，一个看上去是他们首长的黄毛指着我刚走过的山顶方向，大声地喊了一声："狗！"紧接着他们就都猫着腰，朝着那边急急忙忙地跑了。

我一头雾水，猫在灌木丛里寻思这一声"狗"到底是什么意思，之后回到镇里给领导汇报时，有个小干事说"狗"就是美帝说的"走"，那小干事还告诉我，美帝说"肉"的意思是"不"，听着把我给乐坏了。

不扯远了，这群毛子兵走了有大半个小时，我才爬了出来。那一会手脚都在抖，连滚带爬地往山下跑，好像背后那群毛子兵随时会追上来似的。回到易阳镇，我家都没回，直接往镇政府里跑了过去，连夜把这情况汇报给了镇上的领导们知道。

然后接着就是……嗨！后面的事你们应该都听说过啊？整出那么大阵势，结果还是虚惊一场。

胡小品的故事到此告一段落了，他再次把火柴划燃，点上了蜡烛。我按捺不住好奇，又追问了一句："后来的大阵势又是怎么一回事啊？"

胡小品没有吱声了，低下了头。老孙轻声说道："后来军区都派了人过来查，结果啥都没发现。最后把当时的易阳镇副镇长、镇党委副书记高松同志；原大通湖农场场长焦界光同志给揪了出来，定为承担事件的主要领导责任，撤除职务。而敌特发现者——原易阳镇宣传部干事胡小品同志，开除公职，移交公安机关依法处理。第二年，胡小品就以编造虚假恐怖信息罪，被判处劳动改造8年。这段处理结果，当时我在位置上还没下来，大会小会说了好多次，我记得特别清楚。"

老孙的话说完后，大伙都沉默下来。我听着心里觉得怪怪的，看这胡小品也不像个说瞎话的，那事的处理结果确实闹得挺严重的。

大刘眉头又皱上了，坐在我旁边不知道在想些什么。老孙叹了口气："小胡同志，你的经历是真是假，也不是我们可以判断的，既然组织上后来都有结论了，这事也确实不要再提了。"

我却留了个心眼下来，冲着胡小品张开了嘴正要说话，谁知道我旁边的大刘也同时说话了，我们问出的话竟然很巧合，都是问道："毛子兵穿的是什么颜色的制服？"

说完我和大刘一对眼，两个人都笑了。胡小品也笑了，然后回答道："是草绿色的，不过不是很鲜艳，有点发暗。"

大刘点点头，扭过头来问我："我们发现的那腐尸身上穿的也是草绿色哦，而且也有点发暗啊。"

我点点头，自顾自地思考起来。大刘却还在继续："我们看到的那腐尸是刚跳伞下来的，胡小品你看到的是在林子里跑的，不知道会不会是同一拨人。"

老孙冷笑道："刘公安你还真敢想啊？现在是 1959 年，那敌特现在跳伞下来，然后一路跑到了七年前被胡同志遇到，亏你还做刑侦的，这都被你分析出来了。"

大刘自己也笑了："那倒也是，或者是七年前他们潜入到汇龙山后撤退了，现在又重新过来也说不定。"

我没有理睬他们，对着胡小品继续问道："胡同志，那晚之后你说的大阵势，是不是出动了军队啊？我那时候还小，但是也听说过一点的。"

胡小品面带难色，再次望向老孙。老孙不耐烦地挥了挥手："有啥你说就是了，不用忌惮我了。"

胡小品讨好似地笑了笑，然后说道："确实是有，那搜捕行动还弄了一个月，汇龙山就那么大点地，被我们一百多人翻了个遍，啥都没找到。再说当时那次搜捕的主力也是军区派来的战士，我们这些各个机关单位的都只是协助而已，具体细节我也不知道。才搜了两天我就被公安厅的同志关了起来，能知道多少呢？"

"哦!"我点了点头,又朝着大刘望过去:"大刘哥,那次搜捕的事你知道多少?"

大刘晃脑袋:"那时候我刚从部队下来,到省公安厅上班,张罗着把媳妇调过来,谁关心这事啊?老孙可能知道得多一些。"

老孙也摇头:"我知道的也和你们差不多,只是对当时干部的处理我记得清楚罢了,县里还开了几次会,说个别人以讹传讹的行为一定要杜绝,不能让人民群众担惊受怕。行了行了!我们也少谈论这些问题了,昨晚一晚没合眼,刚才又一惊一乍被这么弄了一下,都睡一会吧!我肚子都饿穿了,还陪你们这样胡扯扯下去,最后一点体力都会被你吸光。"

老孙这话提醒了我们的肚子,才发现真的很饿了。大刘用手枕到脑袋后面,躺了下去,嘴里问道:"胡同志,关这里也管饭不?"

胡小品也笑了:"管的管的,我刚吃完送来的土豆汤,你们就被送过来了,要吃下一顿,等到晚上吧。"

我们三个都骂了两句,然后倒了下去,很快就都睡了过去。

果然到了晚饭时分,还真有人在那扇门外敲了几下。我睡意蒙眬地睁开眼,看见胡小品急急忙忙地跑过去,站在那门前候着,接着那扇门中间从外往里的开了个小窗,外面是什么人反正也看不清,只瞅见递了四个碗进来。胡小品一次接两个,端到了桌上,还冲着那小窗外面讨好似的笑,不知道说了句什么。外面的人没有搭理他,又把那小窗带上了,居然连这个小窗也是从外面给插上的插销。

胡小品便过来叫醒我们仨,一人递了个碗给我们,里面漂着一层菜叶,最下面沉了一点土豆和小米。我和大刘、老孙接过碗,咕噜咕噜地喝上了。我偷偷瞟了一眼胡小品的碗,里面的家什和我们手里的一样。看来,我们这些被关禁闭的,比这胡小品干事还好多了,我们最多关个十天半月,就有可能重新回农场劳动,先不说吃得怎么样,最起码还能见到太阳。这胡小品同志就真有点凄惨,长年累月的在这黑屋子里关着,不知道什么时候是个头。

想到这,我突然心头一震:胡小品发现了汇龙山里的敌特,并把这情况汇报到上面，换回的是现在这结果。而我与大刘、老孙也是因为发现了敌特才被关进了这个禁闭室，不会……不会我们也会被无限期的在这里关下去吧？

那天吃完饭，我们四个人都没怎么交谈，又都继续睡觉了。肚子里没货，哪里有力气没完没了的瞎掰呢？紧接着第二天，第三天也都是那么暗无天日的过，每天三顿都是稀得不能再稀的一碗粥。

一直到了第三天晚上，我们都已经睡下了，门外居然又传来声响，是开门的声音。黑暗中只听见胡小品麻利地下了床，往门口跑去。大刘张开嘴，一股胃气冲我喷了过来："又哪个倒霉蛋给送进来关禁闭了吧？"

大刘话刚落音，那扇大门便洞开了，一个声音大声地喊道："刘贵，王解放，老孙！都起来，跟我们出去！"

我们三个连忙爬了起来，只见四个举着手电的年轻干事走了进来，打开了我们木笼子的锁。我们鱼贯而出，以为是要放我们回号房了！谁知道农场的黄干事也在那门外探出头来："还有胡小品，也跟着一起出来，古场长要和你们聊聊。"

身后的胡小品当场就笑出声来，嘴里胡乱地念叨道："好勒！等我穿一下鞋。"

紧接着他弯了下腰，那动作麻利得跟解放军战士似的，然后追在我们后面往门外走去。大刘咧着大嘴在笑，对着黄干事说道："怎么了？就关我们这么三天？我还以为古场长被我骂得恼羞成怒了，要关我这老同事大半年呢？"

"少在这耍嘴皮子，严肃点！"我们旁边一个干事骂道。

"谁耍嘴皮子了，本来我们就没犯什么错误啊！是古场长自己糊涂。"大刘笑着嘀咕道。

那干事皱着眉："要你严肃点就严肃点！少笑。出大事了！"

黄干事连忙冲那年轻干事瞪了一眼："你少说几句会死啊？"然后扭过头来，冲着我们四个人说道："等会到古场长那儿都少贫嘴，古场长现在烦着呢！"

第五章　两百人群体失踪事件

我们一干人等在黄干事的带领下往古场长的办公室走去，我注意到包括黄干事在内的几个农场同志，在这一路上都没有前后左右地夹着我们，好像我们压根不是刚从禁闭室放出来的坏分子。相反的，他们表情都很凝重，一言不发地迈着步子。

胡小品还真的像一直没见过天日的，不停地四处张望，对一切都感觉很好奇似的。我们到了古场长那个小平房门口时，居然瞅见在他办公室外，一个不显眼的角落还停了两辆军用吉普车。黄干事要我们先在外面候着，他先进了门。过了几分钟再探头出来，冲我们招手。

我们四个人往房间里走去，那晚就是我第一次看到铁柱和飞燕，以及我们沈头。也是从那晚，我的命运发生了翻天覆地的变化。

古场长的办公室有近二十个平方米，古场长自然是坐在他自己的位子上，头扭到一边，望着他旁边的窗户。在他办公桌旁边的长藤椅上，还坐着一个陌生的精壮中年男人，穿着一套整齐的中山装，和这套中山装很不搭配的是脚上的一双解放胶鞋。这男人应该有四十出头，头发修剪得很整齐。眼睛不大，也可能是没有完全睁开的缘故吧，正冷冷地看着我们陆续走进来的四个人。在他两边，一左一右地站着一对男女。左边的那男人比我还高半头，我一米八三，他应该有一米九吧，身板也非常的魁梧，铁塔似的，压根就看不出腰来，整一根熟铁棍在那矗着。他的皮肤却异常的白净，五官也很秀气，如果单看脸的话，跟白蛇传里的许仙似的。奇怪的是这小白脸大块头后背上还背着两把大刀，刀把上缠着灰色的布条。

右手边的那姑娘，倒比较普通，剪着个小人书里刘胡兰的齐耳短发，额头前还别着一个黑色的发卡。长得也还挺不错的，身材也高挑，但皮肤很黑，和左边那白净的大个子站一块，自然显得跟个非洲人似的。我还注意到她的眼睛，比我们寻常人要亮，可里面的瞳孔，却好像没有我们普通人闪着的那种光。

我们四个人很自觉地往他们面前的墙壁前一排站好，胡小品眼睛从进门开始就一直盯着那个穿解放鞋的中年男人，我瞅见他嘴唇动了好几下，好像是要说什么，可最后又硬生生地吞了回去。

反倒是那中年汉子先开口了，他对着胡小品微微一笑："胡同志，不认识老朋友了？"

"您……您是沈同志？"胡小品说这话时，明显听得出他很激动，声音有点发抖。

中年汉子点了点头，然后对着古场长轻声地咳了一下。

古场长身子一抖，连忙转过头来。他脸色异常的苍白，眼睛里爬满了血丝，跟三天前我们看到的他完全判若两人了。只见他看了那中年汉子一眼，犹豫了一下，最后扭过头来，冲着我们四个介绍道："这位是中南军区的沈建国沈首长，胡同志你以前应该见过吧？"

胡小品连忙点头，那位沈首长却摆了摆手："我是什么首长啊？已经不带兵了，你们跟我身边的孩子一样叫我沈头就是了。"

我们哪敢啊？都慌张地冲他弯腰鞠躬，说："沈首长好！"

姓沈的笑了笑："说了叫沈头就是了，接下来的日子里我们还要相处一段时间，别叫得那么见外。"说完他扭头冲左右的两个男女说道："你们也自我介绍一下吧！"

那一男一女表情还是很冷淡，似乎对我们抱着敌意一般。也不能怪他们，我们这几个人一个个邋里邋遢的，身上还穿着农场的学员制服，本就是在阶级斗争中立场有问题的坏分子。那小白脸先说话了，声音也和他白净的脸庞很不相称，居然很浑厚沙哑："我叫刘铁柱，沈头的警卫员。"

留着短发的黝黑女子接着说道："我叫朴飞燕，你们叫我飞燕就是了，以前是……"说到这她停顿了一下，然后说道："现在是沈头手里的小兵。"

我们自然是点头哈腰地笑，已经嗅到了这都是部队的人。那年代的人对于部队里的同志都特别尊敬，我们的新中国都是他们打下来的，他们是最可爱的人啊！

于是，我们也结结巴巴地各自自我介绍，当然，大刘没有结巴，他声音反而高了几度，很自豪地介绍完自己，还把以前自己部队的番号报了一遍。可对面那三个人对他这话好像免疫一般，没有任何表示。

见我们也算互相认识了，古场长打开抽屉，从里面拿出一包烟，扔给大刘，示意他一人分一根给我们。他自己也点上一根，长长地吸了一口："这几天农场里发生的事，相信你们几个都还不知道吧？"

我们摇头。

古场长咬了咬牙："那天把你们关进禁闭室后，我对于伍同志逃跑的事情也非常来火。都怪我，没有理清楚问题的关键，一门心思想着赶紧把伍大个给抓回来，于是，要黄干事在农场里选了两百个附近县镇送过来的学员，奔赴汇龙山搜山，想要把伍大个这狗东西给逮回来。"说到这，古场长声音越发低沉了："谁知道……谁知道他们两百个学员和带队的十几个同志，进入汇龙山后好像石沉大海，没有一个人出来。唉……"

坐我们对面的沈头把话接了过去："也不能怪老古，如果给我遇上这么个事，也会这么做。两百个学员失踪后，老古亡羊补牢的工作还是做得很对的，没有想把这么大的一个事件压下来不给组织上汇报，而是第一时间通知附近各个县镇机关，密切注意这支大队伍有没有出现在各自辖区，并把这事以电报形式发给了省公安厅。公安厅的同志明天就会赶过来接手这个案子，而你们四个人吗？"沈头笑了笑："你们四个人今晚就要跟我走。"

"首长冤枉啊！"站我旁边的老孙突然双腿一弯，跪倒在了地上："首长，我们三个在汇龙山发现的情况是千真万确的，就算我们有错误，也只是以前在革命队伍里时候，有些分寸没有把握好，没必要把我们带去军事法庭过堂吧。"这老孙骨头软成这么个德行，还真是我们始料未及的。

沈头自然也笑了："你就是孙县长吧！看把你给吓的，我带你们走是要带你们上汇龙山，查查这事的原委，没有你想象的那么复杂。对你们几个来说是好事，一个戴罪立功的机会啊！"

我和大刘也都忍不住笑了，可是胡小品却没笑："沈同志，你可真得给我们做主啊！要知道七年前我就在这坑里栽过，现在总算好了点，你可别带着我又往这同一个坑里跳。你们是军队的人，来到地方上说什么都行，到时候你们一走，倒霉的还不是我们！"

沈头好像猜到我们会有这顾忌一般，他还是微笑着："这样吧，我沈建国在这里答应各位，行动不管结果如何，你们四位，我都带回我们军区就是了！反正我现在也缺人手，四位的档案我也都看了，刘同志以前干刑侦的，小王同志这块头，以前做宣传也是浪费了，跟我在部队历练历练，也不会太差。老孙是个大能人，至于胡小品同志吧！唉！算沈头以前欠你的。"

沈头的话让我们精神为之一振，那年代的人谁不向往进军队啊，每个人都憋着一股子劲，希望在即将可能到来的美帝、苏修与我们新中国的斗争中为祖国上战场。

我们四个人自然都是点头，沈头哈哈大笑，要黄干事给我们准备点好吃的，还要铁柱去外面他的车上拿了几套干净整洁的衣服来给我们换上。

我们接过衣服后都很尴尬，毕竟有女同志在，不好直接换上。沈头说道："没事，你们不用忌讳，都是革命队伍里的同志，没这么多毛病。再说，飞燕同志……呵呵！你们直接换吧。"

他这话隐藏着什么我们倒没留意，再说飞燕那眼睛虽然看上去有点古怪，可真相也不是我们能猜到的。沈头都放话了，我们也只好三下两下脱得剩下条短裤，把新衣服穿好。飞燕还是面无表情，或者她脸也红了，不过因为皮肤太黑咱看不到而已。

很快，农场的同志就端了四碗面进来。好家伙，那可是扎扎实实够分量的满满四大碗面条，虽然啥都没放，可也已经让我们欣喜若狂。我们狼吞虎咽地吃了面条，然后伸出我们灵活的舌头把碗舔了个底朝天。沈头笑眯眯地看着，最后站了起来，冲古场长说道："那就这样了，明天公安厅的同志过来，就说人被我带走了，有什么情况让他们找我上面。"说完沈头走到了古场长身边，拍了拍古场长的肩膀："老古！唉……你自己保重了！"

古场长脸色苍白，抬起头来："沈头，你应该对我说好自为之。"说完古场长站了起来，往外面走去。

他们这些话听得我们莫名其妙，但可以看出来，这沈头带走我们，应该是公安厅的同志所不知情的。或者说沈头这是连夜把我们四个人给劫走了。

这沈头也是个麻利人，没有多话，挥了挥手，就往外面走去。我们跟在后面出去，才发现在院子的墙角一个不起眼的位置，停着的那两辆吉普车上，还坐着两个穿着白衬衣的年轻小伙，看那短短的头发，就能猜出是沈头带过来的人。

沈头要胡小品和老孙跟着飞燕上了另一辆车，招呼我和大刘跟他坐同一辆车，铁柱是沈头的警卫员，自然也是在我们这车上。

沈头一声令下，两辆车一前一后地往农场外开去。

之后的年月，我再也没有见过古场长。当时事情的经过，也是多年后偶尔一次遇到黄干事才听说的。古场长是个好人，当时我们三个跑回农场，汇报发现了敌特尸体与伍大个神秘失踪的情况时，古场长就马上想起了七年前胡小品的那个事件。古场长看似武断的把我们扔进禁闭室，其实是在保我们。因为当时我们在汇龙山里经历的一切并不是直接对他说的，而是第一时间告诉了我们最先看见的几个农场干事。古场长啥都不问就破口大骂我们三个是造谣，是在为伍大个逃跑事件帮我们推卸责任。

一个学员逃跑的问题并不大，我们几个为了推卸责任说了谎也只是小问题，不会上升到敌我斗争那种高度。而发现敌特，在当时可是大问题，有胡小品以前的经历在那摆着啊！

到把我们三个给关了禁闭，再加上农场里的干事们也都知道了伍大个失踪的事情，不处理也不行啊！于是，古场长当天下午专门开了个大会，在学员里挑出了两百个以前就是住在附近的学员，由十个年轻干事带队，还带了枪，组成了一支不小的队伍，开赴汇龙山。说是说要去把伍大个抓回来，实际上也就是造造势，好在以后给我们三个开脱，说伍大个这小子是早有预谋，跑得无影无踪了，我们三个的责任自然不大了。古场长还叮嘱了带队的干事，随便找找就行了，第二天中午前回来就是。

可是一直到第二天中午，那两百多个人都没下山。当时在山下等着用卡车接他们回来的司机们就急了，派了几个人上山找。要知道汇龙山并不大，从山脚爬到山顶，再从另外一边下来，一来一去也就五六个小时。两百多个人在这么个不大的山上，应该是很容易找回来的啊。司机们在山上转了一圈，鬼影子都没看到。

司机们就急了，回想起我们回到农场汇报的敌特事件，都慌张起来，当晚就赶回了农场给汇报这事。

也是注定了古场长命里有此一劫，要搁在平时，还可以把这事先压一下，再派人去查查什么情况。偏偏那天省报的几个记者正好来大通湖农场采访，这事一下就被他们知道了，当晚就打电话给了上面。

省里连夜召开了紧急会议，两百个坏分子失踪事件，那可是在和平年代轰动一时的大新闻，而且还被省报的记者第一时间知道。省里马上给附近县镇下了协查通知，并组建了个工作组，往大通湖赶。

古场长被处分是铁定的了，十有八九还要移交判刑。火上浇油的是，省里的工作小组还没到农场，沈头的队伍就先到了，而且雷厉风行，屁股都没坐热，就强行带走了我们四个当事人。据黄干事后来告诉我：古场长第二天就被工作组的人带走了，而且是带着手铐走的。之后事件的处理结果也就是不了了之，处理名单里，也没有他的名字。只是听说古场长最后是死在新疆。

一路上都是沈头问，我和大刘描述那天我们发现敌特腐尸的经过。沈头时不时点头，若有所思的样子。到最后，我们那简短的故事说完了，车上几个人便都沉默下来。我实在有点忍不住了，便麻着胆子对着沈头问道："沈头，你对这个事情怎么这么关心啊？难道七年前那次大搜捕，你也有分参加？"

沈头坐在副驾驶的位置上，没有回头，"嗯"了一声。我见他啥都不说，便不敢再多嘴问。反而是他自己沉默了一会，扭过头来："小王同志，当年那次搜捕行动就是我带队的。"

"啊！"我和大刘一起张大了嘴。大刘先开口："那当年你们不是什么都没发现吗？最后不是定性为胡小品造谣？看你这热情劲，难道当时你们还真发现了什么？"

沈头又沉默了，半晌后，他喃喃地说道："发现是肯定有的，但是没有真正能拿得出手的证据证明胡小品说的属实。再说你们也知道的，汇龙山就那么大一个地，我们折腾了十五天，把汇龙山翻了个边，可十几个毛子兵，不可能说不见就不见了啊！周围的县镇那些天都高度戒备，也没有发现。"

大刘忍不住插嘴道："难道那些人都钻大通湖里面游走了？"

"还真有这可能！"沈头斩钉截铁地回答道。反倒是我这听的人傻眼了，大通湖虽然比不上洞庭什么的有个八百里，可也不小啊！再说那湖邪乎得很，每年湖边都有人淹死，所以附近的居民都不敢下水，我们自然也没往那方面多想。

沈头话锋却一下转了："对了，大刘，开始你说那腐尸个头多大？"

大刘一愣，想了想："他也没站起来，我还真没个分寸哦！反正块头不小。"

"骨骼大不？"沈头又问道。

"那头骨反正是不小的，如果脸上的肉没给那些小虫子啃掉的话，应该也是个大脑袋大脸。沈头，你问这些干吗？"

沈头没有回答他，继续发问道："头上毛发什么颜色？"

"这我们倒没注意，头上有头发应该也很短，我印象中那尸体上就没几根长毛！"

"是黑色的！"我打断了大刘，非常肯定的说道："是黑色的，而且应该有点卷。"

"你什么时候注意到的？"大刘扭过头来，瞪着那铜铃眼看着我。

我顿了顿："我不是在头上看到的，而是在他嘴上。当时我们举着火把凑过去看的时候，那些蛆虫畏光，都往那个黑洞似的嘴里钻。我忍不住注意了一下，在他嘴边我就瞅见了不少的应该是胡子的毛发，估计那家伙以前留着络腮胡，黑色的，而且有点卷。"

"卷的那弯弯大不大？"沈头扭过了头来，盯着我的眼睛。

我想了想："这个我还真没注意。"

大刘哈哈笑了："这个沈头也关心干吗？我身上也有卷毛啊，裤裆里全是。"

沈头也笑了，递了两根烟给我俩："你裤裆里长卷毛本就不稀奇，你大刘如果裤裆里的毛都长到头上，倒稀奇了。"

我突然好像意识到什么似的："沈头，你追着问咱腐尸的头发颜色啊！卷不卷这些问题，不会是怀疑那敌特压根就不是我们中国人吧？"

大刘也止住了笑："对啊！胡小品当时发现的敌特都是长毛子洋人，而且穿的军装的颜色和我们瞅见的那腐尸身上穿的颜色也一样，不会都是美帝派来的人吧？我记得打老蒋时候看到过美国兵里是有长黑色卷毛的，黑人！对！黑人！"

说到这，大刘从后排座位上站了起来，扭头朝着身后那辆车上大声地喊道："胡同志！"

后面车上胡小品站了起来："啥啊！"

开车的同志放慢了速度，后面的车马上和我们并排了。大刘冲着胡小品问道："七年前你看见的那支队伍里有没有黑人啊？"

"啥黑人？"胡小品满脸狐疑。

"就是黑种人啊！非洲人懂不？"

胡小品愣了下，点点头："我怎么记得那么多，我当时都吓懵了，能看清楚都是毛子兵已经不错了。"他又顿了顿："不过那些人应该都是白毛子，没有你说的什么黑人。再说黑人长什么样？我也没见过啊。"

一直没吭声的铁柱却憨憨地笑了："黑人就和飞燕差不多，你看看她就知道了。"

飞燕哼了一声，没有说话。胡小品有点尴尬，连忙说道："应该是没有的。"他吞了吞口水："这飞燕同志也不黑啊！刘同志你别拿人家女同志开玩笑。"

大伙都哈哈大笑，我偷偷地瞄了一眼飞燕，她没有扭过脸来，坐在那辆车副驾驶的位置上死死地盯着前方，不过嘴角微微地往上扬了扬，应该也是在微笑。我心里暗想：这女同志也没有我们最初看起来这么傲慢，铁柱张嘴就拿她开玩笑，应该对方也是个能开得起玩笑的人。只是刚和我们这四个农场的学员搅到一起，相互间还不熟罢了。

说笑间，远处的汇龙山终于近在眼前了，司机把速度放慢了点，驶离了那条窄窄的公路，往山脚下开去。当时我们的左边一马平川，几千米外就是易阳镇。右手边却已经是山了，之所以没有停下来，是因为还没有开到上山的山路，而我们右边的山坡很陡，压根就不可能从这样的位置上山。

两辆车依然一前一后地开着，不同的是现在他们那辆车开到了我们前面。两辆车都亮着车灯，但那年月的车灯也亮不到哪去，所以车都开得不是很快。四周黑乎乎的，鸦雀无声。我们一路过来也是一两个小时的颠簸，他们几个我不知道，反正我自己是已经有点犯困了，坐在车上打盹。

就在这完全没有任何征兆的时刻，前方那辆车上的飞燕突然的大喊声把我们给吓得一抖。只听见她冷不丁地喊道："什么人！"

前面那辆车也猛地打了一下方向盘，车灯往我们右边的山坡上照去。

我们这辆车上的人都忙朝着那方向望去，车灯是平着照出去的，所以那边山坡上方的情况我们只能看到个大概，可就这么个大概，也让我们吓得不轻。只见在那山坡上方约五六米的高度上，一个黑色的人影正往上爬着，他两只手都趴在地上，动作很慌乱。

我前面的沈头不知道什么时候摸出了一支手枪来，对着那黑影瞄了过去，嘴里大吼道："站住！再跑我开枪了！"

我们其他人都迅速地跳下了车，铁柱动作最快，那短短的瞬间已经冲到了山坡边，跳了起来去抓上面的草，企图翻上去追那人。

上面那人影应该也听到了沈头的喊话，可他一点反应都没有，更加迅速地往上爬。接着，他居然一个趔趄绊倒了，朝着我们这边滚了下来。

"啪"的一声响，我们前面一点的铁柱抓住的草被他扯了下来，他巨大的身体重重地摔到了地上。飞燕也举起了一把手枪，大喊道："还跑我开枪了！"

那人影滑了一两米便停住了，在我身后不知道是哪个司机打开了手电照了过去。手电的光照到那人身上的同时，那人影居然正要扭头往我们这边看，一发现有光，他忙抬起了手拦住了脸。他的头发很长，都长到了后背上，可那厚实的背影倒还是可以肯定他是个男的。

黑影的手那么挥了一下，紧接着又往上快速地爬去，步子比之前我们看到的稳健了很多。

"砰"的一声枪响，是沈头开枪了，子弹没有打中对方，只是打到了黑影前方一两尺的地上。沈头是老军人了，没打中的原因自然是因为想要吓住对方，并没有真想要击毙他。

可黑影并没有被吓住，手脚更快了。就那么眨眼工夫，他居然又爬上了三四米，并朝着一堆灌木丛里钻了进去。

铁柱也摸出了手枪，举起枪就要扣动扳机，沈头却到了他身边，把他的枪口压了下来。铁柱一愣，沈头沉着地说道："子弹不长眼，别一下把这装神弄鬼的家伙给打死了，反正我们马上就要上山了，留着他不怕没机会逮到活的。"

铁柱点点头，我们其他几个人都面面相觑，我甚至有点慌。沈头却还是很冷静，他扭过头对着大刘问道："这背影和你们前几天在林子里发现的那个背影是不是同一个人？"

大刘摇头，很肯定地说道："不是同一个，我们那天追的家伙头发没这么长。"

"敌特都会伪装的，你没见过文工团女同志的假发吗？弄不好这敌特刚才是戴着假发。"老孙冷不丁地冒出这么一句。

"你戏看多了吧？"大刘对他一白眼，然后继续对着沈头说道："而且我们那天看到的家伙身手比刚才这黑影灵活得多，绝对不可能是同一个人。"

沈头点点头，把枪插到了腰上，转身往车上走，临到车边上又扭头过来问道："大刘以前在部队是干吗的？"

"侦察兵！"大刘腰杆一挺。

"哦！难怪！老兵就是不一样。"沈头嘀咕了一句，翻身上了车。

我们其他人也跟在他后面重新上了车，开车的那小同志迟疑道："沈头，我们还是照原计划行事吗？"

"嗯！开车！"沈头大手一挥。

路上我们都没有再说话，我后背上满是汗，也不是害怕，就是紧张。要知道我虽然长这么大个块头，可从小到大都没经历过什么惊心动魄的事，空有一身蛮力气，实际上遇到什么事心还是跳得急。

我努力让自己镇定下来，司机刚才说的那句话却让我开始胡思乱想起来。"按原计划行事"？什么是原计划？大通湖农场事件是突发情况，距离那两百个学员失踪到现在也才一天时间，难道这短短的一天时间里，沈头他们从听到消息，再到从军区开车赶过来以外，还专门制订了一个详细的计划不成？

想到这，我对即将面对的一切更加担忧起来，那年代的人满脑子都是阴谋论，大的方面就是想着美帝、苏修会要对我们伟大祖国做出什么新的举措，小的方面就是对身边的每个人，都充满着怀疑，把身边人一些小小的疑点去无限放大，一扯就扯到了国际形势上。

我望了望我身边坐着的大刘，大刘也皱着眉头，不知道他在想些什么。但是他望向沈头的眼神却很坚定，压根就没有那种抱着怀疑心态的闪烁。我不禁惭愧起来，定下神，不再乱想了。

车很快就开到了上山的那条小路上，车在山路边停了下来，大伙都跳下了车。铁柱和飞燕从车座位下提出四个行军包来，他们俩一人背上一个，把另外两个递给了我和大刘。

我提了提那包，里面软软的，应该是些毯子之类的，看这架势我们上山是要待上一两晚吧。沈头在后面和那两个司机小声说了会话，可能是安排他们在这儿等吧。

我们四个从大通湖农场出来的人跟着铁柱、飞燕站在那山路口子上等。过了一会，沈头扭头朝我们走了过来，其中一个司机从车座下提出个小箱子，也跟着他走了过来。近到跟前，那司机"啪"的一下把那箱子打开了，里面居然整齐地放着两把崭新的手枪。沈头对着我和大刘说道："你们两个年轻的同志一人拿一把吧，都装好子弹了的。你们身上的包里也还有一百发子弹。"说到这儿，沈头好像突然想起了什么，又冲着我问道："小王同志用过枪没有？"

我一个二十出头的毛头小子，什么时候有机会用过这么高级的手枪啊！可我那一会心里可给激动坏了，拼命地点头："用过的，用过的，镇上民兵训练时候我还开过枪呢？"

沈头点点头，我兴高采烈地抓起了其中一把枪，双手在上面激动地摸来摸去。大刘也拿了一把，径直往腰上插了上去，头朝我这边靠过来，坏笑着低声说道："你用过个屁！你小子见没见过枪都是个问题。"

我脸马上就红了，可哪敢反驳他啊！大刘也没有大声说出来，嘿嘿一笑，跟在前面的沈头他们后面，往山上爬去。

我落在最后，自然没人看到我的各种小动作了，我一只手提着那把手枪，另一只手手心里都是汗，在那枪上来回地蹭着，别提多兴奋了。

就在这节骨眼上，我身后的那两辆吉普车居然响了，我扭过头去，只见那两辆车都启动了。我纳闷他们为啥不在这里等我们下来，难道是要开到个隐蔽的位置躲好吗？谁知道那两辆车油门一轰，朝着我们来的方向开了回去。

前面那几个人都没有停下，我却留了个心眼，伸长脖子看两辆车是不是去找个安全的地方。两辆车冒着黑烟，一颠一跛地瞬间开得没影了。

我没管那么多，抬起步子，朝着前面的队伍追了上去。我小心翼翼地把枪插到了自己肚脐眼位置，冰冷的枪把贴着我的皮肤，凉凉的，感觉非常的舒服。

凉凉的……这凉凉的感觉，在这晚之后就如同一个梦寐一般，伴随着我那晚兴奋不已的脚步，走向了我诡异的未来。

第六章　我闻到了金属

　　走在最前面的是铁柱和飞燕，我跟着大刘走在最后。很奇怪的是沈头没有要我们这几个对汇龙山相对熟悉的家伙走前面，反而是让铁柱和飞燕带队，让我感觉有点奇怪。

　　飞燕在前面时不时跟铁柱小声说着话，目的性很强的径直向前。走着走着，我突然觉得我们走去的方向有点像是我们发现腐尸的位置，按理说，他们几个只是听我们说了腐尸出现是在半山腰，具体方位不可能比我们有数的。可是，他们俩压根都没有问过我们什么，直接就往那边带过去了。

　　这个疑问在大刘和老孙心里自然也冒了出来，老孙先发问："沈头，我们这是去哪？"

　　"去你们发现腐尸的地方啊！"

　　"哦！"老孙点了点头，又走了几米后他还是忍不住了："你那两个部下也到过那个鬼地方吗？我怎么瞅着他们好像比我们还熟似的。"

　　沈头笑了笑："他们是第一次进这片林子。"沈头说完这话就没继续了。见他不吭声，我们也不好继续追问。

　　我抑不住好奇，假装无意的加快了步子，走到了飞燕和铁柱身边，偷偷地瞟他们，想看看他们是怎么知道目标方向的。

　　他们俩也没有任何异常，一门心思的往前跨着步子。唯一被我瞅出点问题的，就是飞燕的脸，看着总感觉有点不对。我说的不对并不是说她脸上有啥长得不对，眼睛鼻子嘴都那么回事。可是她走路时候头抬得比我们正常人高，也就是说她是扬着脸在走路。但凡一个人在山路上赶路，都是盯着自己的脚，怕踩着坑踢到石头什么的。她倒好，两个鼻孔像战士端着的枪口，正对着前方，还时不时地抽动几下。

"不用这么偷偷看了，飞燕是在给我们带路。"铁柱冷不丁地扭头过来，冲我低声说道。

"带路？"我张大了嘴，什么时候见过带路的这么个姿势。我常识里在部队最前面带路的都是拿个指南针，还要时不时若有所思地想一想啊！

沈头在我身后说话了："小王同志，飞燕是在给我们带路。不同的是，我们赶路是用眼睛辨别方向，飞燕同志是用鼻子。尤其我们现在的目标是你们发现腐尸的位置，或多或少应该还有点味道在，所以飞燕这靠着鼻子走路的，比我们有分寸些。"

沈头这话刚落音，飞燕扭过头来，对着我笑了笑。可能也是因为这一下分神的原因，我终于看出了端倪来：只见在飞燕的正前方，一棵大树直挺挺的在那矗着，她好像看不到似的，迎着那棵树就撞了上去。可是，在她身边的铁柱好像没发现似的，都不去伸手拉她，任凭她撞了上去。

我一下急了，往她身边跨了出去，想要拉住她。就在飞燕眼瞅着要碰头的瞬间，她自个突然站定，紧接着像个盲人似的，伸出手往前探了一下，继而移动了一下身体，避开那棵树，继续往前走去。

我愣在那儿，两眼发直地盯着面前这奇怪的女人。老孙从我面前走过去，嘴里胡乱地嘀咕上了一句："看这娃娃，见了女同志就激动成这样，真丢人。"

"你以为都像你，看见女同志就乱想。"大刘说这话时也已经走到了我身边，对老孙骂道。

沈头却拍了拍我肩膀："走吧！不要少见多怪了！飞燕同志眼睛看不见，只能靠嗅觉。你还这么一惊一乍的，弄得她一个小姑娘紧张起来，没闻清楚路给撞坏了，沈头我可是会要批评你哦！"

我和大刘、老孙以及胡小品同时"啊"了一声。沈头他们便都笑了，铁柱还对着飞燕笑着说道："小王同志高高大大的，长得可不错哦！行动结束后你们俩还可以好好处处。"

飞燕淡淡地笑了笑。还是之前那话，她脸太黑，有没有红脸真看不出来。

到沈头把飞燕这事一说，我们几个还真不敢围绕这话题继续了，人家一个女同志有残疾，咱乱说确实也不好。于是，队伍重新安静下来，一群人深一脚浅一脚地继续往前走去。我低着头往前跨出几步，寻思着难怪之前在车上，飞燕能发现侧面黑漆漆的山上有人，原来她压根就不是用看的，而是闻到了远处的人味。

很快，周围的场景越发熟悉起来，我们又重新回到了那晚发现腐尸的位置。那股子恶臭还是有一点，不过已经没之前那么浓烈。飞燕从上山便找到了这股子味道，并能径直走到这里，她的嗅觉实在是可怕。我不自觉地抬起手，嗅了嗅自己的胳肢窝，寻思着自己身上这汗臭味肯定逃不过她敏锐的鼻孔。

飞燕站定了，扭头过来，很准确地对着沈头站的方向说道："就是这里了，头顶确实是有过降落伞，我能闻到有帆布的味道。"

沈头点了点头，四处望去。铁柱低着头，在地上四处寻找，很快就发现了那一摊血。大刘也走了过去，蹲在地上，和铁柱一起研究起那片已经干了的暗红。

沈头看了一圈，最后冲着飞燕问道："有什么发现？"

飞燕还是扬着脸，鼻头继续抽动着："有过腐尸，腐烂程度在王同志发现时，应该是已经死了七到十天。对了！小王同志，你们发现那腐尸的时候，尸体头上有没有泡沫。"

我想了想，回忆着当时的发现，老孙却先我一步回答了："有，尤其是嘴巴鼻孔和眼睛那些位置。"

"哦！"飞燕点点头："那就是第七天第八天吧！头部和面部的肌肉和软组织基本上已经被蛆虫啃光了，你们可以看到白色的头骨。蛆虫比较集中的位置都是在胸腔位置了。"说到这里，飞燕鼻头又抽动了几下："天气潮湿温暖，尸体是壮年男性，健康，有过吸烟史。"

飞燕再次把脸对上了沈头的方向："沈头，你分析得没错，对方是黑种人，两个因素可以断定吧！第一，黑人身上有一种独有的体味；另一个方面是他抽的烟不是我们国家的烟丝，有点像……有点像以前我们军区一个首长抽过的叫作雪茄的烟卷，味道很冲！"

沈头点了点头，胡小品傻愣愣地大张着眼睛："我的天啊！飞燕姑娘你神了，这你都能闻到。"

老孙好像见过大世面似的站在胡小品身边淡淡地说道："我们泱泱大国，神人多了去了！像飞燕这种有本事的人，都在为国家作贡献。我以前在位子上没下来的时候，还见过浑身长满长毛的人，跟个猴子似的，那才叫古怪呢！"

"呸！飞燕同志长得这么漂漂亮亮，给你一扯就扯到长着毛的野人，你这都说些啥话啊！"胡小品笑呵呵地说道。

老孙也察觉自己这话说得不对，连忙嘀咕道："我只是比喻，不是说飞燕同志古怪。"

"沈头，你过来看看！"蹲在那边的铁柱扭过头来喊道。

我们几个人连忙走了上前，只见铁柱指着地上那摊已经干了的血迹："这是被尖锐的东西捅伤的，可奇怪的是就这么一摊血，旁边都没有血滴，好像是受伤后这伤者立马凭空消失了。就算是直接被捅死了，尸体移动，也应该有血跟着滴下来啊！除非是……"铁柱抬起头来，朝着头顶望去："除非是被捅伤后伤者是被往上拉了去。"

大刘也在那点头："铁柱分析得很对，我一门心思地钻进牛角尖，想着这人被移去了哪里？还是他分析得对，虽然有点悬，可也只有这个解释法。"

"有飞机？难道是被飞机拉上去飞走了！"我心里恢弘的阴谋论又开始了。

"应该不会，如果有飞机的话，我们当时在这山上，不可能听不到。小王没见过飞机吧？那玩意动静大得吓人，飞起来整个汇龙山都像唱戏一样，热闹得很。"大刘很肯定地说道。

"我也觉得不会有那么高科技的东西。"说这话时，铁柱手里不知道什么时候多出一个镊子来，并从地上夹出一根东西，用手电照着给我们看："如果这伤者真的是你们当时的伍同志，那么他是被人用木棍捅伤的，而且这木棍应该是临时从树上折下来的，尖端并没有打磨，所以会留下这木纤维。"铁柱站了起来，眼睛四处望去："大伙都找找，看着旁边哪棵树上有树枝被掰了下来。"

我们闻言，各自散开在周围的树上，仔细地寻找起来。还是老孙眼尖，他手里又没手电，反而是他第一个有发现。只听见他那破嗓子在一棵树下喊："嘿！铁柱同志还真神呢？这里有树枝被折断了。"

我们围了过去，可是那棵树上的断口，竟然是在我们头顶三四米高处，也就是说对方捅伤下面的人之前，是在这棵树上躲着，并从这树上掰下的凶器。

沈头皱着眉头，冲铁柱说道："铁柱，试试吧！"

铁柱"嗯"了一声，把后背上的两柄大刀摘下放到地上，然后三下两下地爬上了树。别看他块头那么大，动作却麻利得跟个猕猴似的。只见他快速地爬到了树上那树枝断口处，双腿蹲在一个树丫上，冲着地上那摊血迹的位置看了看，然后他的右手往左边的树枝断口处比画了一个折断的手势。

做完这手势后，他愣了一下，扭头又看了看他右手方向，那里也有一个可以折断的树枝在那儿摆着。铁柱想了想，用他的左手对着断口处凭空比画了一下，最后从三四米高的树上，朝着地上那片血迹的方位跳了过去。

落地的位置距离那血迹还有两三米远，铁柱身子一弯，在地上就势一滚，便到了血迹旁边，紧接着他用左手又比画了一个往上捅人的姿势。

我们目瞪口呆地看着，铁柱这一系列动作做得浑然天成，好像当时的现场，他就在跟前似的。

只见铁柱不慌不乱地站了起来："沈头，是个左撇子呢？"

沈头点了点头："而且这左撇子还只是对方其中的一个，应该还有其他人。要不一个人怎么能把两个尸体都带走呢？"

"对！对！不止一个人，他们还要上树把那降落伞给拆下来，大刘哥和伍大个忙活了很久才把降落伞上的绳子弄断。他们就那么一小会，便带走两个人，还拆走降落伞，绝对不止两三个人。"我自作聪明的一口气说出这段话，生怕自己的分析能力不能跟上他们的步伐似的。

沈头对我点点头，眼光里露出赞许，让我更加激动。我傻愣愣地继续胡说道："他们用一个人引走了我们，然后想要带走腐尸。谁知道伍大个回来了，他们就立马结果了伍大个，最后赶在我们回来之前，把人和东西都带走了！敌特！肯定是敌特。"

"少在这儿放屁了。"大刘冷哼道："如果是敌特，而且有这么多人，那还不如直接把我们全部撂倒。有这么好身手的一群人，弄死我们剩下这三个还不跟玩似的。"

我愣了愣，没敢说话了！人家都是专业的，我一个宣传干事小年轻，话太多本来就不应该。

沈头却走到我身边，拍了拍我肩膀："分析得很好！对不对先不说，有这劲以后还是要发扬的。"

沈头说完这话，又转过头问飞燕："他们撤退的方向能分辨出来吗？"

飞燕摇了摇头："腐尸和伤者应该都是被他们用降落伞的帆布给包住了，再说也过了几天，闻不出什么了！"

沈头点点头，又望向铁柱。铁柱耸耸肩："不是第一现场，真分辨不出来，再说这林子里每天都有露水，我和飞燕能发现这些已经到了极限了。"

"行吧！那我们就在这扎营休息一晚。老孙老胡和大刘小王几位同志应该也累了，我们等天亮再继续。"沈头安排道。

"在这里？这里可是死过人的啊！万一那些冤魂……"老孙说到这儿，意识到自己又翻出了封建迷信那一套，连忙打住了。

胡小品也笑了，对老孙说道："放心吧！有这么多同志在，有什么好怕的呀！"说完就找了块平整的空地，往地上躺去。

铁柱要我和大刘打开背包，从里面扯出几条毯子来，一人分了一块，唯独他自己没有拿毯子。到我们都躺下后，我瞅见他背靠着一棵树，站在那压根没有要躺下的模样。我暗地里寻思着："到底是部队里下来的同志，都不用沈头安排，就跑去站岗了，这觉悟真的不是一般的高尚。"

沈头也好像没看到似的，把毯子一扯，就蒙头睡了。我左右看了看，其他人也都闭上了眼，估计各自都满是心事，尤其我们大通湖农场出来的几位。

我把头扭了扭，发现在我一米外睡着的竟然是飞燕。她那双本就只是摆设的眼睛已经闭上了，我才发现她的睫毛很长，尤其合上眼后，更加像个门帘似的，非常好看。

我心里自嘲地笑了笑，自己都什么身份啊！还盯着人家部队的女同志胡思乱想。

第二天很早我就醒来了，张开眼就看见远处的沈头和铁柱、飞燕以及大刘，他们几个都早就起来了，站在铁柱昨晚站岗的位置小声地说着话。

我连忙爬了起来，把自己盖的毯子叠了起来。身后的沈头冲我喊道："小王同志，也过来说会儿话吧！"

我很是欣喜，觉得沈头他们叫我过去，是把我当自己人了。我把身上的衣服整了整，偷偷摸了摸腰上那冰冷的手枪，然后大步地走了过去。

沈头用一种爱怜的眼神看着我，嘴里道："好小伙啊！高高大大，如果以后真有机会在我下面工作，还是有前途的。"

大刘心情看上去很好，打趣道："就是有时候有点马虎，被送来大通湖的原因是出黑板报写错了语录，倒霉孩子！"

我白了大刘一眼，心里却很感激。大刘这话听上去是玩笑话，实际上他是在给沈头他们汇报我的情况，说明我并不是个坏分子，充其量是个马大哈罢了。

沈头微笑着点点头，然后对着其他人说道："刚才铁柱的行动计划大家觉得有没有什么不妥？"

我连忙嘀咕道："什么计划啊！"

飞燕却冲我微笑着说话了："铁柱觉得我们还是应该从两百个学员失踪事件入手开始查，两百个大活人啊，留下的线索应该很容易找到的。"

我"哦"了一声，却没敢马上发表意见。昨晚大刘骂我卖弄小聪明的言语，我也自我检讨了，有他们几个大能人在，我算个什么屁啊！

大刘低着头不知道在思考什么，半晌抬起头来："沈头，汇龙山那边有一个悬崖，悬崖下面就是大通湖。我觉得我们可以去那边看看，可能会有所发现的。"

飞燕却直接指了指她身后一个方向："是不是在那边？"

大刘一愣："你也太神了吧！是闻到了那边有我们农场学员身上的臭味？"

飞燕笑了，笑起来的样子特别好看的："没有，我只是闻到了水的味道，风现在是从那边吹过来的，带着一丝丝湖水的腥味。"

大伙又都笑了。沈头说道："那就这么定下来吧！去悬崖边看看，两百个人不见了，唯一的可能也只有大通湖那边了。"说到这儿，沈头表情严肃了起来："七年前，我们也考虑过那十几个毛子兵是不是从悬崖位置走水路跑了，可那边没有找到任何痕迹。"

我扭头望了望还在那呼呼大睡的胡小品和老孙："沈头，那我现就去叫醒他俩。"

"等会儿吧！老孙是老同志，一路上也折腾得够呛，让他们再睡一会儿。"沈头摆了摆手。

我只好点头："那倒也是。"

大刘也看了看老孙和胡小品那边，回过头来冲着沈头说道："沈头，您老介不介意我问你一个问题？"

沈头点点头："问吧！"

大刘顿了顿："七年前你带着搜捕队到底有些什么发现？"

铁柱大眼一瞪:"刘同志,不该问的问题你还是不应该拿出来问吧?不要觉得沈头对你们脸色好,你就得寸进尺了。"

大刘非常难堪,连忙低下了头,不敢反驳。

反倒是沈头冲着铁柱摆了摆手:"这些说说也无所谓了,大刘和小王两个同志我看着也都挺不错的,还真寻思着以后留下来当自己人用。"

飞燕小声地插上了一句:"可政审……"

"没事!"沈头看了飞燕一眼,最后转过头来,望向我和大刘,眼神中突然闪过一丝瘆人的光:"刘同志,王同志,有些情况你们一旦知情,就必须保密。我沈头也不是个什么君子,小人之言我倒要放在前头,如果一旦被我发现你们有可能泄密的话,那我不能担保你们能活着走出这汇龙山。"

我的心一惊,虽然昨晚开始的一切,满足了我内心深处对于军队的某种渴望,并且激动不已。可是到沈头现在很严肃的把这话一说,我才真切地感受到某些高度机密的知悉与参与,所带来的并不一定是好事。

我正犹豫着,身边的大刘镇定而又坚决的声音响起:"沈头,我本来就是部队里下来的,纪律我懂。倒是小王……"大刘扭过头来:"小王,你自己考虑一下要不要听,沈头不会勉强你的。"

大刘这话是给我留了个台阶,沈头听着也点了点头,他们四个人都盯着我看,看得我手脚都不自在起来。

当时我下那个决定的主要原因还是因为年轻吧!多年后我时不时回想起那一刻,寻思着如果当时我摇头走开,不介入这一切,那么我的人生应该是安静与平庸的,不用经历之后的所有一切,不用经历那么多让人痛不欲生的生死离别。宿命吧!注定了不安于平庸,选择了异于常人的人生路。

我终于抬起了头,眼神坚定地望着沈头的眼睛:"沈头,只要你不嫌弃,我王解放愿意为共产主义的最终实现,付出我的一切。"

沈头赞许地点头,在他身边站着的飞燕表情却闪出一丝欣喜。沈头望了望睡在远处的老孙和胡小品,压低声音说道……

其实当时的搜捕最初是非常失败的，我们五十个解放军战士以及五十个民兵群众奔赴汇龙山，第一时间把整个山给围了，然后同时往山顶上爬。这汇龙山就这么大一块地，几小时后我们便都在山顶汇合，问各自的发现，都是摇头。于是我又让队伍换个方向，从东面上山的全部改为西面下山，也就是来了第二次全方位的搜索，可结果还是什么线索都没发现，甚至连脚印都没有找到一个。

这第一天的搜捕至此就告一段落，我们当时的临时指挥部就设在山下易阳镇外。那晚睡觉前我和几个老同志开了个会，地方上的领导当时就觉得只有一个可能：那就是胡小品同志说谎，故意编造出敌情来扰乱人民群众，以达到他不可告人的目的。

我却不是那么想的，一个宣传部小干事，没经历过战争，编织出这么个谎言来，有必要吗？并且，他所给我比画的一尺多长的枪，当时百姓里还真没几个人见过，只有美帝和苏修才有那种先进武器，叫作微型冲锋枪，在西方国家里，也只有个别特殊部队才能配备的高级装备。

但地方上的事我们也插不上话，所以省公安厅把胡小品带走，我也没出声。那天会议结束后，我寻思着指望这些地方上的同志帮忙，也指望不上，便叫上我带的那五十个战士，开了个小会。

你们不要小瞧我当时那五十个战士，可都是以前从打日本一路过来的老兵，一个个机灵得很。我安排了三十个战士连夜带上干粮上山，找隐蔽的位置散开躲好，一旦有情况就给我立马开枪，其他战士第一时间给予支援。我自己就和剩下的二十个战士，脱了军装，潜入汇龙山附近的几个县镇，希望在人民群众中打听到一些什么线索。

地方上派的那四五十个民兵第二天开始还是一拨一拨的上山搜山。所以说职业军人和群众还是有区别的，我安排上山隐蔽的那三十个战士，搜山的群众愣是没有找到过一个，都躲得跟隐形人似的。他们一猫就猫了五天，下山后一个个都瘦了一圈，可把我心疼坏了。

而我自己，那几天就带了两人，去了最近的易阳镇。毕竟我是那次行动的副总指挥，不能去太远，免得真出现什么突发情况，地方上的同志看不到我心里没底。

在易阳镇转了几天，关于敌特的事情，就只听说了胡小品带回来的那些。当然，围绕着胡小品汇报的一切，群众们又添油加醋的加了很多桥段。最悬的是镇上几个老汉的天兵天将论以及几个老兵的阴兵论，一个比一个扯淡。

我们那几天听说了好几个版本，其中有一个版本却吸引了我的注意，那就是关于军工厂的。说是解放前，国民党在美帝的支持下，在汇龙山计划过建一个所谓的军工厂，那几年，蒋光头的军队一路溃败，所以军工厂最后也搁浅了。

可是，有些群众又说那军工厂实际上是已经建成了，里面躲着的就是胡小品遇到的那支毛子兵，他们趁着我们新中国根基还不稳，想要配合台湾反攻大陆。

于是，我们通过走访，也联系了当地武装部的几个老同志，最后还真打听出关于军工厂的故事来。谣言里说的军工厂计划确有其事，是当时国民党高级将领薛岳还在湖南当湖南王时候开始计划建造的。说是说军工厂，可我猜应该是要建一个巨型堡垒，也就是军事基地。要知道湖南的地理位置很重要，往下就是两广，往上可以直达中原。再加上湖南地形为丘陵湖泊，易于驻守，湘北湘西地区更是难攻。小鬼子在湖南被薛岳打成那么个鸟样，除了天时和人和，地利也是起到很关键的作用的。

老同志还给我们说了，那阵子开赴汇龙山的架着帆布的军用卡车着实不少，而且都是在夜晚，汇龙山附近也戒严了一年多。周围县镇也有一些青壮男性被抓去做了壮丁，不过数量不多，易阳镇只去了二十几个人，加上其他县镇的，最多也就七八十个吧！

接着就是解放战争轰轰烈烈打响了，我们的部队一路往下，国民党不堪一击。汇龙山周围的国民党军用卡车，突然一天也全部不见了。可是被抓去的壮丁，却没有一个回来的。那几个老同志就说了，那些娃应该都是被国民党带去打仗了，弄不好还跟着去了台湾。到局势终于稳定后，附近的群众也慢慢开始进入汇龙山。整个汇龙山还是和一年前没被国民党军队折腾时一模一样，一点改变都没有。大伙得出的结论就是：国民党军队瞎张罗了那么久，一砖一瓦都没有动工罢了。

听说了这段历史后，我带着身边那几个兵，便开始走访被抓走的壮丁家属。可非常奇怪，走访的结果是：那些被抓走的男丁都是无亲无故的，唯一能证明他们曾经存在过的，都是一些乡邻与街坊。我们走访了几天，最后总算找到一个有亲人留下的，是一个叫满伢子的壮丁，他的亲哥哥还在镇上。我们找上门后才发现，这个亲哥哥居然是个瞎子，靠帮人纳鞋底过日子。瞎子听说我们是武装部同志带过来的，也给激动坏了，手忙脚乱地给我们倒水，洒了一地。

我们问起了他弟弟满伢子被国民党抓走时的情景，这瞎子倒是记得很清楚，说当时他弟弟才十七岁，两兄弟相依为命，靠满伢子没事上山打兔子、山鸡过日子。那天晚上两人早早地睡了，睡到半夜听见敲门的声音。满伢子跑去开门，门外有好几个人，都穿着啥，瞎子自然不知道，只听见对方问满伢子："山上熟不熟？"

满伢子说："熟啊！别说山上了，大通湖里都熟。"

对方很满意，扔下了几个大洋，说："这是留给你的瞎子哥哥这段时间的生活费，你跟我们上山帮几个月忙。"

满伢子自然不肯，对方就放下了狠话，想不想活命什么的。满伢子就那么被带走了，从此再也没有了音讯。

这条线索就此打住，没有了下文。不过沈头我还是留了个心眼，问瞎子他弟弟满伢子长得啥样？谁知道瞎子咧开嘴就笑了，说："这位同志你这不是白问吗？我就一瞎子，连自己长得什么样都不知道，怎么知道他长啥样呢？再说当时他才十七，你们跑邻居街坊那，就算能问到他的长相，这么多年过去了，估计个头和模样都变了，你们也分辨不出来啊。"

不过……

沈头说到这打住了，眉头一下皱得紧紧的："不过……那满伢子就是个左撇子！"

沈头的故事听得我正入迷，到他最后说出满伢子是左撇子时，我毫不犹豫地说出句傻话："不会就是这个满伢子偷袭了伍大个吧？"

铁柱摇头："那倒不会。虽然与洋人比较起来，我们中国因为从小就学习用筷子吃饭，所以左撇子比例要少很多，只占到百分之二，可你也别小看这百分之二，不少了。据我了解，易阳镇有一两万常住人口，一两万的百分之二就是三四百个，沈头所说的满伢子，只是其中一个罢了。"

沈头也点了点头："应该只是巧合吧！"

正说到这，我们身后的胡小品吱声了："哟！你们都起来了！也不叫醒我，拖了大家后腿。"

我们扭头过去，只见胡小品已经坐了起来，冲我们笑。可躺在他身边的老孙还是在呼呼打着鼾，好像胡小品这么大的动静没有惊动他似的。

沈头冲胡小品微微一笑，压低声音说道："找机会再说后面的事吧！"说完他抓起地上那几个背包，朝着胡小品走了过去。

我也转过身，寻思既然都起来了，也得把老孙这呼噜大王叫醒吧！我三步两步跑到老孙身边，冲着老孙喊道："老孙！老孙！"

我那两声叫得并不是很大动静，比较起胡小品之前冲我们说话的嗓门差远了，可奇怪的是地上的老孙，居然第一时间猛地一下睁开了眼，一把坐起来，瞪着我急促地说道："怎么了？有情况？"

大伙都笑了，大刘骂道："大情况啊，刚才钻出两只狐狸精要带走你！"

老孙自己也笑了，慢吞吞地站了起来，伸了伸手脚："唉！老了，睡不醒！"

说话间，沈头和铁柱、飞燕他们已经从那几个背包里翻出一个牛皮纸包着的物件来，叫我们过去。我们走过去一看，里面包着的是灰色发黑的糕点一样的东西。大刘笑道："以前打老蒋时候我可缴获过这玩意，压缩饼干吧？想不到现在我们自己的军队也有这好东西了。"说完他吞了吞口水，从沈头手里接过有两个火柴盒大小的一块，冲着我挥了挥："看看这个长长见识，就这么一小块，可以保你一天不饿。"

飞燕笑嘻嘻地说道："别听大刘同志瞎说，这么一小块也就当一顿饭而已。"说完她抓了一块朝着我递了过来。她伸手的时候，我正被老孙挤了一下，身子往旁边挪了挪，于是，飞燕这块压缩饼干递过来的手，一下到了我旁边了，可她自己压根没察觉到。

我心里一酸，意识到这么个好好的姑娘，眼睛却看不见的，着实可惜。我连忙伸手接过她手里的饼干，嘴里说道："谢谢你了，飞燕同志。"

飞燕的脸朝我移了过来，眼睛清澈得好像大通湖里的湖水一般，淡淡地一笑。她身边的铁柱也笑道："飞燕还真对小王同志挺不错哦，我和她同事这么久，也没见过她对我这么好过。"

飞燕随口骂了他一句。沈头也笑了："小王同志以前在广播站干过吧？声音挺好听的，飞燕同志看不见，应该是被你声音给吸引住了。"

"沈头……"飞燕低声打断道，说完低下了头。我端着水壶，嚼着那块压缩饼干，面红耳赤地低下头偷偷瞄她。还是那句老话，飞燕皮肤太黑，脸有没有红看不出来。

吃完饼干，大家抱着水壶灌了点水。沈头便提出去汇龙山的悬崖那边看看，老孙自然又叽歪了几句，说大通湖那湖里有点悬乎，那架势又要搬出一堆封建迷信来吓唬人。

老孙的话被大刘又一次打断："少来这套了，就你事多。"

老孙被大刘抢白惯了，也没生气，老脸笑得跟个大戏里的脸谱似的，屁颠屁颠地追上我们，没有再提大通湖古怪的事了。

那天天气挺好的，秋高气爽，大伙一扫之前的阴霾，胡乱地说着话，朝着悬崖边走去。一路上我故意走在最后，不好意思和队伍前面的飞燕走得太近。当年想法多，尤其对方还是部队里的，看模样地位还不差，总觉得自己配不上人家，连走得近都不太好似的。

我们走了有一个多小时吧？出了树林，前面光秃秃的都是枯草了，再远就是那个悬崖。大通湖水连着蔚蓝的天空，水天一色，看着特别的赏心悦目。

大伙心情也好了很多，加快步子往前面的悬崖走去。到走到崖边十几米的位置后，沈头招呼大伙停下来，然后他眺望着远处，赞叹道："多美的祖国河山啊！看来我们一干战友们抛头颅洒热血，换回来的确实值得。可惜好多兄弟没有等到这一天。"

老孙故意站在沈头身边，好像自己还是以前的副县长似的，双手背在身后，扬着头，嘴里用他那湖南普通话大声念道："江山如此多娇，引无数英雄竞折腰。惜秦皇汉武，略输文采。唐宗宋祖，稍逊风骚。一代天骄，成吉思汗，只识弯弓射大雕。俱往矣，数风流人物，还看今朝。"

老孙文绉绉地念完毛主席的这首《沁园春·雪》，还夸张地用手摸了摸额头前那几根稀稀拉拉的头发。大刘便忍不住发笑了："老孙，毛主席这诗是说北国风光的，你在这里牛头不对马嘴的乱读，小心又给你整个问题出来哦。"

老孙自己也笑了："那是那是！"

大伙一字排开，站在那儿欣赏起大自然的美景来。飞燕不知道什么时候站到了我身边，她小声地说道："小王同志，前面很美吗？你说给我听听好吗？"

我心里一酸，感觉眼睛一下都要湿了。我定了定神，也小声对她说道："前面的大通湖湖水连着蔚蓝的天空，就像一个整体似的，非常美！"

飞燕"嗯"了一声，仰起了脸，闭上了她那双美丽的眼睛，深深地吸了一口气："我想象得到，真的很美。"

沈头的话把我们拉回到了现实中："好了，也休息了几分钟了。铁柱，你和大刘四处看看，看能不能找出什么蛛丝马迹。飞燕，你跟着小王同志也到处瞅瞅。老孙和胡同志，你们跟我去前面崖边看看。"

大伙都应了，各自散开。

我跟在飞燕身边，寻思着要不要搀扶一下她，毕竟我们现在是在悬崖边，四处光秃秃的没有个可以扶手的地方。再加上地上也有露水，我怕她滑倒。可飞燕步伐似乎比我还稳，只是这次她没有扬起脸，反而是低着头，不知道在想些什么。

我傻愣愣的跟在她身后慢慢走着，不敢出声，害怕打乱了她的思绪。过了一会，飞燕扭过头来："小王同志，这附近的地上有没有用肉眼能看到的金属物件？"

我低头四处望去，地上只有几丛泛黄的枯草，整块空地一眼就能看个仔细，没有任何金属的东西。我回过头对她说道："没有啊！啥都没有，除了草就是草。"

飞燕"嗯"了一声，没有说话了。

远处的大刘和铁柱也四处转了个圈，朝着我们走来。大刘冲我摇着头，看样子也没有发现。

我们一起往沈头站的悬崖边走去。冷不丁的，我发现沈头和胡小品、老孙三个人站的位置，看着感觉有点不对。沈头和胡小品两个人站在悬崖边，正探出头往下面看。可老孙紧挨着他俩，就站在他们背后，而且贴得挺紧的。他的两只手很随意地垂着，看上去没有什么，可是我却一下想到个问题：那就是如果老孙现在一抬手，只需要轻轻地推一下，前面的沈头和胡小品就完蛋了，绝对是直接要掉下这几十米的悬崖去。

当然，这只是我多心的瞎猜。老孙又怎么会做出那种事呢？

他们也听到了我们的脚步声，三个人都转过身来。沈头的目光落在飞燕和铁柱身上："有什么发现？"

铁柱先说话："大问题没有，可小问题倒有一点，而且很奇怪。"

沈头点点头："说来听听！"

铁柱顿了顿："沈头你看地上的枯草，按理说，草都是往上长的，这里挨着大通湖，有风从大通湖吹过来。那么，地上的草每天被风这么一吹，生长的方向应该是朝着林子那边微微偏着的。我和大刘同志四处看了看,却发现除了林子边上的草是倒向林子的,其他的草都是倒向悬崖这边的。"

"说结论吧!"沈头打断道。

"嗯!"铁柱应了一声:"结论只有一个,那就是这些草是被人或者什么物件压过,而且压它们的人或者物件是从林子里出来的,径直往悬崖这边过来了。可惜的是这悬崖边上没有草,只有光秃秃的石头,所以找不到更多的线索。"

我又忍不住插嘴了:"那如果是人为的踩过,地上应该有脚印。不可能全部的草都被踩遍了,一个脚印都没有吧?"

铁柱点点头:"沈头,所以我有个比较大胆的猜测,那就是这些草被踩踏过之后,有人还来人为的把这些草扶了一次,尽量让所有的草都好像是随意地倒向一边,让我们找不出蛛丝马迹。"

沈头点了点头,又望向飞燕:"飞燕,你也说说吧!"

飞燕却摇了摇头:"沈头,我的发现不知道当说还是不当说,我自己也没啥把握,怕说出来大伙笑话。"

"说吧!只是分析一下。"沈头盯着飞燕的眼睛。

飞燕继续道:"我总觉得有一股子金属的味道,应该是铁。可这里挨着大通湖,湿气重,如果有铁板之类的,那么应该能闻到一股子铁锈味,可偏偏又没有。并且吧!这股子金属的味道,又好像是在我们脚下,刚才我也问了小王同志,地上除了草就是草,没有任何金属的物件。"说到这,飞燕好像突然间想到什么:"对了!铁柱,你拿铲子出来,把有草的那边泥土挖开看看!"

铁柱一愣,但很快就反应过来,从背上的背包里掏出一把折叠着的铲子出来,往下挖了起来。我看到他那包里还有一柄折叠的铁铲,便也跑上去拿起铁铲,站在铁柱身边一铲一铲地忙活上了。

早上那一小块压缩饼干给到的热量,很快就在我的汗珠滴下后消耗一空。大刘接过我的铲子,也折腾了很久。我们挖出了一个应该有五六米深的坑，可里面除了泥土，还是泥土。

飞燕一直站在旁边，若有所思的想着什么。沈头见我们也挖得差不多了，便叫上了铁柱和大刘，一人给了一支烟我们叼上，坐在大坑前休息。

飞燕好像自言自语般喃喃地说道："不对啊！怎么挖了这么久，那股子味还是和之前一样小呢？"

沈头冲飞燕笑笑："不用想那么多了，可能是这泥土里有铁砂矿吧！找不到就算了。"沈头说完低头看了看手表，然后招呼铁柱拿出几个罐头，几个人美美地吃了。沈头说："再休息一会我们就继续上山吧？我记得山顶有很大一块空地，我们去那儿看看有什么发现。"

大伙便都站了起来，伸展着手脚，整理背包。铁柱对着沈头问道："要不要把这个坑填上，免得林子里的其他人看出什么来。"

沈头摇了摇头："留着吧，给他们看见最好。我们阵势整得越大，他们也就越慌越沉不住气。"

老孙讨好地接话道："这就叫引蛇出洞！对吧？沈头。"

沈头笑了笑，没有搭话，转身往林子里走去。

可飞燕却站在那没动，她还是扬着脸，叫住了沈头："等等！沈头，前面……有人过来了！"

我们都紧张起来，我甚至拔出了我腰上那柄手枪。飞燕往后退了两步，沈头和铁柱也弯下了身子，眼睛死死地盯住了飞燕鼻子对着的方向。

飞燕声音放低了："沈头，刚才挖出的坑可以当个掩体吧！我们都进去躲一下。来的人不少，刚才风大，而且是从大通湖吹过来的，所以我没有察觉到他们靠近。应该不远了，是朝着我们这边来的。对方有……"飞燕顿了顿："对方有六个人以上，并且应该也是刚从山下上来的，身上比较干净，没有什么汗臭味。"

我站她身边，脸一下就红了。要知道我都不知道多久没洗过澡了，她所说的汗臭味，自然就是我身上这股子味。

大伙都下了那大坑，有枪的都拔出了枪。铁柱把背上那两柄大砍刀摘了下来，一只手握着一把，刀背很厚，看样子有点分量。他把这两把刀交叉搁在自己肩上，一声不吭地站在最边上。

过了十几分钟，林子那边果然传来了脚步声和人说话的声音。步子越来越近，到最后对方应该是已经出了林子。其中一个人冷不丁地喊了句什么，他们马上窸窸窣窣地乱了几下，紧接着又恢复了平静。

我手心都是汗，捏着手里的手枪，寻思着等会自己是不是要有机会扣动扳机，真刀真枪地打上一仗了。可大坑外，对面的那些人却一点声音都没了，可能是因为看到了这边的土堆，警戒起来了。

这沉默维持了有多长时间，我还真没数，只知道自己一颗心都跳到了嗓子眼。终于，远处那群人忍不住了，一个浑厚的声音冲着我们这边大喊道："有人吗？我们是地方上的同志！是老乡的话站出来，我们有情况想要了解了解。"

我的心一下就从半空中落了下来，可沈头他们严峻的表情依然没有一丝丝放松。

倒是大刘眼睛眨巴了几下，压低声音对着沈头说道："这人我可能认识，我吱个声行不？"

沈头没有回答他，脸转向了飞燕，沉声说道："说说！"

飞燕很镇定："对方六个人，呈扇形包围着我们，手里有枪！不过……不过他们的枪好像都是新枪，或者是刚领出来不久，有一股子机油的味道。沈头，应该不是林子里的人，确实像地方上下来的人。"

沈头点了点头，这才对大刘说道："你试试吧！"

大刘点了点头，然后扯着他那破嗓门，大声喊道："你们是哪个单位的同志？"

对方安静了一两分钟，也是在说小话吧！然后那个浑厚的声音又喊话了："是不是刘贵啊？我是你穆哥！省厅的老同事，有印象没？"

大刘一下就乐了，作势要往外面跨。可沈头一把扯住了他，继续低声说了一句："套套话，不要上当！"

大刘咧着嘴笑了笑，然后又喊道："我早听出你声音了，穆哥，你怎么上山了？"

被称呼为穆哥的回话道："还不是为了你们大通湖农场的事，出来吧！我们这儿都是省厅的几个同志，过来查你们这事的。大刘，沈同志没和你们在一起吗？"

沈头的眉头舒展开来："也在呢！你们动作也挺快哦！"说话间，沈头就要跨出去，可铁柱却抢在他前面，拧着那两把砍刀，先一步翻了上去。

铁柱在上面朝着那边看了一眼，才低头冲我们说道："上来吧！确实是省公安厅的同志。"

大刘也连忙往上爬，我们几个在他身后陆陆续续地上去了。飞燕落在最后，她爬这陡峭的坡显然有点吃力。我伸出了手，一把抓住了她的手腕，把她拉了上来。

林子那边几个高大的身影也都从隐秘处钻了出来，一个脖子上绑着条白毛巾的黑汉子冲着大刘呵呵笑："大刘，你们猫在那下面干吗啊？我们还以为真遇到了敌特的埋伏了，进了包围圈呢！"

大刘大笑道："老子在拉屎不行吗？穆哥，咱哥俩还真有些时日没见过了。嘿嘿！其他几位同志也都面熟得很，都是省厅的同志吧？"

这个黑黑的穆哥点头："都是！"说完他止住笑："哪位是沈同志啊？"

沈头沉声说道："我就是沈建国。"说这话时候，我瞅见铁柱刻意地把他那高大的身体往沈头身前移了一下，双手还是死死地握着那两柄砍刀。

穆哥连忙大步往我们这边跨了过来，到了沈头面前后煞有其事地立正，然后行了个军礼："我是省公安厅的穆鑫，向首长报到！"

他身后的其他同志也都跑了过来，冲沈头点头。

沈头把手里的枪插到腰上，挥手示意铁柱让开，他走到穆鑫面前："我还以为你们省厅派来的工作小组会对我吹胡子瞪眼，怪我带走了大刘他们四个人呢？"

穆鑫微笑着说："哪会啊？沈头做事雷厉风行，我早就听说了，只能说我们工作小组的人步伐慢，没有跟上首长你的步伐。"

两帮人很快就熟悉了，互相介绍了一番，省公安厅工作小组带队的就是这个叫穆鑫的黑汉子，来汇龙山自然就是为了那两百个人群体失踪的事件。公安厅的同志们还询问地上这坑是怎么回事？沈头随意地回答道："只是觉得有点不对，挖开看看里面有啥毛病。"

我和老孙、胡小品站在旁边很尴尬，好像我们就是透明人一般。

刚寒暄了一会，沈头突然搭着穆鑫的肩膀，往旁边走去，好像有什么机密的事情商量似的。我们其他人自然不好靠近。

他俩说了应该有十分钟吧？才一起转过身来，穆鑫大大咧咧地说道："大伙不要乱想啊！沈头只是和我合计了一下接下来怎么安排。沈头的意见和我一样，我们还是分头行动。沈头要带着他的人上一趟山顶，我们正好是刚从山顶下来，就继续在这半山腰上兜兜圈。我们晚上在这里集合，再好好地聊聊，到时候把两支队伍的发现整合一下。"

沈头笑而不语，招呼我们几个重新背上了背包。大伙道了个别，我们便继续往林子里钻。临近林子时候，我回头望了一眼，穆鑫和他们工作小组的同志居然围上了之前我们挖的那大坑。看来，他们也并没有相信沈头所说的只是随便挖开看看。

我回过头，再次朝着队伍前方跑去。因为……因为飞燕这会，又已经走到了队伍的最前面了。

第七章 扔进暗道的绳子

上山顶的这一路上，我都是走在最前面，或者说是走在飞燕身边。铁柱和大刘跟在我俩身后，不时小声地嘀咕着什么，然后冲我们哈哈大笑。我没听清楚他们说什么，飞燕却不时回过头冲他俩微笑着骂了几句。

我们抵达山顶时，已经下午三四点了，山顶确实是一块很大的空地，之所以没长树，因为这块空地上没有土，就一整块的大石头。可你要说石头缝里长不出东西吧，那块空地的正中间又有一棵孤零零的大树，像个避雷针似的，格外显眼。

我们没有直接走向空地，大伙分成两拨，围着四周转了起来。我还是和飞燕一起，胡小品和老胡跟在我俩后面，老孙双手背在后背，迈着小八字步，好像他的职位又回来了，这一会是到辖区视察工作。

飞燕自打上到这山顶，就一直没说话，眉头皱得更紧了，她扬着的脸不时对着空地中间扭去，鼻头还轻微地抽动几下，好像在搜寻着什么气味。我们围绕着空地边的树林，也没有发现任何古怪。荒山野林子，该是什么样，它们就什么样。

我的眼睛一直盯着飞燕，总希望她突然说出有什么发现来。可转了一圈，再和沈头、铁柱、大刘会合后，飞燕还是没有发表什么意见。倒是沈头先说话了："这地方和七年前我带着队伍过来时一个样，没任何改变。"

铁柱也点点头："我也没有察觉什么古怪。只是，沈头！我想问问七年前这块石头地的中间就有那棵树吗？"

沈头点点头："植物的生命力是顽强的，这棵树的根肯定是扎进了这块石头底下的泥土里，就因为有条缝，所以硬生生被它挤出了一片天空。就好像我们的队伍，当年内忧外患，可顽强的信仰支持着我们走到现在，建立了新中国。"

沈头的话让我再次激动起来，那么多先烈的故事在我脑海里如幻灯片般放映。我暗暗想着：那个大时代里没有我王解放的一点功劳，今天开始跟着沈头，不知道能不能干出一番轰轰烈烈的事业来。

正傻想着这些，铁柱突然从后背上把那两柄大刀抽了出来，接着昂首挺胸朝着中间那棵树走去。我们几个见他表情特严肃，便都赶紧跟上了他。

只见他径直走到那棵树前，回过头来望了沈头一眼。沈头可能猜到他接下来要做什么，冲他点了点头。铁柱把其中一柄刀往地上一扔，然后高高举起了手里的另外一柄大砍刀。我和大刘、胡小品、老孙都张大了嘴，因为看这架势，他是要用他手里的刀劈向那棵大树。要知道那树可是比碗口还要粗哦，凭一个正常男人的力气，要把它一刀劈断，还真不太现实。

铁柱长长地吸了一口气，刀刃在空中划过一道漂亮的弧线，照着大树劈了上去。可飞燕却突然间朝着铁柱跨上了几步，一手抓住铁柱的肩膀："等一下！"

刀刃落在了那棵树上，铁柱应该是收了力，只砍破了树皮。铁柱扭过头来，对着飞燕问道："怎么了？"

飞燕摇摇头："铁柱，我也觉得这棵树有古怪，但问题应该不是在树里面，而是树下面。我看不到，你们给我说说，这树干是不是严实无缝的跟地上的石头合为一体。"

我们连忙往树下方望去，果然，这树好像是镶嵌在脚下的石头里，也就是说石头紧紧地包裹着树的根部，甚至接壤处的石头都不是尖的，而像是被人人为打磨过似的。

这一发现让大伙都激动起来，大刘甚至蹲到了地上，用手在那光滑的石缝上摸来摸去。老孙小声说道："好家伙，肯定是敌特设的障眼法，想要掩盖他们见不得人的勾当。"

沈头却往后倒退了几步，他没有望地面，抬起了头，朝着树的上方望了过去。我见他视线停留在树梢上，以为他发现了什么，连忙也抬着头，站到他身边，望向他目光停留的位置。可是那棵树和整个汇龙山的其他树一模一样，没有一丝异常。

铁柱把两柄刀重新插到了后背上，紧接着他三下两下往树上爬去。这棵树虽然不是很小，可铁柱这么个大块头爬上去，应该也会晃悠的。奇怪的是，这棵树好像是根熟铁棍似的，压根没有因为铁柱上树而朝旁边偏上一点点。

飞燕又说话了："沈头，如果我没有猜错的话，这棵树中间应该是有金属的。"飞燕的话还没落音，头顶的铁柱"啪"的一声，折断了一根很粗的树枝，可是树枝被折断后，并没有立马断成两截，反而是挂在了上面，好像木偶人似的，中间像有线连着。

铁柱愣了一下，接着双腿夹紧树，两只手扯着那根树枝往下面甩。树枝与树连着的部位，一根手指粗的铁丝显现出来。

我们都惊呆了，铁柱自己也没了主张，低下头来看沈头。因为他的力气再大，没有工具也不可能弄断手指粗的铁丝。沈头还是面不改色，只是眉头皱得更紧了些："铁柱，你先下来。"

铁柱"嗯"了一声，从树上跳了下来，大刘跨前一步，握住了铁柱的手，让铁柱没有摔倒。沈头的步子继续地往后面倒退着，目光始终没有离开这棵树的树梢处。沈头的冷静让我觉得自己也应该像个大人物一样，表现出一个镇定的造型来。于是，我也像模像样地往后退，让这整棵树能够完完整整的在我视线中一览无余。也就是这么整个儿的把树一瞅，我还真给看出点问题来，那就是这棵树的枝叶格外茂盛，茂盛到压根就不像是一棵碗口粗的树能长成的样子。

我的举动被沈头瞧在眼里，他在我身后突然说了一句："小王同志，说说你的看法呗！"

沈头的话让我受宠若惊，我转过身去，吞了口唾沫，接着大声说道："沈头，我觉得这棵树茂盛得有点古怪。"

"古怪得像什么？照着军事科技方面去想！"沈头微笑着看着我。

"像……"我结巴了起来："有点像……有点像……有点像天线。"

"对！就是像个天线！"沈头重重地点头。接着他朝着大伙说道："我们看到的只是这么一棵普通的树，如果不是铁柱折断一根树枝，谁能想到里面会有铁丝呢？小王同志说得对，这就是一个被伪装的天线。假如我没猜错的话，树下面肯定是有这铁丝连着的某种通讯设备。"

"我砍开看看！"铁柱的手再次往自己后背上的大刀摸去。

"慢！"沈头打断了他，然后沈头大步走到铁柱和飞燕身边："疯子最晚明天早上就会赶到了，到时候铁柱你和他两个人的力量，应该可以把这棵树连根拔起吧！现在砍断了，不方便拉回去研究。"

铁柱和飞燕都点了点头，飞燕还小声嘀咕道："疯子一个人应该就可以拔起来。"

一个人把一棵碗口粗的树连根拔起？他们三个的对话让我倒抽了一口冷气，这可是只在水浒里面才有的人物啊！这个他们所说的疯子会是一个什么样的人物啊？

大刘和老孙、胡小品也和我一样瞪大了双眼，沈头他们三个好像没看见。沈头看了一下手表："不早了！我们现在就下山，和穆鑫同志他们会合，问问他们有什么发现？明天早上等疯子他们到了，我们再上来一趟，带着他们俩一起过来看看。"

大伙都点头，正要转身。突然间，一声沉闷的枪响声从我们身后的林子里响了起来。

"坏了！出事了！"大刘动作比沈头他们还快，大步一挥，朝着枪响的方向跑去。

我们也都跟着他冲了出去，包括老孙和胡小品都变了脸色。要知道现在是和平年代，各单位对鸣枪都是有严格要求的，换句话说，就是只要出现枪响，就绝对是在进行小规模的敌我战斗。

我们跑出去几十米，枪声又响了起来，这次居然不是之前那种"砰"的一声了，而是连贯的"突突"声。我当时旁边跑着的人是飞燕，她小声地对我说道："是一个老枪手！手枪打得这么快的绝不是个生手。"说完她往腰上一摸，掏出了她的手枪。

我太阳穴的青筋直跳，效仿着她的动作，一边奔跑一边把枪握到了手上。我甚至幻象着很快我就要像先烈一样，与敌人展开一场轰轰烈烈的枪林弹雨的战斗。

让我更加震惊的一幕出现了，我们奔跑的方向是汇龙山往山下的下坡路，大伙的速度都能比在平地上快很多，可是林子里树木多，我们自然不能保证直线往下，还要绕过拦在前方的树，这让我们奔跑的速度无法完全放开。这时，铁柱居然冲到了最前面，他那两柄大刀不知道什么时候重新握到了手上，只见他身体像个小豹子般微微弓着，手里的刀往横里挥舞开来，目标竟然是拦在我们前面的树木。他不时大吼着，每一声吼叫后，一棵碗口粗的树便被拦腰斩断，树倒的方向是我们的两边。紧接着他往上微微一跳，越过了被砍断的树桩，速度没有一丝放缓，又朝着前方另一棵拦住我们路的大树冲去。

我当时都不知道自己看到这一幕时是作何感想了，尽管沈头带着铁柱、飞燕出现在我们四个大通湖农场坏分子的世界之后，他们表现出了很多不是常人能够具备的强悍劲，可也都说得过去。但铁柱现在整出的这场面，却完全跟个神话里的天神一般威武，不可思议了。当时的我更加想不到的是，在接下来的日子里，比铁柱还要恐怖强悍的疯子，还没赶到汇龙山来和我们这个小分队会合。

也是因为铁柱在前面开路，我们奔跑的速度变得非常快，阻碍我们的树一路上被铁柱劈断了十几棵。远处的枪声在那一串连贯的突突声后却打住了，声音传来的方向，就是我们本来就要回去的悬崖边。

我们最多只用了四十分钟就重新回到了我们与公安厅的同志分开的地

方，老孙和胡小品都累得够呛，大口得呼吸，喘得跟头驴似的。

铁柱和沈头最先止住步子，位置也还只是能看到那片光秃秃的悬崖。当时天也微微有点黑了，身边的树木与地上的草勉强能让我们处在暗处。他俩一起趴到了地上，眼睛死死地盯着前方。

我和大刘、飞燕也趴到了他们身边，警惕地望向前方。胡小品和老孙在我们后面猫着，他俩也没敢出声，就连喘气都尽量压得很低。

前方的悬崖和我们中午看到的没有什么两样，包括我们刨出来的那堆土，也还是堆在原地。我的视线缓慢地移动着，希望有所发现，可愣是什么都没看到。

飞燕最先说话，她压低着声音："沈头，有血腥味，新鲜的，就在前面。"

沈头"嗯"了一声："有活人吗？"

"没有！"飞燕肯定地说道。

铁柱和沈头一起爬了起来，看来他们对飞燕的判断非常有信心，完全没有担心某个暗处出现敌人的埋伏。我和大刘对视了一眼，大刘冲我挤出个笑来，然后他也站了起来，跟着铁柱、沈头往前走去。

我承认我心里还是有点发毛，犹豫着要不要跟他们一起过去看个仔细。飞燕的短发冷不丁的在我衣领缝里扫了一下，她的说话声还带着一丝丝调皮般："怎么？犯怵了？"说完她也从草地里站了起来，朝前走去。

我脸一下就红了，故意朝着后面猫着的老孙和胡小品说道："你们隐蔽好！我也过去了！"说完我追上了飞燕。胡小品吃吃地笑了，对着老孙说道："看这孩子！"

飞燕走了四五步后就停住了，她的脸再次扬了起来，对着前方那堆泥土。我站在她旁边，不敢说话，怕影响了她的搜索。

果然，几秒钟后，飞燕猛的朝前跑去，边跑边大声喊道："沈头，快！那坑里还有活人！是中午那些同志。"

我们四个差不多是同一时间跑到了那堆泥土前，大刘甚至跳上了那堆土。我们中午挖出的那个大坑比之前更深了，坑里一片狼藉。四具血肉模糊的尸体横七竖八地倒在坑底，他们穿的赫然就是中午我们看到的公安厅同志的衣服，没错，就是我们中午遇到的那六个同志中的四位。

大刘第一个跳进了坑，把他们一个个翻过来，大声地喊着："醒醒！醒醒！"

我和飞燕也跳了下去，飞燕之前说里面有活人，可是我们面前的每具尸体，左胸口心脏位置都是很大一个枪眼，血水冒着泡沫地往外淌着。大刘挨个看了，没有看到他的熟人穆鑫，可他并没有因此松口气，反而是鼓大着眼睛，有点失态地对着飞燕吼道："你不是说有活人吗？全部心脏中枪，哪里有活口？"

飞燕脸色很不好看，但也没有发脾气，她那双额外闪亮却又无神的眼睛缓缓闭上，似乎在捕捉着什么，过了一会，她再次睁开双眼，指着其中一具尸体说道："这个同志还有气！"说完她动作麻利地伸出手，准确地扯过了我后背上的背包。她那双黝黑的手臂在背包上摸了几下，继而解开了背包上的绳结，从里面掏出个白色的小箱子出来。

我意识到这应该是急救箱，探手过去，帮她打开，从里面拿出纱布和几瓶药物。大刘嘴里还在嘀咕着："正中要害！怎么可能是活的？"边说边用手把那个同志胸口的衣服扯开，露出左胸心脏位置一个黑红黑红的伤口来。

大刘用手摁在那伤口上，眼神黯淡下来："没心跳，没用的。"

飞燕好像没听见似的，拧开个药瓶，倒出一些灰色的粉末。接着她伸出手，往地上那同志胸口摸去。

我忙抓住她手，帮她移到了对方伤口上。飞燕把那些粉末撒在伤口上，又接过我递过去的纱布包扎起来，对着大刘说道："你探探他鼻息，没死！不过估计抢救过来有点难！"

大刘愣了一下，半信半疑地探那个同志的鼻子。他皱着的眉头慢慢舒展开："还真是啊！这家伙心脏位置被打了一枪，居然还有气。"

飞燕冷哼了一下，看来她对之前大刘的出言不逊还是有点意见的："这个同志可能是镜面内脏，他的心脏在右边，和常人不同。"

大刘闻言，忙俯下身子，趴到对方右胸口处："还真是！飞燕同志，这个你也能闻到？"

飞燕嘴角微微上扬："这个还真不是闻到的，我猜的。"说完飞燕把这个同志的身体抱了起来，微微地晃动："同志！醒醒！你醒醒！"

我蹲旁边不知道怎么出力，傻愣了一会，我摘下身上挎着的水壶，拧开盖，小心翼翼地对着地上那同志的嘴唇倒了上去。

冷水接触到对方的嘴，对方的嘴唇真的微微动了一下。大刘也上前，帮我扶好对方的大脑袋。这个同志嘴唇动了几下后，眼睛微微张开了，可也就开了一条缝。他应该是看清楚了我们三个，然后他喉结处动了几下，张嘴说出话来："苏……苏修！"

吐完这两个词后，他头一歪，顺着大刘的手掌往下滑去。

飞燕叹了口气，把他的身体放到了地上。大刘一个人傻愣了一会，接着站起来对我说道："把他们的尸体先背到外面去。"

我点头应了，扛起一具尸体往坑外爬去，猛地想起：沈头和铁柱呢？他们不是和我们一起跑了过来的吗？刚才只记着抢救那位同志，压根就没注意到他俩不见了。

到我爬出深坑，这个疑问就得到了解答。沈头和铁柱两个人背对着我，正站在深坑七八米远外的一个地方，两人目光平视着，对着前方的树林，不知道在说些什么。

我放下身上扛的尸体，又探手去接大刘递上来的其他公安厅同志的尸体，最后才是把飞燕给拉了上来。大刘也爬了上来，他和我一样，先是看了看远处的沈头和铁柱的背影，继而望了我一眼，眼神很奇怪，好像是要传递一个什么信息一般。可是我当时一门心思都放在地上尸体的惨状上，完全没有在意。

飞燕径直朝着沈头和铁柱那边走去，我思想单纯，毫不犹豫地跟上了她，就要过去。冷不丁大刘扯了下我衣角，我扭头看他，只见他又皱着眉头，头微微低着，对我说道："人家说事，没有叫你过去，你真把自己当个什么人物了？"

我才清醒过来，我和大刘、老孙三个始终只是大通湖农场的改造学员，立场上是被定为有问题的。这一天一夜，有幸跟着沈头他们开展工作都是侥幸，人家有没有真把咱当自己人那是另一回事。

想明白这一点，我莫名地自卑起来，之前一整天澎湃的激情一下被浇灭掉，心里特不是滋味。大刘等到飞燕走远后，才往我身边靠近了一点，声音压得很低，语气倒透着关切："傻小子，除了你大刘哥能把你当回事，还会有谁真把你当自己人呢？你好好记着，这几个人里，就我俩是一条绳子上的蚂蚱，有啥危险，大刘哥都会照顾你的。"

我心头一热，说句实话，我当时一个二十出头的毛孩子，经过多少世事呢？而大刘在我心目中，完全是个能上天入地的汉子，以前打过老蒋，干过革命，解放后又是在公安厅做刑警，整个一小年轻心目中完美的汉子模型，甚至属于我崇拜的那种类型。只是这一天一夜，这个伟岸的形象身边又凭空多出沈头他们几个来，才动摇了我对他的景仰。到大刘现在小声给我说上这几句，他那高大形象再次被我树立起来。对！沈头他们是军队里的人，就只有大刘才是我真正能够信任的人。

我冲大刘感激地点点头，正要说句什么，不远处沈头的声音响了起来："大刘，小王，你们俩也过来一下。"

我和大刘对视了一眼，大刘的眼神依然是那种值得我依赖的光。我们俩一前一后地往沈头他们身边走去。

沈头他们应该没看出我与大刘有什么不对，他非常镇定地对我们俩说道："飞燕说那位同志临终时说出了苏修两个字？你们怎么看？"

我没有出声，低着头不敢看沈头的眼睛。大刘语气却完全没有露出异常："我和小王能有什么看法啊！苏修攻到了我们这大后方，问题挺严重的。"

沈头"嗯"了一声，对着铁柱点了一下头，示意铁柱对我们说些啥。铁柱顿了顿，继而说道："之前我们遇到的公安厅的同志一共有六个，这周围我也看了看，发生枪战的位置就是在这里，并且还有人朝着林子那边跑了。沈头和我、飞燕商量了一下，决定留下小王、老孙、胡小品三位同志，由飞燕带队，在这个现场守着。大刘跟着沈头还有我，进林子里追踪一下，看能不能有所发现。"

说到这儿，铁柱看了大刘一眼："不过，敌人非常狡猾与灵敏，之前的小规模战斗对方应该是快速进攻，又快速撤退。我个人觉得我们的追踪，不会有太多发现。"铁柱这话明显是故意说给沈头听的，之前他和沈头肯定因为追还是不追有过意见不合。

大刘却打个哈哈："反正我就一老兵，服从命令是我的天职，沈头怎么安排我就怎么做就是！"说完大刘扭过头来，对我微微一笑："小王，你跟着飞燕他们在这里也小心点，就你一个壮年汉子，要学会照顾大伙。"

我"嗯"了一声，心里还是暖暖的。沈头也冲我点了点头，接着带上铁柱、大刘朝着旁边那片林子大步地走了进去。

我扭过头，对着远处还趴在那没敢动弹的老孙和胡小品喊道："过来吧！"

两个老头慢悠悠地爬了起来，天已经完全黑了下来，他们俩的身影在那不远处只能看到个轮廓，依稀能分辨出是他们两个而已。

飞燕站在我身边，她的脸对着老孙和胡小品的方向扬着，话语声很柔和："小王，我们现在站的这位置需要靠你的眼睛多注意了，我闻不到林子那边的情况。"

"为什么？"我好奇地问道。

飞燕垂下了头："因为……因为现在有风。"

我一下醒悟过来，大通湖方向吹来的风，从我们身后对着林子里吹去。飞燕是靠嗅觉来寻找方向与线索的，风力的大小与朝向，直接影响到她的每一个判断。意识到这一点的同时，我忙睁大眼睛朝着老孙和胡小品那两团黑影望去，因为我们现在的处境随时面临着突发的危险。我无法看清楚老孙和胡小品的细节，那岂不是说我也不能百分百肯定正对着我们走过来的两团黑影就是他们两个呢？

我的手再次紧紧握住了手枪，另外一只手不由自主地抓紧了飞燕的手。飞燕的手缩了一下，接着还是顺从地任凭我抓住。她的手软软的，手心里有点湿。

走过来的自然是老孙和胡小品，他们俩看到地上那几具尸体后，都吓得不轻。胡小品一屁股坐到地上，喃喃地说道："我这辈子算彻底毁在这汇龙山里了，真不知道能不能活着走出去？"

老孙也非常害怕，说话声抖得厉害："姓古的，我算被你害死了！"

他们的胆怯反而让我一下豪迈起来，我挺了挺胸，挤出个笑容来，冲胡小品打趣道："胡同志，这样也好啊！起码证明了这汇龙山里确实有敌特，你当年并没有说瞎话。"

胡小品苦笑了下："如果是几年前，我还真在乎这个，想着给自己平个反，也算还我一个公道，说明我胡小品同志并没有说瞎话。可现在年岁越大，觉得也都无所谓了，只要安安静静活下去，才是最实在的。"

我讨了个没趣，眼神再次往脚下的深坑望去。这坑比我们走的时候又深了很多，可能是公安厅的同志寻思着我们挖了半截，坑里十有八九有什么线索，所以继续挖了一会。但一个新的疑点猛地出现在我脑海里：当时公安厅的同志们都没有背太大的背包，手里也没有谁拎着铲子啊！那么，他们挖掘的工具是什么？

我思考这问题的同时，老孙这眼尖的老家伙突然一个箭步跨到那堆土的上方，把手伸进土里，"哗啦"一下拉出一把铁铲出来，嘴里还嘀咕道："这不是之前铁柱同志用的那种铲子吗？"

我忙走了过去，从他手里抢过那把铁铲，只见这铁铲和之前我们挖坑的一模一样。飞燕却还是站在原地，可能是因为有风，她的嗅觉大打折扣，所以她不敢乱动，怕摔倒。她朝着我们的方向问道："小王，你看下铁铲的铲柄上，有没有 00516 或者 00517 这些数字？"

我依言低头往铲柄上看去，很快在那上面看到了00517这一排数字。我把这情况说给飞燕听了，飞燕愣住了，继而缓缓说道："是我们之前用的两柄铲子中的一把。我记得这折叠铲是铁柱背着的，怎么会在这里出现？"

老孙跳下土堆，对着飞燕说道："可能是我们走的时候落下了，忘记装起来吧？"

"这可能性不大，铁柱做事细致，从来不会丢三落四，除非是他……除非是他故意……"飞燕的眉头皱得越来越紧了。

我也跟着他紧张起来，在阶级斗争的问题上，不能有一丝怠慢与放松，敌特为了颠覆我们的新中国，据说每年投入的人力物力与金钱是上千万的，就算再优秀的革命同志，也难保不会被敌人的糖衣炮弹击败，就算是跟随在沈头身边的这个铁柱，会不会也被敌人给……

我连忙转身，对着沈头和大刘、铁柱消失的方向，急切地说道："那沈头岂不是有危险，我们现在赶过去提醒他们——小心铁柱。"

胡小品却扑哧一下笑了："小王，别这么沉不住气。铁柱看模样已经跟了沈头有些年月，真有问题，沈头会察觉不到？我们好好等在这里吧！免得他们转回来又找不到我们了。"

老孙也点头："就是！人非圣贤，孰能无过。毛泽东同志都自我批评，他那种伟人都有犯错的时候，铁柱只是个小伙子，丢三落四在所难免的。"

我又看了飞燕一眼，飞燕闭着眼睛，好像在思考着什么。半晌，她再次睁开眼："小王，我们服从沈头的安排，不要擅自行动，好好留在这里就是了。你扶我下到坑里去，公安厅的同志又挖了这么久，可能他们也发现这下面有什么古怪。"

我点了点头，胡小品和老孙也都上前来，七手八脚把飞燕扶到坑底。我也跟她一起下去了，老孙把那铁铲扔了进来，说："你们在下面看看有没有什么发现，我和胡同志给你们站岗。"说完他自顾自地呵呵笑了，还嘀咕了一句："我们算给你们把风也成。"

说完他扯着胡小品往土堆那边走去，刻意不看我和飞燕，整得好像给我俩制造一个私处空间似的。

我面红耳赤，对飞燕小声说道："老孙同志挺好的，就是作风上有点问题，因为男女关系从位子上下来的。"

飞燕也小声"嗯"了一下，她应该也怪不好意思的。沉默了一两分钟，飞燕指着坑里的地上一个位置说道："小王，你朝这边再挖几铲子看看，那股子金属的气味，这边感觉特别重。"

我抓起铁铲，对着那角落里甩起了膀子，男性力量的表现欲特别强烈一般。挖了几分钟后，我的铁铲果真碰到了坚硬的物品，听声音，确实是金属。

我把铁铲一扔，用双手去掀那片土壤。飞燕也上前帮忙，拨弄那些土疙瘩。我仰起脖子，要喊老孙和胡小品过来帮忙，可飞燕小声说道："别叫他们，你先看看，把情况记好，等会汇报给沈头听。"

我寻思着也是，沈头可是把我和大刘当自己人，但对老孙和胡小品还有点提防的。现在我们真有发现，自然也必须先不声张，让沈头回来作主张。

所幸老孙和胡小品两人也没有过来看我们，他们俩坐在外面的土堆上说着话。

地上很快就被我们整出一块东西来，那是一块直径七八十厘米的金属盖子。但是这金属盖子上刷着和泥土一样颜色的漆，那漆煞是古怪，不仔细看，还真看不出和周围的土壤有啥异样。

我和飞燕都没出声，飞燕的手在这铁盖上来回摸索着，到最后停在一个位置上。我定眼望去，只见飞燕的拇指和食指分开，往铁盖里面插了进去，应该是她抠进了某个机关或者提手。

就在这时，我们头顶上的老孙和胡小品突然止住了说话，接着他俩滑下土堆的声音传了过来。我和飞燕连忙站到金属盖上面，害怕他们看到我俩的发现。可老孙和胡小品并没有对我们探头，反而是小声嘀咕了几句。

我与飞燕强烈预感到他俩在上面可能遇到了什么情况，都摸出手枪，屏住了呼吸。紧接着，老孙突然对着我们这下面小声说道："小王，把铁铲扔给我!"我依言照做了。老孙的声音变得急促起来:"你们躲好,有机会给我俩报个烈士。"他话刚落音,胡小品的大喊声便响了起来:"跑啊!"

"踏踏"的急促脚步声在我们头顶响起,朝着树林里冲去。

我被吓得一颗心都跳到了嗓子眼上,要知道我们现在是有四个人,我和飞燕手里还有武器。老孙和胡小品所选择的行为,明显是想要吸引走某股力量,这股力量如果人数上不是压倒性的大于我们,他俩绝不会这么做。而他之所以要走了那把铁铲,可能也是想用去防身。

飞燕自然也意识到了这一点,她往地下一蹲,手指再次抠进了那个金属井盖的小孔。我忙让开,飞燕用力一提,那个金属盖被提了起来,一个黑糊糊的洞出现在我们眼前。

"下去!"飞燕一边对我指挥着,另一只手朝着深坑旁边的坑壁上挥了几下,可能是留什么标记吧?我没有多想,对着脚下那黑洞便跳了下去。

我的身体往下直坠了一两米吧,接着是一个斜斜的坡,空间却还是只有井盖大小。我双手挥舞着,希望抓住什么东西,可四周都是光滑的好像水泥糊着一样的墙壁。我的身体完全不在自己控制下往下滑去,最起码滑了有十几米,才一脚踩到了一块软软的东西上。可身边的空间依然只有最初那么大小,我的上半身还是半躺在滑坡上,双膝和屁股接触到地罢了。

还没来得及整明白情况,上方井盖合拢的声音就响起了,紧接着是又有人滑下的声音,自然就是在我后面的飞燕。我忙举起双手,并第一时间一把接住了她最先落下的双腿。接着我把身子一扭,手上用上力气,缓解飞燕下滑的力度,让她不至于和我一样狼狈的一滑到底。

飞燕也接触到了斜斜滑坡的底端,我俩身体都是呈四十五度倾斜着,躺在滑坡上。我俩的脚都能接触到那片软软的东西,但因为空间小,又挤着我们两个人,所以我们都无法弯下腰,去触摸底部软软的是什么东西。

我的脸再次红了,我一个二十一岁的小伙,和飞燕这么一个年岁相仿的姑娘,斜躺在一个只有直径七八十厘米的圆形通道里,身体完全贴到了一起,而且还是正面。她胸口软绵绵的肉球,紧紧挨着我的胸膛,那感觉别提多尴尬了。

　　飞燕自然和我一样，她努力把身体往后靠，想要让这接触变得没那么紧迫。可当时那地确实忒小了点，我块头又大，她胸口的那……那个啥又不小，所以完全不可能分开。

　　我俩沉默了很长一段时间，我裤裆处有点发热了。我俩的手都刻意地往身体两边放，尽量不接触到对方。该死的，我裤裆里那东西有点……有点那个了！

　　飞燕肯定感觉到了，于是，她张嘴说话了，嘴里的热气喷到我脸上，更加的刺激着我："小……小王，不知道老孙他们遇到了什么？"

　　老孙他们遇到了什么又怎么是我们现在最需要考虑的呢？我们眼下最紧要的应该是我俩如何逃出深洞的问题。飞燕这话很明显是想转移我的注意力，让我某个部位安静下来。我自己也明白了她的用意，结结巴巴地说道："希望……希望他们……不会遇到什么危险吧！"

　　飞燕"嗯"了一声，可能是因为她努力往后靠之后，发现无法改变这尴尬吧。终于，她紧绷的身子一下松懈下来，我俩再次严实无缝地粘到了一起。

　　彼此的鼻息都能听得特别清晰，飞燕的短发甚至有几丝钻进了我鼻孔。我努力制止了自己要打喷嚏的欲望，把手往上抬起来，试图拂开她那几缕发丝。谁知道飞燕也同时抬起了手，可能也是想理一下自己的头发吧！我俩的手在那黑暗中鬼使神差地碰到了一起，继而都僵持在原处，谁都没有要离开对方手的意思。

　　又是很久的沉默，终于，我咬了咬牙，一把抓紧了飞燕的手。飞燕的手软软的，手心湿湿的，和我的手掌紧紧扣到了一起。我俩的防线在这一瞬间彻底崩溃了，我的另外一只手狠狠地搂向了她的细腰，而她的另一只手也抱紧了我的后背。我们的脸快速地靠近，飞燕个子不小，我只要微微低下头，就可以亲吻到她的额头。接着，她的脸又往上扬，我的头继续地往下低。终于，我们的嘴唇接触到了一起……

在那伸手不见五指的黑暗中，我不知道那段温暖的时间过了多久。我和飞燕看不到任何画面的世界变得一样，漆黑一片。于是，我产生一种幻象，觉得如果真让我和她一样变瞎，从此看不到东西，但是能换回与她这样温存着，一直到世界末日，也绝对是我愿意接受的。

就在我与飞燕都已经完全迷失自我的那一会，我们上方的铁盖传来轻微的响声。我们俩迅速地分开，一起抬起头去。可那斜斜的通道上方，还是没有一丝光线照射进来。飞燕鼻子抽动的细微声音也响起了，接着黑暗中的她轻声说道："可能是沈头他们回来了，看到了我做的标记。"

飞燕用了"可能"两个字，说明她并没有闻出上方打开铁盖的人身上的气味。但人在逆境中，对于未知的未来，总喜欢往最好的方向考虑。我也没有例外，我的想法和飞燕一样，觉得应该是沈头、大刘以及铁柱回来了，或者是老孙和胡小品也说不清。

奇怪的是，如果是沈头或者老孙这些自己人，在打开上方的铁盖后，肯定会第一时间冲下面喊我们的名字啊！可铁盖响了几分钟后，却没有传来我们所熟悉的喊话声。我和飞燕的手再次紧紧握在一起，一种不祥的预感出现在我心里。

上面又响动了，这次是有东西被扔进来的声音，应该是软的。那声音响了几下后，一根长长的物件从我们头顶落了下来。我和飞燕都第一时间抓紧了这根东西，居然是根树藤。

之前那种不祥的预感被我赶走了，我冲飞燕说道："绝对是沈头他们，想要救我们上去。"

飞燕很奇怪的没有出声，反而是沉默了一会。我抓紧那根树藤扯了扯，上面的人也拉了几下，示意我们上去。我把飞燕握着我的那只手放到树藤上："你先上去吧！"

飞燕还是没有流露出开心的语气，反而变得异常冷静了："小王，上面不是沈头和铁柱他们。"

我一愣，赶紧问道："你咋知道的？你闻到了？"

飞燕在黑暗中摇了摇头，她的摇头我是通过她头发的扫动感觉到的，她压低声音说道："沈头他们的背包里有长绳子的，如果是他们来营救我们，扔下来的不会是树藤。我怀疑可能是其他人。"

我还是挺乐观的，之后的事实也证明了当年的我是多么的稚嫩，我压根就没有理会飞燕的质疑，斩钉截铁地对她说道："那就是老孙和胡小品同志吧？"

正说到这，那根树藤上方的人又把树藤用力扯了几下，示意我们上去。我双手抓住飞燕的腰往上送，嘴里说道："上去再说吧！应该是自己人，咱出去了再说。"

飞燕犹豫了一下，然后对我说了句："你小心一点，我上去后马上拉你上去。"说完飞燕双手用力扯了扯树藤，上方的人也使上了力气，飞燕的身体慢慢地往上升去。

通道里一下变得宽敞起来，没有了飞燕温暖的身体，让我觉得一下子自己整个世界都不一样了一般。我苦笑了一下，用力锤了下自己的脑袋，飞燕是部队里的同志，就算这一会对我有一二好感，甚至和我亲了嘴，可我与她以后能走到哪一步，我一个坏分子，还真没有任何把握。

我冷静下来，耐心地等着树藤再次放下来，拉我上去。可等了有十几分钟，飞燕身体与周围石壁摩擦的声音也都消失了，可那根树藤却始终没有再次放下来。

上面的人不是沈头和大刘、铁柱的话，那就应该是老孙和胡小品，只有这两拨人会来营救我们的。问题是……我突然身上冒出冷汗来，问题是老孙和胡小品在发现了这个铁盖后，第一时间会对我们喊话啊！就算他们不喊话，径直扔树藤下来救我们，可这树藤也不是他们身上随身携带的啊！怎么可能发现井盖下面这个通道后只过了几分钟就找到并拧成了够这长度的树藤呢？

我一下慌了，脖子努力往上仰着，希望能看到斜坡上方出现新的线索。可是，上方鸦雀无声，我像个被人遗忘的野兽，困在一个废弃的陷阱里。

不！我必须上去！飞燕会有危险！我激动起来，同时又万分惊恐。我张开嘴，对着上面大声地吼叫着："救我！救我！"

我的呼救声没有得到任何的回应，到最后，我发现自己的嗓子都嘶哑了，我的声音慢慢的带上了哭腔。我不是害怕自己生命在这里走到尽头，而是担心着飞燕的处境。我用力地打自己的脸，万分后悔，为什么要让她在不能肯定的情况下第一个出去呢？当时如果是换成我先上去，那么我起码还可以想办法再回来营救她。

我终于大声哭了出来，尽管我与飞燕的相识只是这么短短的二三十个小时，但那感觉，她已经成为了我的全部，成为了我的革命生涯里最美丽那段爱情故事的女主角。可是，在她面对着可能出现的危险时，近在咫尺的我，却压根帮不上一点忙，而是像个困兽般束手无策。

到我安静下来，时间距离飞燕离开这暗道应该有了一两个小时。我双手在周围的石壁上来回摸索着，希望找到某个小小的坑，能让我往上攀爬。

在我无声也无光的世界里，再次燃起我生命火焰的是头顶一个熟悉的声音。

"小王！飞燕！你们在下面吗？"是大刘的声音！

我无比兴奋地张口大喊道："是我！王解放，是我在下面。"

上面大刘"嗯"了一声，紧接着一根长长的绳索被放了下来。可绳子的长度距离我头顶还有两三米的距离。

我再次喊道："够不着，还差一点。"

上面又安静了一两分钟，接着绳子往下落了一米多。我努力往上一蹿，牢牢地抓住了绳索。上方的大刘他们便使上了力气，我的身体慢慢地往上升去。

这次我心里留了个底，我一只手紧紧抓着绳索，另外一只手在周围的石壁上不断地摸索着。终于，在上升了七八米后，我摸到了周围并不再是冰冷光滑的石头了，变成了能够感觉到细沙的水泥墙壁。这一发现让我激动起来，有水泥就说明这个通道并不是天然形成的，而是人为建造出来的。

十几分钟后，我抓住了大刘的大手，被他拉出了我们挖的那个深坑里的井盖。我一屁股坐到地上，大口地喘着气。大刘再次看到我，也流露出开心的表情，而沈头站在我面前，铁青着脸。铁柱再次抱着那捆绳索，要往洞里扔，嘴里还嘀咕道："小王同志，你让我们真的很失望，这种危险情况下，还选择自己先上来！你不会让飞燕同志先上来吗？人家可是一个女同志啊！就算飞燕让着你们，你也应该让老孙和胡小品两位老同志先啊！"

铁柱的话让我心里更难受了，我爬了起来，拉住他要扔下绳索的手，扭头对着沈头说道："飞燕同志可能已经落到敌人手里了。"

"啊！"铁柱把手里的绳索往地上一扔，对我瞪大眼睛："什么情况？还有老孙和胡小品呢？他们都被敌人抓走了吗？"

我沮丧地摇了摇头："我也不知道。"

接着，我把沈头他们三个走了后发生的一切都对他们说了。但有两个细节我没有敢说，一个是老孙发现那把铁铲后，飞燕对铁柱产生了质疑的一段。以及我与飞燕在地道里的……

第八章　第五具尸体

我说完这一切，沈头和铁柱都陷入了沉默。大刘坐在我身边，从地上一个背包里掏出一个罐头递给我："先赶紧吃点东西吧！"

我哪有心思吃东西啊？我把他的手推开，自顾自地摇头："我不饿。"接着我望向沈头，希望他赶紧说出几句什么，也好让我心里有个底。

谁知道他从大刘手里拿过那个罐头，朝我扔了过来。他很勉强地笑了一笑，接着说道："饿不饿也得填饱肚子，接下来我们还有得忙活的。"

我"嗯"了一声，拧开罐头盖，如嚼蜡一般啃了起来。沈头扭头看了铁柱一眼，他俩目光中又闪出一种只有他们能够体会的眼神。沈头大手一挥："铁柱你还下去看看吧！看能不能有所发现。"

铁柱点点头，抓住绳头，把另外一端递给了大刘。大刘把绳子往腰上绕了一圈，打了个结。铁柱回过头来，再次和沈头对视了一眼，最后跳进了那个井里。

我三下两下就吃完了罐头里的食物，扔到了一边。我尝试性地往沈头身边靠了靠，想要问询他接下来我们的计划。可沈头好像压根没看到我这一小动作，依然皱着眉望着那个井口。我只得朝着大刘说道："你们呢？你们追进林子后发现了什么？"

大刘那一会正站在井口边扯着那根绳索，他头也没回的往我身后的坑外一指："拉回来一具尸体，在上面和公安厅其他几个同志的摆在一起，你自己上去看看呗！"

我依言爬出了深坑，只见地上真的多出了一具尸体，看穿着也是中午我们遇到的同志，但并不是大刘的那位叫穆鑫的老同事。我们之前发现的那四具尸体都只是胸口中枪，而这具尸体全身上下都是血，身上的衣服都有很多处被扯成了布条。

我走进后蹲到了地上，借着月光仔细地打量了起来。说实话，我还真看不出他的致命伤在哪里，反而觉得他顶多是因为失血过多而已。但很快，尸体脖子上一道不显眼的口子便把我目光吸引了过去。我第一反应就是：这是被利刃割开的，但这个假设又被我很快否定。因为那个口子的切割面并不是直线，相反的，像是被什么外力撕扯开的。甚至……甚至像是被人用特别大的力气扯断的。

我重新站了起来，低头望了一下深坑里的沈头他们几位。沈头还是死死盯着那个铁口，大刘正在用力地拉绳索，应该是铁柱在往上攀爬。大通湖方向吹过来凉凉的风，刮在身上特别舒服。我深深地吸了一口，闭上眼睛抬起头。飞燕！你现在在哪里呢？又经历着什么呢？

我再次睁开眼，因为脑袋是从仰着往下放，我的视线被放平，远处的汇龙山丛林映入了我眼帘。猛地，两个黑色的人影出现在林子边缘，他们步子不大，朝着我们的方向慢慢地走了过来。

这两个模糊的身影似曾相识，好像是老孙和胡小品，可这一想法出现的同时，飞燕之前对我的警告让我一下警觉起来——我现在双眼只能看到他们俩模糊的人影，那么也就是说我还不能完全肯定是他俩，顶多只能说是有可能。

我连忙把身体往下一蹲，低声对着脚下深坑里的沈头喊道："沈头，有人过来。"

沈头动作也很麻利，他好像在我还没说完这话时候，就已经知道了我之后要表达的意思。只见他把手枪"嗖"的一下拔了出来，接着灵敏得像一只猎豹，三下两下就翻出了七八米深的坑，蹲到了我身边。我们尽量以坑前面那堆土作为掩护，死死地盯住了前方。

而我们脚下，铁柱也已经在铁盖处冒出了头来，他可能也听到了我说的话。他把手里的绳索一扔，跟大刘一起，一前一后的往我与沈头身边爬了上来。

人影却好像压根没有注意到我们这边的情况。按理说，我当时是在明处，他们从暗处里走出来，应该一眼就能望清楚悬崖前这片石头地，而不可能没有看见我的。可是，他们前进的步伐好像他们面前任何事物都没有一般。

我们四个人蹲成一排，都没敢出声。那两个黑影越来越近了，之前我猜测的可能是老孙与胡小品，到看得清晰了一点，这个推论被我自己完全打消了。因为这两个黑影个头比胡小品老孙他们要高大强壮，迈步子的姿势也显得要年轻很多。

他们更近了，他们的五官与衣着也越发清晰。居然……居然是两个外国人，身上穿的也都不是平常老百姓的衣裤，一看就知道是属于军队的军装。可是那军装的颜色和我们之前看到的那具腐尸身上的军装颜色又完全不一样。之前我们看到的腐尸是穿的绿色军装，而他们俩穿的是土黄色的军装，和我们自己军队的军装有点像。可他们肩膀上闪闪的肩章以及领口上的扣子，闪出的却又是格外显眼的银白色。

沈头和铁柱、大刘都抬起了手，枪口一起对着这两个黑影瞄了上去。我也东施效颦地举着枪，可心里出现一个奇怪的念头，那就是感觉对方这两个人仿佛是幻象一般，因为沈头他们不知道，而我自己是完全清楚的，他俩不可能没看到我，而我……在他们的眼中似乎是隐形存在的。

"砰"的一声枪响了，是我身边蹲着的沈头开枪了，震得我耳膜嗡嗡直响。可更奇怪的事情出现了，对方两人好像压根就没有听到这枪响，甚至这子弹是不是飞向了他们都不得而知。要知道沈头可是老军人，我们与那俩黑影也就距离这么十几米远，他不可能打偏的。再说，有我们身后那几具尸体在那摆着，证明了形势非常危险，沈头不可能到这关头还只是鸣枪示警啊？

沈头的鸣枪让大刘和铁柱都兴奋了起来，大刘猛地站了起来，身子探出了我们前方那个土堆，对着前面的人影吼道："举起手来，缴枪不杀！"话音一落，铁柱也跟着站了起来，直接扣动了扳机。

"砰"的一声，那两人影依然视若无睹，甚至步子还加快了，变成面对着我们跑动起来。紧接着，让我们目瞪口呆的一幕出现了，这两个已经被我们看得非常清楚的外国军人，不知道拉动了身上什么机关，只见他们后背上喷出一大片帆布模样的东西，并迅速展开，最后变成两片好像飞机翅膀的东西，固定在他们后背上了。

紧接着他们俩双膝一弯，面朝着我们纵身跃起，朝着空中跳了出去。这一次跳跃后，他们就好像是两只巨大的飞鸟，朝着我们上方飞了起来。就在他们身体升起的同时，我猛地看见在他们脚上的高帮皮鞋尾部，装着一个好像是风筒一样的东西，隐隐约约的，那风筒还好像在对外面喷着气，把他们脚边的枯草吹得都朝着大通湖方向倒去。难道……难道之前我们发现枯草奇怪的朝向，就是因为这种军人脚上的奇怪装置？

就在这时，铁柱一把拔出背上的两柄大刀，猛地跳起，对着正经过他头顶四五米高的那两个外国军人挥了出去。我清晰地看到，那刀锋在空中准确地劈向了其中一个军人的大腿。那军人依然好像没有看到这些，甚至那条腿连闪躲的动作也没有。刀在空中与目标重合了一次，最后挥出一道弧线，包括铁柱的身体也落了下来。而被劈中的军人完全没有一丝异常，他们俩继续拔高，朝着我们身后的悬崖飞了出去，最后越过悬崖，如两只飞舞的大鸟，俯冲了下去，消失在我们视线中。

我们四个人都追了过去，冲到了悬崖边上低头望去。可那两个黑影不知道去了哪里，下方空荡荡的，啥都没有。

"铛"的一声，铁柱的砍刀掉到了地上。他脸色苍白扭向沈头："这……这是怎么一回事？"

我和大刘都大张着嘴，完全惊呆了。而沈头相对来说，比我们要镇定很多，他低头看了看铁柱那把刀的刀刃，上面干干净净的，并没有留下血迹。

沈头挨个看了我们一眼，最后把目光落在铁柱身上："刘铁柱同志，你选择跟我加入这个新部门,自然知道我们这个部门负责的是什么工作。如果这种如海市蜃楼般的幻象都弄乱了你的方寸,那以后怎么完成组织上安排的其他任务呢?"

新部门?任务?沈头这段话里出现的这两个名词让我更加迷惑了。之前沈头还提到了计划这个词,现在又提到这两个词,一切的一切,都意味着他们进入汇龙山的原因不是偶然。难道,他们压根就不是因为我与大刘、老孙发现腐尸而来到大通湖农场的,甚至,他们只是在抵达大通湖农场,知悉了我们的发现后,才临时决定地带走我们三个?

铁柱再次提起了地上的大刀,他的脸色慢慢恢复了正常,他抬头看了一眼沈头,然后把刀重新插到后背上:"沈头,我会很快适应过来的。"

沈头点了点头,朝着我和大刘望了过来:"目前的形势你们俩也都看到了,公安厅工作组的同志可能全部遇难了,那位穆鑫同志现在也凶多吉少。老孙和胡小品同志为了掩护小王和飞燕,下落不明。包括飞燕同志……"沈头声音低沉下来:"飞燕同志可能也……所以,我现在迫切地需要大刘和小王你们两位同志立刻进入战备状态。敌人的凶残你们是看到了的,而且都有武器,躲在暗处。我们只有四个人,这一仗恐怕非常凶险。但是,我可以肯定地告诉两位,你们选择和我沈头并肩作战,就决不会是孤独的,我们部门的其他人现在应该已经在赶过来的路上。我们大伙拧成一股绳,绝对是一股能够开天辟地的力量。"

沈头的话让我激动了起来,我捏着拳头往下一挥:"对!邪不压正,正义的力量一定能得到最后的胜利,革命队伍的力量无限巨大,敢教日月换新天!"

沈头赞赏地看了我一眼,接着对着大刘说道:"你是老兵,回归队伍是你的责任,没问题吧?"

可大刘却犹豫了一下,他扭头看了看我,然后小声嘀咕道:"可是我们能不能顺利过今天晚上都是回事啊!"

大刘的话让我也一下子清醒了。公安厅的同志人数可是比我们多的,看那些个头，也都不是省油的灯，连他们都全部牺牲了，那我们这四个临时组建起来的队伍呢？

"今晚我们就隐蔽起来，等明天其他同志赶过来会合了再说。"沈头伸手指向那个深坑："大刘、小王，你们俩和我用绳子把自己捆上，下到地下那个地道里休息。铁柱，你把公安厅那几个同志的尸体掩埋一下，然后负责今晚的戒备，真出现什么异常情况，你也进地道。地道外的掩体不用我教你吧？"

铁柱重重地点头，之前在我们还没遇到这一切情况时，他还时不时憨憨地笑。现在却一直铁青着脸，看得出飞燕的失踪让他非常难受。同样难受的还有我，特惦记飞燕现在的安危。

我们都默不出声地跳进那深坑。我和大刘、沈头用绳索在自己腰绕了一圈，打了个死结。铁柱把绳头系在他的一柄大刀的刀柄上，然后把刀埋到了泥土里，左右都用了块大石头卡紧。然后我们三个进了地道，悬在空中躺着。沈头在最下面，我在中间，我的头顶就是大刘，大刘的手还可以够着铁盖。

铁盖被大刘缓缓地带上，铁盖外泥土打到上面的声音非常清晰，那肯定是铁柱在给我们掩盖痕迹。

四周再次黑了下来，只听见沈头和大刘的呼吸声。我心里还是记挂着飞燕，空气中似乎还有她身上那股淡淡的味道。

铁柱！铁铲！我一下睁开了眼睛。之前我们发现那柄铁铲时，飞燕质疑过铁柱会不会是有意留下了挖掘的工具。如果这质疑是准确的话，那我们身边很可能潜伏着一个居心叵测的家伙，那就是铁柱。现在我和沈头、大刘三个人的命运都捏在铁柱手里，如果他真有歹意，岂不是只需要把绳子切断，然后把铁盖用泥土封死，就完成了他不可告人的罪恶目的吗？革命队伍里坏人不少，这是中央三番五次提醒我们广大军民的。

意识到这一点后，新的问题也一起出现：我记得前一晚站岗的也是铁柱，到我早上醒来时，他也没有一点合过眼的模样。可是刚才沈头也是迷糊，不假思索地安排了他继续值夜。就算形势再紧迫，他身体再强壮，也不可能连一个盹都不用打连轴上啊。铁柱当时表现出来的斩钉截铁，却好像非常乐意接受一般，这给别人，都会提上一句，要求稍微休息上一会啊！

结果只有一个，那就是沈头的安排正中铁柱的下怀，他会利用这个机会，实现他不可告人的目的。

想到这，我一把抓紧了绳索，身子就要往上爬。沈头没睡着，他自然是感觉到了我的动作："小王，你怎么了？"

"我……我……"我犹豫着要不要把我的怀疑说给他听，但一转念，人家都是部队的，我一个普通群众，敢去怀疑现役军人，这说出去又是个大问题。于是，我吞了口唾沫："我突然想起铁柱同志昨晚到现在都没合眼，想上去换他下来睡上一会。"

沈头"哦"了一声，看来他没听出我这是说谎。黑暗中只听见他舒了口气："你不用为他担心，铁柱是不用睡觉的，他和飞燕一样，也不是个寻常人。"

"啊！不用睡觉？"大刘的声音从我头顶传了下来："沈头，我以前有个老战友，打日本时候被伪军的子弹打中过眼睛。可子弹穿过他脑袋，眼睛少了一只，人却没死，打那开始，也变得不用睡觉了。你说铁柱同志不用睡觉，难道他也头部中过枪？"

沈头答道："那倒没！铁柱打出生就不用睡觉，跟了我十几年了，没见过他犯困闭眼。你们也看到了，他小子的观察力洞悉力都比我们强很多，可能也是因为脑子没停过的缘故，想事想得多。"

"那倒也是！"大刘居然在现在这情况下，还能"嘿嘿"的笑出声了："大半夜的，全世界的人都睡着了，就剩他一个人想事，自然比我们悟得多一点。"

沈头"嗯"了一声："人啊！之所以会时不时产生一些美好的幻象，就是因为在夜晚做梦时能够感受到一些本不可能的经历，才会变得感性。铁柱没有做过梦，所以他的世界除了理智，也只剩下理智，这也是他比我们要敏锐的一个原因。"

沈头的话却没有打消我的顾虑，我犹豫了一会，再次对沈头说道："沈头，铁柱看上去也和我年岁相仿，二十左右吧！你刚才说他跟了你十几年，那岂不是从小就跟着你？"

"是的！那年我们队伍在河南打游击，跟我们走得近的一个村子被鬼子给屠了。我们赶过去时候，在死人堆里就拣出了铁柱这孩子。当时他还是个五岁的娃娃，被吓蒙了。我和我们政委一合计，就收养了他，跟着我们队伍长大。打完日本打老蒋，一路上这娃娃跟着我们，也没犯过怂。到解放后，我和我媳妇一合计，反正我们膝下无子，就当铁柱是我们自己孩子得了。"

沈头说完这些可能也累了："好了！小王、大刘，咱也别说话了，抓紧这时间眯一会。我寻思着今晚应该不会有危险了，明天我们还要要紧事做，抓紧休息吧。"

我和大刘都连忙说是。我再次闭上了眼睛。沈头的话让我心安了一点。铁柱是五岁开始跟着沈头，不可能五岁之前就叛变革命，开始潜伏进革命队伍吧！沈头之所以这么放心，自然有他的道理，我操啥闲心呢？

想清楚这点，我静下心来，逼着自己赶紧睡上一会。可飞燕那黑黝黝的脸庞又总是在我脑海里来来去去。迷迷糊糊的，我终于进入了梦乡。

头顶铁盖的声音把我吵醒，一缕刺眼的阳光照射进我们藏身的地道。紧接着就听见铁柱的喊话声："沈头，疯子他们到了。"

沈头在我下方"嗯"了一声，紧接着大刘身体在往上升起，自然是铁柱在拉他出地道。我和沈头也一前一后被扯了上去。外面天亮不久，大通湖那边的太阳也才刚刚升起。我揉了揉眼睛，铁柱身后两个穿着中山装的中年男人出现在我视线中。

他俩冲着沈头微微点头，其中一个浓眉大眼，满脸横肉的高大汉子最先说话："沈头，我们昨晚就找到了你们留下的标记，天亮前和铁柱碰上面。铁柱说昨晚你们折腾得很晚，所以等到现在才叫醒你，铁柱也已经把这几天发生的事情都给我们详细说过了。"

沈头点了点头，接着指着这高大汉子给我与大刘介绍道："这位也是我下面的兵，打日本时候加入了我们队伍，之后一直在林总下面工作，从东北跟着队伍打到福建。不过……"沈头扭头对这高大汉子说道："这两位同志我准备带回去，有些事情我也不想瞒他们了。"

高大汉子点了点头。沈头继续对我和大刘说道："不过他以前一直是从事秘密工作的，所以外界没几个人知道他的存在。你们叫他疯子吧！也可以叫他邵同志，具体他的姓名就不方便给你们多说了。"

我和大刘都点了点头，伸出手和他握手，简单地介绍了一下自己。对方的手干燥有力，他对我们客套地笑笑："叫我疯子吧！大伙都这么叫。"

而他旁边的一个矮小的中年汉子可能是等不及了，自己冲上前来握我们的手："我也是沈头下面的兵，你们叫我小白就是了。"

我扭头看去，只见这自称叫小白的汉子应该有四十好几了吧，头顶秃了一大片，稀稀拉拉的头发还留得老长，在后脑勺上扎了个把子。小小的眼睛这一会眯成一条线，嬉皮笑脸的模样，别提有多猥琐了。

说实话，第一次看到他这模样，我真没好印象。模样忒说不过去的一个恶心汉子了，怎么会跟沈头说的那个很神秘的部门联系得上。

沈头自己也笑了，对着这小白说道："还小白啊！你都这把年纪了，人家叫你老白都是应该。"沈头又冲我和大刘介绍道："你们叫他大白吧！以前是北京守图书馆的，我这儿需要人，把他调了过来，是个人物，以后多跟他学学。"

我"哦"了一声，没有在意。年纪轻，总迷信于眼睛所看到的高大威猛，对大白这个模样，没有太期待。反而觉得疯子这号长得本就凶神恶煞的人物在队伍里蠢着，让人比较放心。

大刘却没有像我一样小瞧人，他上前和大白套上了近乎："兄弟一看就知道是个能耐人，沈头下面都是好兵。"

大白笑得更猥琐了："那可不！一个个都是好样的。"

大刘也笑了笑，扭头对着沈头问道："沈头，你这部门也是从事秘密工作的吧？一共有多少人啊？"

沈头瞟了大刘一眼："全部在这儿了！"说到这里，沈头眉头再次皱了起来，对着大伙沉声说道："今天我们的任务还是调查汇龙山里军工厂的情况，不过今天一天大伙都要好好的留个心，那就是一路上记得搜寻飞燕的线索。飞燕这丫头，只要没死，一定会留下一些标记给我们的。如果今晚还没有太多收获，那我们就直接下山，赶回地方，多组织点同志回来，把这汇龙山给整个底朝天。"

大伙异口同声地说了句"是"字。他们四个人说出这个字时，身体还同时绷得笔直。我看在眼里，寻思着自己一个宣传干事，有幸和他们共事，也必须严格要求自己，便也一跺脚，对着沈头立正了。

我当时想着沈头接下来的动作肯定是从我们脚下的地道入手，甚至我都准备积极表现下，要去铁柱的背包里拿铁铲出来，把这地下挖个底朝天。可沈头环视了我们一圈后，目光却望向了我们身后的丛林，他沉思了一会，大手一挥："我们现在上山，先把山顶那棵树下面的情况调查清楚。"

大刘和铁柱、疯子以及大白都重重地点头，跟着沈头就往山上走。我站在原地迟疑了一下，也追了上去。心里反而欣喜起来，再次进丛林里搜索，那么找到飞燕的可能性就大了很多。

我们重复着之前的山路，往山顶走去。路上就大白话多，都是没个正经的胡言乱语，询问我和大刘的年岁、以前单位的琐事，还跟我俩称兄道弟，整得跟相见恨晚似的。我心里对他还是很反感，寻思着沈头怎么招这么个人进队伍，能帮上什么忙吗？别添乱就好了。

铁柱一直走在最前面，时不时左右看，可能是在寻找经历了昨晚的一切后，林子里是否有些新的线索。那个高大的满脸横肉的疯子却刻意地走在最后，他步子迈得并不快，可是和队伍又贴得紧紧的。我满腹心事地走在沈头身边，听着大刘和大白有一句没一句的搭话，脑子里却全是飞燕。

几小时后，山顶那块空地再次出现在我们眼前，走在最前面的铁柱突然大吼道："飞燕！"吼完他便朝着空地中间那棵大树冲了出去。我一下欣喜起来，以为他看到了前方飞燕出现在某处，便也一拔腿，追着他跑了出去。可我正前方除了那棵树啥都没有啊！就算飞燕是躲在树后面，铁柱这一声大吼，她也应该钻出来啊！

终于，我看到了铁柱所喊的飞燕是出现在哪里，这一发现让我身子一软，朝前奔跑的身体直挺挺地扑倒了下去。因为我清晰地看到，在那棵树的树梢上，一颗留着女士短发的人头孤零零地悬在上面，被风吹过，黑色的短发朝着我们身后挥舞着，露出了一张血肉模糊的脸。

其他人都径直从我身边跑了过去，我双手撑在地上，想要站起来，可发现自己的双手颤抖着。我不敢相信昨晚还好好的一个人，现在已经只剩下个人头了。

我咬着牙站了起来，步伐踉跄地追了上去。铁柱手脚麻利地上树，把那颗人头摘了下来，再跳下了树。他双手捧着人头，把人脸朝上放着。我把头凑了过去，心里还默默地祈祷着，不要真是飞燕啊！

可在铁柱手里的人头那张脸，皮肤倒是黝黑，可五官上全部是刀痕，血肉模糊，让我们压根看不清她本来的长相。铁柱双眼血红抬起头来："沈头，是飞燕，不会错！"接着铁柱哽咽起来："飞燕……飞燕牺牲了。"

沈头铁青着脸，一言不发。疯子和大刘站在旁边，也都不敢出声。反而是大白走了上前，从铁柱手里接过那颗人头，他把人头放到地上，接着拨弄起人头头顶的发根来，最后居然扯着一缕头发，就要往下拔。

我那一会正伤感着，对他本就没个好印象，谁知道这小子还要折腾飞燕唯一剩下的头颅。我一咬牙，捏着拳头就想上前揍他。

可沈头不知道什么时候到了我身边，他的大手一把搭到我肩膀上，把我拦了下来。我正要说句什么，前面的大白却先说话了："沈头，飞燕头发不卷吧？有没有拉直过？"

铁柱抢着回答了："她头发可直了。"

大白"嗯"了一声，把手里已经扯下的那一缕头发举了起来："这头颅绝不是飞燕的，你们看这头发的发尾，微微有点卷，应该是把头发拉直过。"

"不会吧！"大刘打断道："旧社会那些官太太发浪，把头发弄卷我倒是听说过，可是把本来卷的头发拉直，我可第一次听说。"

大白点了点头，他难得一见地严肃起来："在我们新中国确实是没有谁把头发拉直，可外国人就有很多天然卷，为了好看故意拉直的。拉直后，新长出的发梢还是照着以前的卷毛长，所以，你们现在看到的这人头，很可能不是我们中国人，而是外国人。"

"外国人有这么黑的吗？"我忍不住问道。

大白一听，那猥琐的笑又挂到了脸上："非洲人民比这黑的大把哦！"

"你是说这人头是非洲人的？"我又瞪大了眼，毛主席可是说过，亚非拉无产阶级都是一家，是要团结起来一起对付西方帝国主义的。据说非洲那些无产阶级兄弟，饭都吃不饱，怎么可能一下子在我们新中国内陆出现，而且还赶时髦，把卷发拉直了呢？

铁柱也冷静下来，他往沈头身边靠了靠："沈头，美帝的队伍里也有黑人。之前大刘和小王他们发现的尸体很可能也是黑人，看来，美帝真的潜入我们身边了。"

沈头没有吭声，他还是看着大白，非常镇定地问道："这颗头颅被砍下来多久了？能看出来吗？"

大白又低下头去，接着对着大伙说道："这个具体时间我还真看不出，如果飞燕在，她可以闻出个大概，不过，这伤口的血还有点黏，应该死了并不久，最多就是昨晚到今晨吧。"

昨晚到今晨，这和飞燕失踪的时间是一致的。我的心再次往下一沉。

我蹲到了大白身边，去接他手里的人头，想要看个仔细。可沈头在我身后却说话了："小王，革命队伍，并不是禁欲者，我们提倡自由恋爱。但是作为无产阶级的战士，儿女情长的感性思维，左右了自己实现崇高理想的行动，就不是沈头我所能接受的。"

沈头走到了我面前，目光炯炯地看着我："站起来，像个战士一样站起来。"

　　大刘忙上前把我拉了起来，嘴里好像故意数落我一般说道："年纪轻要学会静下心来，大伙都有过这阶段，可得快速成长啊！要不以后沈头怎么敢用你啊？"

　　我面红耳赤的低下了头，小声地嘀咕道："我……我就是担心飞燕同志而已。"

　　沈头也没有理睬我了，他又看了一眼大白手里的头颅，接着指着树对疯子说道："之前给你们说的就是这棵树了，怎么样？行不行？要不要铁柱给你帮个手？"

　　疯子上下打量了一下这棵树，然后把袖子卷了起来。我和大刘心里都暗想：之前沈头就提过这个疯子，说他不一般。就现在看来，这家伙应该真有一膀子力气，看这架势，还真有个力士发威的前奏了。

　　疯子把袖子卷好，然后双手朝下，抓住了树干。我们都安静下来，尤其是我和大刘，都瞪大着眼睛瞅着他。疯子先试探性地往上提了几下，树纹丝不动。大刘站在我身边，鼻孔里对外微微地"哼"了一声，看来他也和我一样不相信这个姓邵的疯子真能把这么一棵大碗粗的树连根拔起。

　　疯子终于松开了手，可他并没有挪动步子，反而是往手心里唾了两口唾沫，最后重新抓住了树干。只见他太阳穴上的青筋一鼓，脖子一下子膨胀起来，看样子是使上了吃奶的力气。我盯着他的表情，他的脸因为发力憋得通红，而他的眼睛……天呐！他的眼睛里面的瞳孔在瞬间放大，黑眼珠占据了眼眶里全部的位置，连一丝丝眼白都看不到了。

　　树底下的石块，也发出"轰轰"的响动，疯子猛地抬头，对着天空张大嘴大吼了一句："杀！"他的叫喊声好像把整个天地都震动了，那棵树在我们面前，整个地往上升起了十几厘米。

　　疯子又长吸了一口气，把双手往下又探了下，他的眼睛里只看到漆黑，就好像一个没有眼珠的天神画像。只见他脖子上的青筋再次一鼓，树硬生生的被他连根拔了起来，庞大的树根从石头地里被扯了出来。地面上如整体的石子，也四分五裂，甚至有些细小的石头还蹦到了我们几个人脸上。

铁柱迎了上去，伸手扯地下的树根，把上面带出的黑色泥土疙瘩打掉。一两分钟后，树根完全展现在我们面前，疯子抱着被拔出的树，往旁边地上一扔，接着猛的转过身，用后背对着我们，低着头不知道在干什么。可怕的是，在做完这么一件常人压根不可能完成的体力活后，他居然没有大口喘气，连肩膀都没有耸动几下。

到他再次转过头来时，我注意到他的眼睛又回复了正常人的样子，眼白与黑眼珠变得很分明。只是眼白的部位，布满了血丝而已。

我和大刘还是傻愣愣地盯着疯子看，沈头和大白却好像没事人一样，蹲到了树根处，和铁柱在那小声说着话。

疯子见我们看着他，很不好意思一般的对我们笑笑："力气大而已，不是啥能耐。"说完他也往沈头他们三个身边走了过去。

我这才低下头，朝着地上的树根以及树拔出后那个坑望去。我望过去的同时，铁柱正扯着树根最下方的一根东西在用力扯，那根东西也被他像拔河一样，一截截的从地底下拉了出来。好家伙，是一根黑色的电缆似的东西，外面包裹的分明就是塑料。

我和大刘也急忙凑了上去，沈头阴沉着脸，不知道从哪里摸出一柄小刀来，然后对着这根电缆似的东西比划了上去。可大白却一把抓住了沈头的手："别！如果这是根电线，那下面可能有电。"

沈头"嗯"了一声，把他手推开："我心里有数，我穿的是胶鞋。"

大白低头看了沈头脚上一眼，没有出声了。

沈头的小刀接触到了这根黑色的家伙，他正要使力划开时，铁柱突然站了起来，把我和大刘往后一推："小王，大刘，你们俩退后几米吧！怕万一有危险。"

我没想什么，连忙站起来往后退。大刘却看上去很生气的模样，狠狠地瞪了铁柱一眼，然后站起来搭上我肩膀："小王，我俩去四周看看，看有没有什么其他的线索。"说完他放在我肩上的大手用力捏了我一下，我意识到他应该有什么话要对我说，便跟着他往旁边的林子里走去。沈头他们四个人也都没有阻拦我们。

大刘搭着我大步走到了林子边上，距离沈头他们有个十几米远了，他才停了下来，转过身对着空地中间的那几位骂了一句："什么玩意！老子参加革命时候你个后生娃还没生呢！"

"怎么了？大刘哥！"我莫名其妙，连忙问道。

"怎么了？你小子就看不出吗？"大刘边说边掏出一包烟来，看烟盒这烟不差，应该是沈头他们给的。大刘自顾自地点上一根："铁柱那王八蛋怕你我两个人害沈头，才把我们推开。"

"啊？"我目瞪口呆，但又马上反应了过来。如果真如大白质疑的，那塑料里包着的是金属线，并且压根就是一根电缆的话，沈头穿的是胶鞋，那么，他就算接触到上面可能有的高压电，也不会接地触电。但是，他身边的其他人如果随意一抬手，或者把沈头推上一把，那岂不是……

"你的意思是他们害怕我们谋害沈头。"我对着大刘小声说道。

大刘吐了一口烟雾："你说呢？难道是真担心我们的生死。公安厅那些同志死了，你看他们紧张过人家没？老孙和胡小品现在下落不明，你看他们说了什么没？就算是他们自己的战友飞燕——就你小子神魂颠倒的那女同志生死未卜，他们也只是随口说几句，连一个营救方案都没有。这群家伙，压根就是些没有感情的禽兽。"

大刘的话像个大锤一般，在我心上狠狠地敲了几下。是啊！他们心里好像只有他们的计划，只有他们的任务。除此之外，所有人的生死都无关紧要。如果现在我和大刘被潜伏着的敌人抓走，甚至杀害，他们肯定也不会有一点点伤感的。

我从大刘手里抢过了烟盒，点上了一支，大口地吸了起来。大刘还是瞪着空地中间的他们几个，而他们蹲在地上低头折腾着，不知道在忙活些什么。

十几分钟后，大白站了起来，对着我们这边大声喊道："小王，大刘，你俩回来！沈头有事要宣布。"

我和大刘把手里的烟头往地上一扔，两人又对视了一眼，接着一起朝着他们走去。

沈头压根就没看出我俩在闹情绪，反而在我们走近后，指着树下那根黑色电缆对我们说道："这电缆下面应该连着电台之类的玩意，这棵树和小王你怀疑的一样，就是一个天线。可我们现在人手不够，无法大张旗鼓的往下挖掘。刚才我也和铁柱、大白、疯子三位同志商量了，现在由我带着小王同志下山，去周边县镇的武装部集结点队伍。大刘你和其他三位同志，现在把这棵树重新栽进去，然后守好现场，等我们带着队伍回来，再进行挖掘。"

我心里还装着大刘灌输的气愤，没有搭话。可之前看上去比我激动的大刘，却连忙点头："没问题，反正首长你想怎么用我，使唤就是了，我一切行动听指挥。"

沈头点了点头，然后对我说道："小王，咱俩赶紧吧！我们早一分钟出发，就早一分钟回来，留下的同志也早一分钟远离潜伏着的敌人带来的危险。"

我没有吭声，点了点头，跟着他一起转身往林子里走去。身后的铁柱好像还要说什么，可又硬生生地吞了下去，最后挤出一句："沈头，小心点！"

第九章 七年前的怪事

我默默地跟在沈头身后，往山下走着。沈头也好像在想什么心事，一路上没有和我说话。快到山下时候，沈头突然扭过头来："小王，你有没有觉得老孙有些古怪？"

"啊！"我一下没有反应过来："老孙？老孙能有什么古怪？"

沈头便说话了："你们的那位伍同志失踪时，只有老孙有到场的可能。这两天我也注意到了，老孙虽然是个老同志，可腿脚都灵活，跟着我们上山下山来回跑，步伐也很稳健。可你们说在那晚发现黑影后，追踪的时候，他偏偏扭伤脚，你没有觉得这里面有猫腻吗？"

"不会吧！我们正常人走平地有时候没注意，都扭伤脚。老孙年纪比我们大，在那大半夜跑起来扭伤，也正常吧！"我跟着沈头的话，思考了起来。

沈头淡淡笑了笑："老孙的档案我在农场时候看过了，以前解放前就是个富绅，解放后按理说，他应该要定为地主的。可他的档案里有某个机关出了个证明材料，说他在国民党时期，就为解放军作过贡献。所以建国后，他进入了新中国的政府部门。小王，你想想，一个养尊处优的地主，之后又一直在办公室做领导，这么一个人偏偏眼神很好，你们看不到的东西，他总能注意到。眼尖没错，但不是受过特殊训练，这眼色也不会尖到总能发现问题吧！"

沈头的话再次把我打醒，对啊！老孙眼神好，我们没有注意到的细节，他总能看到。这……这实在有点说不过去吧。

沈头见我皱着眉思考，便继续说道：“如果说这些都不能成为把他设为怀疑对象的关键，那我还给你说个细节。记不记得在铁柱模拟伍同志遇害的时候，铁柱最后推测凶手是个左撇子。铁柱说那段话时候，老孙有一个没人注意的小动作，我不知道你注意到了没有？”

我摇了摇头，沈头又笑了：“老孙当时手里叼着根烟，是用左手叼的。在铁柱说出左撇子的质疑后，老孙把烟从左手换到了右手，这个细节相信能够让你想明白一些问题吧？”

沈头的话让我猛地一惊：“可是……可是我记得老孙不是个左撇子啊！我没见过他用左手写字握筷子啊！”

“这些都可以伪装，但是叼烟这种动作，都是随手用上的。老孙，他是左手叼烟的，在铁柱有发现前，一直都是左手。但是在铁柱有发现后，他就再没用过左手叼烟了。”沈头顿了顿：“小王，这就是细节的力量！细节决定成败。”

“那……那胡小品同志岂不是很危险？”

“不一定！伍同志应该是发现了老孙什么问题，才被老孙给害了。胡小品同志木讷，反而能够保护到自己。我相信，他现在应该是安全的，前提是老孙自己也安全。”沈头总结道。

我点了点头，沈头的话让我对这个黑瘦的老军人又平添了一份敬佩，我犹豫了一下，接着小声对他说道：“沈头，之前你说想要带我和大刘回你们军区，不会是开玩笑的吧？”

沈头停了下来，回头看了我一眼：“怎么？不相信沈头的话？”

“不是！”我连忙摇头：“我只是觉得……只是觉得你的部下，一个个都是大能耐。大刘也最起码是个老兵，够机灵。而我……我以前可只是个宣传干事，啥能耐都没有啊！”

沈头哈哈大笑，又迈开了步子：“小王，飞燕是个盲人，铁柱是个理性狂，疯子你看到了，力气大，大白吧！嘿嘿！大白是一个四库全书。可是，你有没有想到一点，他们都不是正常人，都不是我们这和平年代下新中国里的普通人。所以，他们的思维方式，他们的世界观，或多或少有些问题。就拿大白来说吧，他以前在北京图书馆工作，这家伙记忆力特别好，过目不忘的那种，书看多了，文化多了，就变得瞧不起人，和领导处不好关系。也是机缘巧合，我这新部门需要人，有人就和我说起了他。我专程去了趟北京，和他聊过一次，这人有毛病，看上去和谁都挺好似的，可时不时流露出来的高傲，又让人特别反感。你想想，真有特殊任务要他去执行，他这毛病能胜任吗？"

沈头打开了带队伍这个话匣子，便有点收不住了："又拿飞燕来说吧！是个能人，如果不是眼睛看不见，绝对是个能上天入地的姑娘。可是你知不知道，她特别自卑，总觉得自己看不见，觉得自己比所有人都低了一等。于是体现出来的为人处世与处理问题上，就无法和普通人一样了。"

沈头说到飞燕，又打中了我心头那块伤处，我再次伤感起来，打断了他："沈头，别说飞燕了好吗？"

沈头"嗯"了一声："小王，我看得出你和飞燕对对方都挺有好感的。有一点你放心，飞燕是个训练有素的战士，除非我们见到她的尸体。否则，我相信她就算现在面临着危险，最后也能化险为夷的。"

我再次打断了他，直接岔开了话题："沈头，你给我说说你们这个部门吧？"接着我自己又低下了头，小声嘀咕道："如果方便的话。"

沈头又回过头来瞟了我一眼："方便啊！有什么不方便的。在你和大刘两个同志进入部门的考虑问题上，我反而对你比较放心，你还是张白纸，以后我想怎么培养就怎么培养。大刘也挺能干的，可越能干，越让我有些犹豫。"

沈头掏出烟来，递了一根给我："我们这个部门对内有一个称呼，在你没有正式加入前，我还不会告诉你，再说那也只是一个数字，跟部队的番号差不多。首长和我们自己，对部门却有另外一个称呼，叫作莽密者。"

"莽密者？葬什么啊？"我疑惑地问道。

"埋葬秘密！"沈头继续说道："新中国现在日趋稳定，虽然台湾的反动派还没死心，国外的帝国主义国家对新中国也咬牙切齿。可咱新中国上下一心，也不是他们说要如何就能如何的。于是，首长们便新开设了我们这个部门，由我负责。小王，现在的和平年代之前，是八年抗战，如果从小日本抢了东三省开始算起，那可是十四年抗战。接着又是解放战争，加在一起可是快二十年的动乱啊。军队，这个国家专政的机器，在这十几年的战乱中，在全国各地都走了个遍，期间遇到过很多正常人无法解释的诡异事件。不过，战争时期，谁有过时间来调查这些事呢？这些奇怪事件便只是各个军区的首长们现在闲聊的话题罢了。"

"新中国成立后，有首长就提出建立一个新的部门，专门来调查与处理这些诡异事件，毕竟我们的新中国最需要的是稳定，不能因为一些战争时期发生的奇奇怪怪的事情，引起地方上的个别不稳定因素。可那几年，国家需要做的事情太多太多了，便一直拖了下来。去年年底，军区派我去了一趟北京，某个不方便告诉你姓名的首长亲自找我谈了一次话，让我负责这个部门。这位首长也给了我很大的权力，全国上下我看得上的人都随便拿。于是，便有了你现在看到的这几个家伙。而大通湖农场事件，就是我们调查的第一个案子。"

"你的意思是解放前这汇龙山就出过奇异事件吗？"我忍不住插嘴问道。

沈头笑了笑："那倒没有，只是七年前胡小品那个案子，一直让我有点想不明白。当时我也有些发现，可当时局势不稳，所以结案草率。现在部门也勉强像个样了，上面也还没有任务下来，我便带着大伙过来练练兵。谁知道这一过来，还真遇到了这一系列诡异事件。"

"哦！"我点了点头，之前对沈头抵达大通湖农场的速度我有过质疑，觉得他们压根不像是在听说了我和大刘、老孙在汇龙山发现敌特后就赶过来的。现在看来，这个怀疑是真的，沈头他们本来就是有备而来，要查汇龙山神秘军人的事件。那么，七年前他又是发现了什么，让他七年后仍然耿耿于怀，一定要探个究竟呢？

沈头不知道是看出了我心里的疑问，还是自己觉得有必要告诉我一些事情了，他又掏出一根烟点上，接着对我说起七年前，他与搜索队在汇龙山以及周边县镇的发现……

在易阳镇打听完军工厂这个传闻后，我带着那两个兵就准备再去周边县镇，还去摸摸情况。可就在我们准备第二天离开前的那个晚上，武装部的一位同志，领着一个老头到了我们住的招待所。武装部的同志介绍了一下那老头，是个国民党退下来的老兵，被小日本的炮弹轰掉了一条腿。老头姓郑，说话声音很大，牙都掉了几颗了，可眉毛还特浓，以前应该也是军队里一个火爆脾气的好兵。

郑老头废话不多，直接就进入了主题，他说起的故事居然也是围绕着那个莫须有的军工厂。郑老头说当时过来抓人进汇龙山的国民党军官里，有一个是他以前的部下，在街上遇到郑老头后非常高兴，当天晚上就从营地里跑了出来，叫上郑老头下馆子喝酒。两人边喝边聊，说起当时打日本时候的一些事，都流了眼泪。到一人半斤白酒灌到肚子里，那军官话就多了起来，胡言乱语居然就说起了汇龙山里建造某个玩意时，遇到的一个怪事。

据说，当时国民党的机器设备、工兵都到位了，某个高官以前是跟过戴笠的，特迷信。他找人算了一下时辰，说要半夜一个特定的时间段开工，工程才会一马平川，大吉大利。

于是，那晚工兵与武装人员全体不睡觉，在要挖地基的位置集合，高官看着表，等时辰一到，就要开铲亲自挖出第一铲土。

可几百号人在那天晚上，却看到了一个异常恐怖的画面。那块等着开工的空地上，众目睽睽下，居然出现了阴兵。而且人数也有好几百个，阴兵们穿着现代战争的军装，背着大伙都没见过的武器。突然间出现在那块空地上。

要知道阴兵在我们中华历史上，不止出现过一次两次。包括一些我们自己的队伍里的老兵，也有些人说见过阴兵，但是他们看到的都是如幻象般的古战场上的那种厮杀场面。那晚，国民党那几百个军人，瞅见的居然是几百个阴兵在那块空地上集结，然后开出几台奇怪的机器，往地上挖了下去。

在场的所有人都惊呆了，有人举起枪要扣扳机。可国民党军官里也很多听说过阴兵这回事的，挥手制止了。那个画面一共维持了十几分钟，最后又凭空消失了。当时现场指挥的那个国民党军官自己也吓懵了，回头把那个算时辰的家伙给毙了，自己跑回长沙城，硬是把这个指挥建造的工作给退了。

郑老头那一会自己也喝了个半醉，叼着烟骂自己以前的这个老部下："你也扛了十几年枪了，不就是个幻象吗？看把你给吓得？海军经常都可以看到这些，汇龙山挨着大通湖，大通湖那么大，给你们上一幅海市蜃楼，很奇怪吗？"

老部下抬起头来，脸色苍白："老郑，如果只是看到些普通的阴兵也就算了，这些年到处打仗，出现这些也不稀罕。可吓人的是……吓人的是……吓人的是那些阴兵居然全部是洋人老毛子！"

郑老头没啥废话的把这个事说给了沈头听了，沈头眉头也皱了起来。胡小品看到的汇龙山里的军人，也是老毛子，那……这两个事情有没有联系呢？沈头连忙问郑老头："你当时有没有问你那个老部下，发现阴兵的是在汇龙山哪个位置？"

郑老头摇头："我倒是问了，可他不敢说，涉及他们军事机密的话，他小子一个字都没说，包括他们挖地基是要建什么，也都没说过。只是在最后回去的时候，被两个士兵扶着的时候，不断地喊着'鬼面人！鬼面人'，不知道是什么意思。"

送走郑老头，沈头整晚都没睡，躺在床上翻来覆去想这个事。沈头参加革命前，在北京上过大学，对于阴兵论，他听某个教授说过。阴兵，是古战场上厮杀的画面，被周围的石头泥土这些把磁场保存住了，就好像拍摄电影的胶片。在某种不可解释的机缘巧合情况下，这个画面会突然出现，甚至包括当时厮杀的场面，声音也都会被重新放映出来。

可是，汇龙山地处湖南境内，古代大型战役，都是在平原进行的，谁会找个深山老林呢？再者，就算有过，可出现的阴兵应该也都是古代军队啊！

就算不是古代军队，也应该是近代战争中的中国人厮杀场面啊！怎么可能出现了毛子兵呢？而且还没有厮杀，反而是在那儿挖地呢？

沈头决定第二天就回汇龙山，搜索一下汇龙山里有没有能够容纳几百个人的空地。就算那空地已经重新长出了树，也应该能够找到的。

再次回到汇龙山，沈头先是召集了五十个兵开了个碰头会。阴兵与军工厂的问题，他都没敢提，因为军队是个严谨的机构，无法被肯定下来的事，随便说出会引起不必要的恐慌。沈头就只是问这几天守在汇龙山的战士们，有没有在山腰上发现什么平整的空地，或者是有可能平整过，只是被重新掩盖过的痕迹。

战士们都摇头，说没有！有个战士便提出除了山顶那块空地有可能。

沈头便皱眉了，国民党军队虽然腐败，可也不是一群傻子啊。不管他们是要建造什么，也绝不会选在山顶的位置，那岂不是自己给自己添乱，故意暴露目标。再说了，那块空地沈头也到过，人挨人站得挤挤的、整整齐齐的，别说几百，上千人都站得下。可郑老头那老部下说的可是当时那几百个国民党士兵是围着空地，而中间出现几百个阴兵，还来回忙活的。除非是……除非是国民党士兵和阴兵都是豆芽菜，才不会互相间踩到脚。

沈头当天下午还是又上了山，去山顶那块空地实地考察了一次。他当时看到的也和现在的汇龙山山顶一个样，再加上沈头当年只是接个抓敌特的任务，没有想到调查这种神秘事件。于是，沈头转了一个下午，无功而返。十几天后，他带着队伍回到了军区。

说完这一切，我却止住了步子，沈头见我停下，便扭头过来问道："怎么了？小王，你想到了什么？"

我抬起头，对着沈头问道："沈头，你说七年前看到的山顶和现在一模一样，是不是包括那棵树也一模一样？"

沈头愣了一下，紧接着他猛地对着我肩膀一拍："对啊！那棵树也和现在一模一样，七年了，它没有长高，也没有长粗，跟个盆景似的没有过变化。"

我点了点头，接着说道："现在我们已经知道的是那棵树下面可能连着一个小型的发报室，可这只是我们的推断，我们是不是还可以大胆一点，把这发报室放大点，当年国民党开工建造的军工厂压根就不是在地面，而是挖土往地下盖。那么，他们在山顶动工，岂不是就变得正常了呢？"

沈头闭上了眼睛，思考起来。半晌，他再次睁开眼："看来，我们这次到汇龙山来，还真可能是逮到了个大老虎。"沈头望了望前面，山脚下的小路已经依稀能够看到了，沈头加快步子："小王，我们现在就先去易阳镇，我要找个电话给领导汇报一下这个情况。看来，我需要多集结点人过来，挖出真相。"

我也重重地点了点头，快步追上他。一个军人，在开战前的兴奋劲，终于被我这么个一直以来向往入伍的家伙感受到了！而且，我们的敌人可能是万恶的蒋介石反动派，可能是卑鄙无耻的美帝国主义。我再次摸了摸腰上的枪，一切敌对势力都是纸老虎，在无产阶级的战士面前，他们势必会被打个稀巴烂。他们不可告人的目的，也注定会被我们挖掘出来，彻底粉碎。

我的步子迈得更大了，我那 21 岁的青春，因为沈头，终于变得不再平凡了。

我们终于赶在那天下午下了汇龙山，我比沈头路熟，领着他径直就往最近的易阳镇赶。路上我俩都没有休息，因为心里都记挂着山上的同志，况且飞燕、胡小品、老孙还生死未卜，容不得我们懈怠。太阳还没下山时，我们就进了易阳镇，我自作主张地往镇政府走去，沈头却叫住我，说："我们直接去武装部还好些。"

武装部守门的老头耳背得厉害，我们扯着嗓子和他说了很久，他才整明白我和沈头是要干嘛。他搬出两条凳子要我们坐下，叮嘱我们传达室外面不许进去，也别乱跑，然后出了武装部大门，去领导同志家里叫人。

我和沈头便坐在那大门口焦急地等待着，沈头问我要不要回一趟家，我反而笑了："沈头，你不是看过我的档案吗？我爹是入赘到这边的，爹死得早，我妈早就改嫁了。我在家里反而是多余的，之前我在单位工作时，就是住在单位宿舍。"

沈头呵呵笑笑："那最好，到时候跟着沈头走，你也少一些牵挂。"

我也笑了笑，两人点上烟，大口大口地吸了起来。

十几分钟后，看门的那老头便领着一个矮矮胖胖的中年人快步走了过来。隔老远，那矮胖中年人就咧开嘴笑了，冲沈头大声喊道："沈同志，这是哪阵风啊，居然把你又吹到我们这儿来了。"

沈头也连忙站了起来，冲他挥手。嘴里却对我说道："这个就是你们镇武装部的赵爱国同志。"

我点了点头，跟着他站了起来。我下意识地站得笔直，觉得现在自己好歹也算是跟着沈头的人了，必须给沈头在外人面前长脸。

沈头和赵爱国同志寒暄了几句，便提出要借用一下武装部的电话。赵同志想都没想就答应了，领着我们去到一个办公室，指着桌上的电话说道："你还有什么需要也早点吱声，我们地方上的同志都会积极配合的。"

沈头笑着应了，接着走进去抓起话筒，却没急着摇号，反而是回过头来看了我一眼。我心领神会，连忙搭着赵同志的肩膀："赵同志，我们俩去走廊上抽烟去呗！"

赵同志抬起手往头上一拍："你看我一激动，把这事给忘了！来，小王，咱们俩抽烟去，沈同志跟首长通话，我们回避一下。"

我和赵同志在走廊上胡乱聊了一会，沈头在办公室里小声地讲着电话。十几分钟后，他对着我们喊道："小王、老赵，你们进来一下。"

我和赵同志连忙进了房，沈头找了个靠背椅坐了下来。我犹豫了一下，然后跨步上前，在他座椅后面站了个笔直。沈头递了根烟给赵同志，直入主题："赵同志，一个小时内，你能帮我集结多少能打仗的退伍兵？"

赵同志接过烟，也没点火，他皱着眉头想了想："现在都下班了，各个单位保卫科能给你出力的人，这一会应该都回家了！你给我一个半小时吧！四五十个人问题不大，其中还有几个可是从解放战争上下来的，都是能人。"

　　沈头点了点头："那咱也不拖延时间了，你现在就赶紧开始帮我给各个单位值班室打电话。"沈头看了下手表："现在是七点，我带着小王去外面吃点东西。八点半你让他们在楼下集合，你给他们都配上枪，再给我弄两三辆卡车过来。镇里能帮我收集多少把铲子就全部收来，保证一人一把。今晚我就要带走！老赵你自己，这两天也别想回家搂老婆孩子了，在武装部给我待命，首长随时可能打电话过来。他们派过来的队伍应该最晚明天早上也会赶到。"

　　赵同志"啪"的立正，对着沈头敬了个军礼："是！赵爱国现在就归队，进入状态，随时听候组织上差遣。"

　　沈头赞许地点点头，带着我就往外面走去。

　　可我就有点迷糊，这都什么节骨眼上了，他还有闲心要带着我出去吃饭，这完全不像沈头这两天在我脑海中形成的处事方式啊！

　　我也不敢多问，一声不吭地跟在他背后，出了武装部的大门。大门的正对面就有个没打烊的饮食店，沈头却没有往那边去，反而扭过头来，对我说道："小王，你领我去一趟你家，我想认识一下你家人。"

　　我愣了一下，不知道沈头这葫芦里卖的是什么药，只能带着他，朝我家那个胡同走去。一路上，沈头也没有说话。很快，就走到了我家门口，我家大门敞开着，我妈和后爹生的两个孩子正站在院里吵架。

　　见我回了，他们俩都露出笑脸，冲着屋里面大声喊道："爸！妈！大哥回来了。"

　　我妈和我后爹一人端了个饭碗就出来了，见是我，他俩都没露出欣喜的表情，我后爹甚至皱了皱眉，可一看我身后还跟着个穿着中山装的男人，才招呼我妈进去倒茶。

　　他俩先是数落了我几分钟，无非又是骂几句我不争气之类的话。我低着头，盯着自己脚上破烂的布鞋没出声，感觉在沈头面前特别丢人。沈头却一直挂着笑，和我后爹、我妈扯开话题，聊起了一些家常。

　　我默默地听着，听了一会，一个想法跳入到我的脑海来——沈头是在查我，是在调查我的家庭情况以及我父母的情况。甚至连我那个在我3岁就死了的亲爹，他都问了好几句。

就这样聊了半个小时吧？我妈给他倒的开水都凉了。沈头才进入正题，他微笑着对我家人说道："我也不瞒二位，我是湖北大学的老师。你们家王解放在大通湖农场学习时，给几个文学杂志投了些稿件，发表了几首歌颂我们伟大新中国的诗歌。我们学校几个领导都看了，觉得这孩子是个人才。所以啊，我今儿个出差过来，就去农场看了看他。农场领导也反映小王在那里表现良好，以前犯的错误也只是小问题。于是，这人啊，我就决定带走，回我们学校工作。现在过来就是和您二老交个底，看你们肯不肯？"

我后爹马上点头："我们还巴不得他走啊！能进大学工作，有什么不好的！没问题，沈同志，您尽管带走就是了。"

我妈还有点犹豫，她愣了一会，接着问道："那他以后也有时间回来看看吗？"

沈头笑了："您看您想哪里去了？只是过去工作，自己什么时候有假不就回来了？弄不好到时候还给你带个媳妇回来。"

我妈才点了点头。我自己自始至终都没有说话，对于这个家，我是留恋的。只是……唉！别提这些了。

沈头便起身告辞，说正好镇里有同志要去湖北，今晚就直接带小王走了！回头小王安定下来，会给你们写信的。

二老送我们到门口，我妈还递了几个刚做的粑粑给我，要我带路上吃。我咬了咬牙，最后看了一眼家门，最后扭过头，跟着沈头往外走去。

走了几分钟后，沈头开口说道："小王，知道我为什么要来你们家吧？"

我小心嘀咕道："知道！"

沈头说："你也别怪沈头，职责所在，以后你自己也会这样。"

我"嗯"了一声，掏出那几个粑粑，分了两个给沈头，然后边走边大口地咬了起来。

隔老远，就瞅见武装部里亮着好几盏灯，里面说话声音此起彼伏，非常热闹。我俩加快步子，进了大门。赵同志也看见我们了，他举起手来，示意院子里的同志都噤声，然后指着沈头说道："这位是 A 军区的沈同志，沈首长。今晚有行动需要各位跟上，都没问题吧？"

院子里四五十个汉子一下热闹起来，大声说着没问题。有个别积极分子还喊出了语录，胸口拍得"啪啪"响。我挺着胸，跟着沈头身后上了院里最前面的台阶，人群中居然还有以前我们机械厂保卫科的同事。我那一会感觉自己特虚荣，腰杆绷得笔直，表情也刻意地严肃起来。

沈头环视了大伙一圈，大伙也都止住声。沈头大声说道："情况比较紧急，部队上的同志没这么快过来。大伙今晚就要跟着我上汇龙山，现在的状况是公安厅有几个同志已经在山上牺牲，还有几个同志现在生死未卜。大伙应该有很多是从部队里退下来的，今晚就算重新归队，一个个别给我犯怂就是了！"

下面的人听到已经有同志牺牲，便都紧张起来。不过当年的人民群众觉悟都挺高的，现场没有一个人提出异议，说不参加行动的。

沈头把人给分了下，那四十几个同志背着武装部发的步枪，一人拎一把铲子，上了赵同志调过来的两辆卡车。沈头和我两人进了第一辆车的驾驶室，沈头径直握上了方向盘，我坐在他旁边，特别羡慕。司机在那年代都是大能耐，开车的都不是一般人。

沈头发动汽车，眼睛盯着前方对我说道："忙完汇龙山这个案子，回去第一个事就是要教你开车和用枪。"

我心里一虚，要知道之前我可是吹牛说我会用枪的，沈头现在这么一说，肯定是看出我说谎。我咬着牙还想继续装，吹上几句。可一寻思沈头连老孙叼烟用哪只手都能注意到，我这点小把戏，恐怕只会让他对我产生看法。于是，我挤出笑来："沈头，你放心，我王解放别的能耐没，就是能吃苦。你需要我学习的技能，我绝对会第一时间掌握好的。"

沈头点了点头。我们这三辆车的车队开出了武装部，浩浩荡荡地朝着远山里开去。

我们再次抵达汇龙山脚时候，应该是晚上十一点不到。沈头要大伙在山脚下车，站成四排。大伙照做了，等着沈头发话。可沈头却扭头望着我："小王，掏出你的手枪来，对着天上开三枪。"

我愣了一下，手忙脚乱地摸出腰上的手枪，然后就开始慌张，不知道该怎么开枪。沈头淡淡笑了笑，教我比划了几下，最后要我把枪对着天上，先连着打两枪，然后心里数数，数三秒，再开一枪。

我也猜出他的意思，这可能就是给山里的铁柱他们几个同志发信号吧！我举起手，手心里都是汗，按照他吩咐的扣了三下扳机。打完后，沈头却伸手来拿我的枪。我以为他要收走，很舍不得地递了给他。谁知道他把枪的弹夹下了出来，然后从自己裤兜里掏出另一个弹夹，给我插了进去。

我不明就里，接过枪。沈头淡淡笑笑："你和大刘的枪里，本来放着的是杀不死人的子弹。没弹头，就是用来吓唬人的。现在给你的才是能派上用场的真家伙。"

我心里一阵欣喜，握枪的手却稳了很多。沈头说完话，就扭过头，对着身后那四十几个汉子喊道："枪都被我们握在手里，眼睛也都放亮点。上山后，看见人影先喊话，没反应就鸣枪示警。对方如果有小动作，立马击毙。"

众人都应了，有个同志大声问道："沈首长，这铁铲干吗用的啊？"

沈头冲那位笑了笑："铁铲还能干吗用，挖坑啊！一路上步子都踩得用力点，察觉脚下有啥不对，马上招呼各自身边的同志，一起动铲子。都是高高大大的汉子，发现情况后，五分钟内给我刨出个五米深的坑，问题不大吧？"

大伙都笑了，说没问题，有几个年纪大点的却交头接耳起来。我刻意地往他们身边挪了挪，去听他们在说些什么，隐隐约约听到他们在嘀咕着："抓盗墓贼吗？"

我忍不住笑了，对他们大声说道："抓敌特！"

那几个同志自己也怪不好意思的，冲我笑了笑。

这些同志依然分成三排的队形，横向有十几米，各自扯着树枝什么的，点上火当火把举着，一起往汇龙山上走去。

沈头却没有跟上，反而是在后面冲他们喊道："我们自己的同志看到你们，都会配合喊话和你们汇合的。还是之前那句话，喊话鸣枪无效的，立马击毙。"说完，他居然往身后退了退，朝着卡车旁边的一堆草丛走去。

我追了上去："沈头，我们不上山吗？"

沈头没有回头，一边继续往暗处的草丛走，一边对我说道："这几年灭麻雀，你参加过没有？"

我说："有啊！我有力气，还专门敲锣鼓呢！"

沈头又说道："敲锣鼓是不是为了吓跑麻雀？"

我"嗯"了一声。沈头继续道："可是敲锣打鼓赶麻雀的队伍走了后，麻雀是不是又会从天上飞下来。那小东西也有心眼，知道不朝着队伍的前方飞，队伍走过的地方才是安全的。没错吧？"

我恍然大悟："沈头，你的意思是让他们现在上去就是赶麻雀，而我们跟在他们最后面，看看麻雀会不会还要落下来。"

沈头点了点头，走进了他前方那块草丛。地上的草长得有人腰这么高，沈头双手一扯，拔出两把草，拧成一股，接着又扎成一个圈，戴到了自己头上。

这一幕我可是听说过，打鬼子时候的游击队经常要设埋伏，一人头顶都是要扎这么一圈草。我一下兴奋起来，也学着他的动作，扯起了草。可沈头把头部伪装好后，又继续扯草，往全身上下绕上了。我自然还是照做，谁让我现在也是他的兵呢？而且还是叫……叫什么葬密者的特殊部门。

十几分钟后，走出那片草丛的我们俩，全身上下都是草，两个眼睛都是从草缝里往外瞄人。沈头眼睛眯了眯，可能是在笑吧。然后他领着我，朝着没有山路的一个斜坡走了过来，往上爬了十几米后，他对我挥挥手，然后趴到了地上。我俩一前一后的匍匐着，往山上爬去。

第十章 皮肤上的笔记

我们的速度很慢，我看得出沈头是在刻意等前面的搜山队能够与我们拉大距离。虽然沈头现在的计划听上去很有些道理，可我私底下还是觉得凭前面那么几十号人，想要让山里潜伏在暗处的人如惊弓之鸟般露出马脚，很难。要知道，敌人能够在这汇龙山里神出鬼没这么多年，他们落脚的地方一定是非常隐蔽的。真有什么情况，他们顶多窝在落脚点不出来就是了。

我们如幽灵般在这黑暗中缓慢地匍匐前进着，沈头时不时左右四处张望，可啥发现都没有。这样默默地行进到了半山腰，时间也过了三四个小时，到了午夜。一路上我并没有看出沈头领着我爬去的方向有啥目标性，可到后期，周围的场景居然越发熟悉起来，我们竟然是朝着几天前我们发现敌特尸体的位置靠拢。我再次紧张起来，也和他一样，不时四处张望，那晚上我们看到并追出很远的那个长发人，当时就是出现在这附近。

正在我们慢慢往出现腐尸的位置靠近时，从我们头顶一棵大树上传来细小的声音。我俩对视了一眼，接着一起望了过去。好家伙！一个黑影就在我们身边三四米的一棵树上，慢慢地滑了下来，他的头上正是留着齐肩的长发。我连忙举起枪，可枪口被沈头压了下去。沈头双手撑住了地面，身体微微地往上。对方那人影压根没有一丝察觉，就在他的双腿刚接触到地面还没站稳的档。沈头猛的大吼一声："不许动！"紧接着他双腿一蹬，朝着那黑影扑了上去，在那短短的瞬间，把那个人影扑到了地上。

我也连爬带滚地冲了上去，一把按住了那家伙还在来回狠踹的双腿。沈头虎目一瞪，举起拳头，朝着黑影的头部毫不留情地捶了两下。地上那家伙被打得啊啊的乱叫了几声，接着大声喊道："别打了！我不是坏人。"

沈头一只手按住他的脖子，双腿死死地踩住地上这家伙的两只手，他头上戴着的草帽已经掉到了一旁，身子直立着骑在对方身上。接着他另一只手抓起对方的头发，把那家伙的脑袋提了上来："什么人？"

我也往前跨出一步，举着枪对准那家伙的脑门。他的长头发往脸的两边分开着，一张长满着胡子的黑脸出现在我们眼前。他表情有点慌张，但眼神中却没有露出惊恐的神色："别动手！我是……我是……"说到这，他突然瞪大了眼睛，对着沈头喊道："你是沈同志？你是沈建国同志？"

沈头愣了一下，可抓着对方头发的手还是没有松开。地上那家伙挤出一丝笑来："你不认识我了？我是高松啊！易阳镇的高松。"

沈头继续盯着这个自称高松的人多看了几眼，最后，沈头松开了抓他头发的手，但并没有推开我正对着高松脑门的枪。沈头想了一下，然后对着这个长发人说道："真是高松同志啊！你怎么在这山上？"

高松双眼一下浑浊了起来，看样子他见到沈头后，非常激动。他上身尽量坐起："沈同志，一言难尽啊！"

沈头这才站了起来，手伸到衣服里面，掏出一副手铐，麻利地把高松双手给铐上："好小子，胆子还真不小，躲在这汇龙山里想要搞什么坏名堂？"

我握枪的手始终没有离开这个高松的身体，但对于他这个名字，却感觉非常熟悉，好像在哪里听过。高松见沈头对他态度还是这么差，便摇了摇头："嗨！反正你也是当年的当事人，说给你听也无妨。我……我和老焦同志冤不冤别人不知道，你沈同志难道会心里没数？被撤下来后，我和他两个人心里憋屈，就进了这汇龙山过上了这半人半鬼的生活。我们还是想要给自己平反啊！"

"老焦？大通湖农场的焦界光同志？他也在汇龙山里？"沈头语气缓和了一点，死死地盯着高松的脸问道。

高松点了点头："七年啊！我们在这林子里待了七年，就为找出胡小品当时说的那个情况到底是否属实！沈同志，我们这七年过得辛苦啊！"

"辛苦个屁！"沈头骂道，接着扭过头来对着我说道："他就是七年前因为胡小品那案子被撤职处理的高松，你们易阳镇以前的副镇长。他说的老焦，就是大通湖农场以前的场长，焦界光。"

"啊！"我张大了嘴，继而对着这个自称是高松的长发男人问道："几天前在敌特尸体那把我们引开的就是你吧！"

高松这才扭过头来看了我一眼，然后摇头道："那是老焦，他跑回去后给我也说过这回事！"

沈头再次一把抓住了高松的衣领："照你这么说，前天在山脚下躲在树林里被我们看到的也是你们啊？"

高松犹豫了一下，点了点头："沈同志，你不要怪我。当时逃走的人就是我，我们这几年虽然找到过一些线索，可是没有一样是可以成为有力证据的。再说，当时看到你们，我还以为你们那两辆车只是路过汇龙山，压根就没有想到你们接着会进山。"

沈头抓着高松衣领的手往前一拉："你怎么知道我们进山了的？难道你们躲在暗处一直盯着我们？"沈头这话一出口，站在旁边的我却一下子觉得他这个假设不太可能。要知道我们有飞燕，暗处躲着人，她不可能发现不了的。

高松摇了摇头："我们怎么敢啊！再说我和老焦也不是一天到晚在这林子里跑。之所以知道你们进了山，还不是昨天听见了枪响，然后救走了你们带的那位女同志！"

"你是说飞燕！"我脱口而出："你是说是你们救走了飞燕？"

高松再次看了我一眼，然后又对着沈头说道："我们也不知道她叫什么，长得挺黑的一个姑娘，就是前天晚上跟你们一起在车上的那位。她被我们带走后一直没有说话，我和老焦怎么给她解释，她都不吭声！"

"人呢？"沈头也激动起来："她人在哪里？"

"在我们住的山洞里！我现在就带你们过去呗！"高松抬起手，指向了旁边的树林。

我"忽"的一下站了起来，揣着他便往那边推："赶紧带我们过去找她！"

沈头却挥了挥手，把高松重新按着蹲到地上："你和老焦这七年的调查行动，组织上有人知道没？"

高松摇了摇头："没有！"

沈头严肃起来："那！高松同志，我沈建国凭什么相信你的话？"

高松一愣，接着眼神暗淡了下来："是啊！组织上凭什么相信我们的话呢？沈同志，你能不能把我衣服解开，看看我的后背。"

沈头冲我点了下头，我一伸手，把高松的衣服掀了起来，露出了他的后背。月光透过树林照射下来，他裸露的后背上骨头一根根竖起，一看就知道这几年没过上几天好日子。而让我和沈头目瞪口呆的一幕竟然是：他的整个后背上，全部是用利器刻出的苍蝇大小的字。这些字由上而下一直到他的腰部，全部早已落疤。

高松叹了口气："沈同志，你们从肩膀位置的第一排字看起吧！"

沈头凑过头来，我把高松的衣服往上又抬了抬，只见最上方肩膀位置的疤痕有点模糊，但还是能够分辨出那浅浅的新长出来的皮肤上，整齐地写着：1953 年 1 月 21 日，我高松与焦界光同志决定进入汇龙山，搜寻可能出现过的敌特情况。凭借我俩力量，应对敌特，甚是凶险！如果我俩不幸遇难，希望我们尸体上这些笔记，能够为其他同志侦破汇龙山敌特案件提供线索。

看完这两排字，我双眼居然一下湿润了！沈头应该也和我一样，他把我手里扯着的高松的衣服拉了下来，然后松开了高松的手铐："这些笔记我们现在就先不看了！你赶紧带我们去找到飞燕同志和老焦。"

高松扭过身来，他的眼泪不知道什么时候已经爬满了整张脸。高松抬起手，把脸上的眼泪抹了一下，接着站起来："不远，就在那边的山坡下！"说完他带头往前面走去。

沈头追了上去，搭住了高松的肩膀："唉！高松同志，你们怎么这么傻呢？对组织上一点都不信任吗？"他的话语变得柔和了很多，带着关切。可他的脑袋却转了过来对着我使了个眼神。

我迟疑了一下，意识到沈头之所以搭他肩膀的用意。我再次把枪举起，正对着高松的后背，然后跟在他俩身后，往前走去。

高松自然没有发现身后我的小动作，他又叹了口气："我高松生死都是国家的人，我理解上头对胡小品案处理结果那么匆忙与武断的原因。但是，作为一方父母官，自己的辖区里可能有敌特潜伏，会是我愿意看到的吗？再说了，我和老焦都是眼里容不下沙子的耿直人，要我们像翻过一页书一样，把汇龙山里这个情况翻过去，我们做不到。"高松顿了顿："我们真做不到！"

"你们就没怀疑过胡小品吗？当时结果不是通告了吗？是胡小品造谣！"沈头故意说道。

"不关胡小品的事，他那次遇到的情况只是个导火线罢了！沈同志，我们大通湖周边几个县镇的领导干部，其实一直对解放前汇龙山里出现的情况各自有着看法。可是我们的新中国是稚嫩的，我们不能因为一些传言而武断的做出某些决定，让广大群众人心惶惶。胡小品同志反映的问题，之所以被我们第一时间反映了上去，也就是我们确实想要弄清楚汇龙山里到底有什么古怪。"

"哦！"沈头点了点头："你是说当时国民党在汇龙山里建军工厂的事吧？"

高松一愣："你怎么也知道啊？"

沈头勉强地笑了笑："我也只是听说。得！你给我们说说，到底是怎么回事？"

高松点点头，可接下来他说的那段关于军工厂的故事，和沈头说给我听的差不多，无非就是当年国民党军队抓走了很多壮丁，可最后没一个人回来。并且汇龙山里也没有任何动过土的痕迹这些。

　　沈头没有打断他的话，安静地听完了。高松说完后咳嗽了几下，接着朝地上吐了一口痰。我当时是跟在他们身后的，也不知道是怎么想的，我居然朝着那口痰望了过去。只见那口痰黏黏的，里面居然全部是红色的血丝。我忍不住对着他喊道："高……高同志，你痰里有血啊！"

　　高松回过头来微笑着看了我一眼："没事的！已经一两年都这样了，只盼着死以前，能够为组织上还发点光发点热，反正也这把年纪了。"

　　我肃然起敬，打从心底地对他敬佩起来。沈头也低头望了那口痰一眼，没有再说话。

　　终于，我们面前出现了一个陡峭的小山坡。高松指着那个山坡下方说道："就这里了，把那堆草弄开，就是我们住了几年的山洞。你们说的那个什么飞燕同志，现在就在里面。"

　　我们三步两步地下了山坡，站到了他所说的那一堆茂密的野草跟前。高松一扬脖子，对着里面就要张嘴喊话。可沈头的大手，突然猛地掐到了高松的喉结上，让他没有喊出声来。沈头低声说道："高松同志，让我们来吧！"说完对我甩了甩头。

　　我自然会意，举起枪便走了上去，轻手轻脚地推开那片草。果然，一个只有人腰高的洞口出现在草丛深处。我回头看了沈头一眼，沈头点了点头。然后我深吸一口气，往前一蹲，钻了进去。

　　我才跨出两步，脑门就碰到了泥土。我当时第一反应是高松说了假话，这压根就不是一个他们所栖身的洞，而是他故意把我与沈头两个人分开的一个阴谋。我连忙把身子往后一退，要钻出山洞。突然，我的脚猛地踩空，接着身体一滑，往那边倒了过去。

　　我双手挥舞着，抓住了洞壁上一块牢固的石头。黑暗中，我努力睁大眼睛，往我脚下的坑望去。那是一个正好够一个人进出的小洞，看来，高松说的山洞的洞口，其实是在这里。

　　就在我正要往那小洞里钻的时候，从里面清晰地传出一个男人的"哎呀"声。紧接着我就听到了自己这一天一夜魂牵的一记熟悉的叫喊声："小王，快拉我上去。"

"是飞燕！是飞燕的声音。"我赶紧伸出手，往那小洞里探了进去。紧接着，那双熟悉的、软软的手握住了我的手掌，我用力往上一提，飞燕的半个身子从那洞里被我拉了出来。飞燕探出身后，双腿还在洞里，只见她用力地往下蹬了几脚，好像是要踹走什么东西。

我一把搂住了她的腰，把她整个人抱了出来，往外面一送。然后把另一只手上的手枪对准了洞深处："不许动！我开枪了！"

洞里一下鸦雀无声了，外面的高松可能也听见我的吼叫声，他急急忙忙地冲我喊道："别开枪，是老焦！"

喊这话时，飞燕已经冲出了山洞，她应该知道了沈头也在。然后飞燕的声音从外面传了过来："小王，别开枪！抓活的。"

我咬了咬牙，把枪往腰上一插，双手撑住地，便把腿往下面伸了进去。我那一会不知道是怎么变得那么胆大，心里甚至想着进入到黑漆漆的下面后，要摸黑与对方搏斗一场。就在这时，我的双腿被下面的人往上一顶，接着一个男人在下面喊道："别！我自己上来。"

我拔出了双腿，下面的家伙真伸出了手，黑暗中勉强能看到那只手还在往上想要掰住啥，好使劲。我也没多想，把他给提了出来。又是一个毛茸茸的长发汉子，这家伙自然就是高松说的老焦了。我用枪比着他的后背，对他沉声说道："老实点！出去。"

他也没有反抗，自顾自地叹了口气，接着我俩猫着腰走出了那个狭小的空间。外面沈头和飞燕并排站着，两人的头靠得挺近，在小声说着话。沈头手里的枪又被他掏了出来，对着站他前面的高松。可能是飞燕说了啥情况吧？我看到他们时，沈头的枪正在往下放，皱着的眉头也舒展了一点。

被我带出来的家伙看到外面这几个人后，立马对着飞燕说道："这个女同志，你自己可得给我们作证哦！我们没有伤害你，我们的出发点可是好的。"

飞燕点了点头，又对着沈头小声说了两句话，然后转过身来："你是焦同志对吧! 首先请你主动把我的枪还给我!"

被我押着的老焦扭头看了我一眼,然后手伸进了自己裤裆,抓着什么往外拿。我往前跨了一步,抢在他手还没伸出来前,一把抢过了他手里的东西。就是飞燕的那把手枪。

我把手枪对着飞燕扔了过去,飞燕接过枪皱了下眉头,然后用衣服往枪上来回抹了几下,才插进自己腰上的枪套。我见她毫发不伤的重新归队,心里别提有多高兴了。我扬起脸:"飞燕,你没事吧?"

飞燕也对我点了下头,眼神中却流露不出我见到她的那种欣喜神情,她淡淡地说道:"没事!"

沈头却笑了笑:"小王,飞燕刚才简短地给我汇报过了,没有我们想象的那么复杂。高、焦两位同志听到昨天下午的枪声赶到现场,发现了铁盖,然后救起了飞燕。只是飞燕这丫头片子也谨慎,没弄清楚对方的身份之前,没敢说你还在下面。最后被带到了这里而已。"

我身前的老焦便回过头来:"对啊! 我们看她一个女同志一个人在山里待着,旁边又还有几具尸体,怕有危险。所以带她回来躲了一天。我们也问了她什么人,需不需要我们送她下山。可她就是不说话……"说到这,老焦愣了一下,然后指着飞燕说道:"我明白了! 你之所以不和我们说话,也不说要下山,你敢情是在观察我们,怀疑我们有问题吧!"

飞燕有点不好意思地点头,然后冲老焦说道:"焦同志,你们是两个男同志,我孤身一个女的,在没有肯定你们的身份前,我确实不方便和你们沟通!"

老焦勉强挤出笑来:"得! 有你这句明白话就成! 对了,这位老同志我瞅着怎么有点面熟啊?"

高松忙往前走了一步:"你老迷糊了吧? 他是沈建国啊! 就是七年前带着战士过来参加搜捕行动的沈建国同志啊!"

老焦恍然大悟,一拍自己脑门:"对! 对! 你看我这眼神,是沈同志! 只是……只是你怎么又来汇龙山了? 昨天那被杀的几个同志也是和你一起的吗?"

沈头摇了摇头:"时间紧迫,一时半会也说不清楚。高松!焦界光!我现在需要你们用最简明扼要的话,把你们这几年在汇龙山的发现给我好好汇报一下!"

高松和老焦对视了一眼,高松张嘴说道:"我来吧!只是我们的发现恐怕你不会相信,这也是这几年里,我们为什么没有急着回去给组织上汇报的原因。"

沈头"嗯"了一声,示意他继续。高松吞了口唾沫:"首先我必须表明一个态度,我和老焦两个人都是坚定的无产阶级唯物主义者、无神论者。妖魔鬼怪这些,在我们思维里压根就不存在。可是……可是这几年我们在这汇龙山里看到的东西,却让我们时不时动摇这份坚定。"

"你是说你们看到了神怪?"我插话道。

沈头对我瞪了一眼,我连忙住嘴。高松苦笑了一下,接着说道:"也不是神怪!神怪都是神话里三头六臂的东西。我们这几年看到的却是有手有脚的大活人,而且就是胡小品所说的那些长毛子军人。他们不止一拨,反而是不同的军队,最起码有两支队伍。一支队伍是穿草绿色军装说我们听不懂语言的,另一拨是穿着土黄色军装说俄语的家伙。"

"穿黄色军装的那伙人肩章和领扣是不是银白色的?"沈头突然打断道。

高松疑惑地看了沈头一眼:"是啊!沈同志,你们也碰见过他们?"

沈头点点头,然后对着高松平平地抬了下手,示意他继续。高松又看了老焦一眼:"这七年里,我们一共看到过他们五次,其中最起码有三次是他们也应该看到了我们。那三次都是他们冷不丁地从暗处里钻出来,把我俩吓得连滚带爬躲起来。可奇怪的是,我们在他们眼里好像是透明的,他们旁若无人地忙他们自己的,完全没有理睬我俩。到最近一次看到他们,大概是在十天前的一个晚上,我们和平时一样,在林子里躲在暗处四处瞎转,头顶突然闪出二三十个黑影,带着降落伞从天空中降落下来。我们没有躲得及,被他们堵了个正着。那么多个高高大大穿草绿色军装的长毛子,全部落到了我们身边，把我们围在了中间。"

"就算之前咱发现过我们，在他们眼里就算出现，也形同隐形。可到那天晚上被逮个正着，还是吓得全身都软了。结果那群军人在地上爬起来后，小声说着我们听不懂的话，来回奔跑着，甚至有个人还迈着步子朝我和焦同志坐的地方跑过来。我俩寻思着怕是完了，谁知道冲向我们的那个军人，从我们身体中穿了过去！对！就是穿了过去。"高松说到这时，额头上冒出豆大的汗珠。

老焦接下话来："高松没有在部队待过，我可是退下来的。他们当时那阵势绝对是刚刚空降，在集结队伍，要去执行什么任务。他们忙活了一会，把挂在树上的降落伞全部收了，然后站成一排，看模样是在点数。可点来点去又好像人数不对似的，他们再次抬起头，往头顶望去。我和高松也赶紧往旁边一棵树后面猫了过去，抬头往上面看，就看见了一个留着大胡子的黑皮肤大兵，挂在树上。他四肢往下垂着，好像跟个死人似的。"

"那些大兵当时也应该看到了那黑家伙，可都张大了嘴，露出一个受到惊吓的表情。他们愣了一会儿后，一行人便在那黑家伙正下方码起了人墙，要伸手去够上面挂着的家伙。我和高松都觉得非常奇怪，因为那黑家伙背上也挂着降落伞，他们如果是要把人弄下来，直接上树，把降落伞弄下来不就得了。可是，他们好像看不见降落伞似的，人码人地往上够，想要把那黑家伙扯下来。接着他们又怪叫起来，好像看到了很恐怖的画面。站下面那个可能是为首的家伙叽里呱啦的喊了几句话，人墙最上面的人听到后，手脚麻利地把挂在空中的黑家伙身上的武器、腰带这些东西，都三下两下揪了下来，连肩上的肩章都没放过。到他们忙活得差不多时候，人墙最上方那人挥向挂着的黑家伙的手，竟然和那黑家伙的尸体重合了一下，挥了个空！嗯！我们绝对没看错，他的手就是挥了个空，我的意思是他的手在那黑家伙身体上直接交错了过去。"

沈头"嗯"了一声，扭头看了我一眼，我也对他点了点头，昨晚铁柱劈向那个腾空的毛子兵时，也是直接重合了一次，最后扑空的。

老焦继续道:"接着那群毛子兵便没管头顶的黑家伙了,表情特恐惧地站在地上小声说了几句话,那个为首的家伙挥了挥手,带着人往旁边的树林里冲了出去。到他们走了后,我和高松全身都软了,连滚带爬地回到了咱这安身处。可能也是受了惊吓,回到洞里后,我俩大病了一场,都发烧了!我只熬了两三天好了,一个人出去想找点果子回来,不知不觉就往那个黑家伙挂着的地方去了。接着就是看到了另外几个同志也在那……"老焦突然扭过头来对着我说道:"对了!那晚上追我的人里面,是不是有你啊?"

我点了点头,见沈头和飞燕都皱着眉头没说话,便也不敢冒冒失失发表意见。突然我猛地想起个事来,我一把站了起来,对着老焦说道:"当时你们看到的跑了的毛子兵里,有没有一个女的?"

老焦一愣:"你怎么知道的?是有一个女人,黑黝黝的。"

沈头也站了起来,激动地问道:"那女人头发是不是也是飞燕这么长,是不是也有这么直?"

老焦睁大了眼睛:"没错啊!沈同志,难道你们也看到了他们,他们杀到了汇龙山下面的县镇?"

沈头摇了摇头:"那倒没有!"

高松又说话了:"沈同志,我知道正常人都不会相信我们说的,可我们反映的情况字字属实,我可以拿我二十几年的党龄来担保,绝对没有说瞎话。唉!沈头,有个想法我不知道当说还是不当说。"

"说吧!我们现在只是讨论这些线索,没有谁会责怪你说错什么的。"

高松点点头:"我和老焦都觉得……都觉得他们这些毛子兵好像……好像和我们不是一个世界的?"

"胡说!"飞燕骂道:"不是我们一个世界的,难道是鬼不成!封建迷信那一套少在这里卖弄。"

沈头冲飞燕挥了下手,脸色没之前那么严肃了,望着高松说道:"其实,你们遇到的那些看不到我们的外国兵,我和几位同志昨天晚上也看到了。你的这种说法虽然悬乎,但却是真实客观的。"

"沈头！"飞燕轻声冲沈头说道，"你信他们这些鬼话吗？"

我往她身边靠了靠，小声对她说道："我们昨天晚上真的看到了。"

飞燕瞪大眼睛望了我一眼，又去看沈头，沈头冲她很肯定地点了下头，然后又扭头对高松和老焦说道："你俩也不要再这么下去了，都一把年纪了，又不是没有家。我看这样吧，这几天我们会在汇龙山再进行一次大规模的搜捕，你们两位也跟着我们一起。到这案子告一段落后，我让组织上给你们出个证明，你们还是回各自的单位去吧！"

老焦看了高松一眼："唉！就按沈同志你说的这么办吧！七年啊，我还勉强撑得住，可老高的身体……"说到这，他摇了摇头。

沈头瞟了山顶一眼，然后把头上的草帽摘下扔到了旁边，再次对着这两个野人似的老同志说道："我还有两个小问题需要你们解答一下，你们也不要多想，我只是问问而已。"

高松看了看他："没事，有啥你尽管问。"

沈头点点头："你和老焦昨天是听到枪声就赶到了悬崖边，然后救出了飞燕。从枪响，到你们发现飞燕，这中间的时间不短。我想知道你们这段时间去了哪里？并且，你们为什么带了藤编的绳索？"

高松微微笑了笑，又看了老焦一眼："沈同志，我和老焦可都没武器的。再说我们也只是依稀分辨出枪声的方向，并不能确定。我俩一路摸过去，这段路虽然不长，可也不短。你想想，我们两个老家伙匍匐前进，能快得起来吗？至于为什么带着绳索，那是因为我们不止一次下过悬崖，希望在那个下方有所发现。所以，在听到枪声是在那个方向后，我们带的家伙也就两根木棍和这捆树藤了，咱也只有这些家当来着。"

高松说这段话时，沈头的目光始终没有离开过高松的眼睛。到高松说完，沈头沉默了十几秒，再接着问道："这几天里面，你们有没有发现过汇龙山里出现过大队伍，我的意思是一两百号人的那种队伍。"

高松摇了摇头："沈同志，这十几天我们没怎么出洞，你说的这大队伍我们还真没注意到。"

老焦却打断了高松的话："慢着！沈同志这么一说，我还想起个问题来。三四天前吧，我一个人出来找吃的时候，遇到过一件挺奇怪的事。当时我是爬在一棵树上想摘点野果子，正要下来时候，我瞅见在我下方地上的草地，莫名其妙地往下陷，就好像是有人踩在上面一样。并且，还不止一小块，而是整个那一大片树叶在一起往下陷。我当时以为是自己眼花，又或者是风吹之类的，便没在意。现在沈同志你这么一说，我还真觉得当时那情况，很像是一两百号人同时在那块地上行进，只是……只是我看不到他们罢了。"

飞燕眉头又皱了起来："老焦同志，我必须严肃的指出你的问题。我们都是无神论者，自然科学无法解释的情况虽然还很多，可也没有到你说的这么玄乎啊！"

沈头却对飞燕摆了摆手："我倒不觉得老焦这个怀疑玄乎，相反地，我还觉得他当时遇到的就是大通湖农场派出来的两百个搜山学员。你们想想，我们在那些毛子兵眼里形同隐形，那是不是就意味着换个角度，我们自己眼睛里，对于某些人，某些队伍也会如老毛子兵看到我们一样，是隐形的呢？"沈头最后把头转向飞燕："飞燕同志，昨天我批评了一次铁柱，现在也要用同样的态度批评一下你。你现在是在什么机构？什么部门？我们的职责又是什么？我希望你能早点从迂腐的传统思维里解放出来，勇于质疑，勇于认可。我觉得，这就是我们这部门能够真正体现价值的前提。在这一点上，小王同志反倒做得不错，以后你要多向他学习。"

我脸一下就红了，连忙低下头来，偷偷地瞄飞燕。只见飞燕瘪瘪嘴，也没出声了。

沈头抬起了头望了望天："我看这天也要发狠了，这两天应该有一场大雨。行吧！同志们，我们现在就跟上前面的民兵队伍，去山顶和铁柱他们几个汇合。部队里的同志明天早上应该就会开着工程车赶过来，我就不相信这汇龙山里的猫腻，咱捅不破。实在不行我把这座山给它夷平就是。"

沈头的豪言壮语让我再次激动起来，我捏着拳头挥了一下："对！夷平它！"

　　沈头说完后便迈步往山上走去。我和飞燕紧紧跟着他，高松和老焦在后面愣了一下，最后也快步追了上来。

　　"砰砰！"两声枪响，在山顶响起。我们一愣，紧接着过了四五秒，又一声"砰"地一响。沈头脸色一变："是铁柱和疯子他们，有情况！他们发现敌人了！"说完沈头迈开步子，便往前面冲去。

　　我们也都紧张起来，快步追上。我心里暗暗琢磨着这三声枪响，和之前沈头要我在山脚扣动扳机的方式，先两下，停顿三四秒后再一下是一样的。看来，这就是他们互相间示警或者传达信息的一种方式。我扭头看了一眼飞燕，飞燕表情也异常严肃起来，看来，这信号要表达的意思，比较紧急。

　　跑出没几米，我又意识到一个新的问题：现在我和飞燕、沈头是跑在最前面，把高松和老焦落在最后，我们的后背岂不是完全暴露在他们面前。再者，现在就我和沈头两个人是壮年汉子，老焦身体虽然还健壮，可他们手里是没有武器的。我，作为一个需要快速成长起来，真正独当一面的好兵，现在本就应该跑在队伍的最后面殿后啊！

　　我放缓了步子，让高松和老焦越过了我。然后，我紧握着枪，在队伍的最后面奔跑起来。我尽可能地把耳朵竖起来，头也不时左右摆动，警惕着周围树林中随时可能出现的突发情况。

　　我们跑了十几分钟后，在越过了一棵歪脖子大树时，我竖着的耳朵里，一个非常轻微的人声，还真被我捕捉到了。

　　我猛地站定，扭头往那人声发出来的方向望去。声音传来的方位就是在那棵树的位置，但是附近又没看到一个人影。

　　我抬起步子，要继续追前面的队伍。可沈头之前对我说的那句"细节决定成败"在我脑海里闪过，我再次停下步子，转身朝着那棵大树走去。

　　周围依然静悄悄的，之前那轻微的人声好像不曾出现过。我举起手枪，围着这棵树看了起来。突然，头顶两米多高的茂密树枝中，一团人影模样的黑东西出现在我眼里。

　　"沈头！快过来！"我往后退出两步，抬起手，笨拙地把枪口对准了那团黑影。

沈头他们几个不明就里，但还是迅速地到了我身边，大伙一起抬头，都看到了头顶那团黑影。飞燕扬起脸，鼻头抽了几下："是胡小品！是胡小品同志！小王，快上去把他救下来，他受伤了！"

我连忙往树上爬去，心里却琢磨着：以飞燕的嗅觉，从这树下经过，为什么没有察觉到胡小品的存在呢？就算是胡小品这么个大活人的气味没有被她察觉，可既然她说胡小品受伤了，血腥味可是我们正常人都能够嗅到的啊？

很快，这疑团便被化解了。我翻到那根树枝上后，就瞅清楚树枝里的黑影是被包裹得严严实实的，就像个被裹尸布包裹着的尸体，难怪飞燕没有察觉到。

我一把抱住了这个被包裹的家伙，树下的沈头和老焦都伸出手冲我点头，示意我扔下去。我一发力，这具不知道是不是胡小品的身体，便往树下落去。沈头和老焦稳稳地接住了，我纵身一跳，也下到了地面。沈头那柄小刀又被摸了出来，他把包裹这具身体的布一把划开，一个全身是血的家伙出现在我们眼前。高松伸出手，往他脸上一抹，然后抬起头来："是胡小品！没错！就是胡小品，他怎么出现在这里？"

沈头把他轻轻推开："给你们一时半会也说不清。"接着，沈头拍打着胡小品的脸，急促地喊道："胡小品！胡小品！醒醒！"

胡小品"嗯"了一声，眼睛慢慢地睁开。他嘴角抽动了几下，一张嘴居然又吐出一摊黑红的血水。我心里一酸，也伸出手搂住了他："胡同志，老孙呢？"

胡小品眼神浑浊地看了我们一圈，在看到老焦和高松时候，眼皮抖了几下，冲他们微微点了点头。高松摇着头说："别着急！你缓过来再说。"

可胡小品却把目光停到了沈头脸上，他艰难地吞了口口水，接着说道："沈……沈头！老孙可能是敌特。"

沈头面无表情地点点头，接着却不看胡小品了，反而是抬起头来，对着我说道："扛得起他吗？背着他能跟上队伍吗？"

我一咬牙："没问题！"

沈头这才重新低下头去："胡小品同志，现在情况有点危险。小王同志背上你，咱只能边走边说。"

胡小品挤出个笑来："嗯！我……我没啥大碍！能……能坚持住。"

"行！"沈头拍了拍胡小品的肩，又上下看了胡小品一眼："是内伤，估计内脏被重击了！好同志！坚持住。"

说完沈头一弯腰，把地上包裹胡小品的那块布捡了起来，手脚麻利地叠好抓在手里，再次朝着山顶跑去。

我把胡小品背上后背，也快步追了上去。胡小品呼吸了几口新鲜空气后，又咳了几下，之前那模样，可能是被裹着给蒙迷糊了。现在听他说话声明显好了很多。他又吞了口唾沫，尽可能地把说话声放大，好让大家都听得清。也因为他开口的缘故，我们一边奔跑着的队形，靠得紧了很多。只听到他断断续续地说道……

第十一章　老孙是敌特？

昨晚沈头你带着铁柱和大刘进到树林后，老孙便拖着我神神秘秘地爬到土堆上坐着，笑得贼兮兮地对我说道："给他们两个小同志独处的时间，也算成就一桩姻缘。"

我听着其实挺反感的，都什么形势了，老孙还寻思这些。但人家毕竟是老领导，我也不敢说他啥，便和他坐在土堆上胡乱聊了起来。

聊了也就一小会吧！老孙突然表情严肃地指着树林那边瞪大了眼睛："小胡啊！你……你有没有看到什么？"

我揉了揉眼睛，往那边黑林子里望去，啥都没有！我笑着对老孙说道："没有情况啊！"

老孙却摇头，接着站了起来，那身子一下挺得笔直，就像个训练有素的军人似的。我抬头看他的表情，只见他表情非常严肃，眉头皱得紧紧的，和之前判若两人。

见他这模样，我也紧张起来，再次盯着那边林子看，可那边还是黑乎乎的，啥情况都没！除了林子被小风儿一吹，微微地晃动。老孙还是在那矗着，伸长脖子死死盯着那片林子！

猛的，从那片林子里闪出一个人影。我被吓得一屁股坐到了地上。紧接着，又是七八个家伙跟在他身后钻了出来。当时距离太远，又是晚上，所以压根看不清楚他们的模样，但有一点可以确定，他们都不是正面对着我们的，而是倒退着钻出的那片林子，好像在他们眼前，有什么东西正吸引着他们的注意力。

我身边的老孙也立马蹲了下来，他看了我一眼，然后急促地说道："跑吧！"

我当时已经完全没了主张，身后那几具尸体还在那摆着，敌人的残忍可想而知。所以我毫不犹豫地点头。

老孙一转身，朝着身后深坑里的小王和飞燕压低着声音说了两句，我也没认真听，寻思着老孙自然是在叫他俩跟咱一起跑。

我死死地盯着前方那些背对着我们的黑影，那些黑影始终没有转过身来，但他们的步子还是朝着我们这方向倒退过来。接着，我瞅见他们的手上，居然都提着武器，就是七年前我见到的那些毛子兵提的一尺多长的枪。

我后背一凉，对着老孙低吼道："跑啊！"

说完，我朝着另外一边的林子撒腿就跑。老孙也急急忙忙地追了上来，他手里还握上了那把铁铲。我三下两下跑出了几十米，眼睛还死死地盯着那群黑影，可那些家伙依然在盯着他们的前方，好像那边发生的事情至关重要一般。

冲入丛林后，我才发现身边只有老孙，小王和飞燕都没有跟过来。可那一会心都在嗓子眼了，老孙又一个成竹在胸的模样，我便没有多想。那么火急火燎地跑了十几分钟后，我俩见身后并没有人追过来才停了下来。我靠到一棵大树旁坐下，一边喘气一边对老孙问道："你怎么没把小王他们俩叫上一起逃啊？"

老孙瞟了我一眼："你傻啊！我还不是为了让他俩安全吗？对方那么多人，凭我们四个人怎么样都是个死，还不如分开两路，我们能引走他们的话，小王他们岂不就安全了？"

我点了点头，老孙这话说得冠冕堂皇，好像是我们俩作出了多大的牺牲一般，实际上咱现在这举动，不就是扔下他们去吸引敌人，自个逃命吗？不过这话心知肚明就可以了。

休息了一会后，老孙又凑过头来："小胡同志啊！别说你孙哥没提醒你，你我现在这处境，特危险！你仔细想想呗！沈同志说得跟唱歌似的，说把这个案子结了，带我们回他们军区。你觉得可能吗？小王和大刘都是年轻人，有的是力气，我们两个老骨头，他带回去当首长供养着啊？所以说，小胡，咱俩必须要统一好思想，为我们的以后去好好考虑一下！"

我那脑子哪能想明白这些啊？老孙以前是个干部，这些什么形势啊运动啊，他自然能在里面摸出自己的门道。我见他说得也在理，便傻愣愣地点头："老孙，依您的意思是……"

老孙呵呵地笑了："现在这汇龙山里失踪了两百个人，公安厅的同志也死了好几个，这对于我俩可是个好契机。你想想，如果我们能够在这林子里发现什么线索，为组织上查清楚这个神秘事件提供到帮助，那咱不就立功了，以后都可能回原单位哦！退一步说，就算我们啥都没发现，责任也是沈同志他们背，咱两个老胳膊老腿，谁会指望我们侦察出大问题呢？"

我一想，他这话虽然够小人，可都合情合理。不过我还是望了一眼悬崖的方向："那他们怎么办？我们就这样不回去了吗？"

"所以说你就是傻啊！"老孙吹胡子瞪眼了："你想死吗？咱跟着他们一堆人，目标多大？迟早会要跟杀害公安厅那几个同志的敌人干上的。你有枪吗？人家可是都有枪的，你想挨枪子吗？"

"那我们两个人在这林子里摸来摸去，还不是一样可能碰到敌特吗？"我被他一番抢白说得脸都白了，反驳道。

"你怎么这么想不明白呢？"老孙看样子是真来气了："我们两个人在这林子里可以偷偷摸摸地查，咱这叫躲到暗处。沈同志他们可是明枪明刀地干，你忘记了咱挖的那个坑吗？沈同志当时可是说了，就要故意放在那里不收拾，好让汇龙山里的敌特乱了阵脚。可结果呢？我看是咱自己人乱了阵脚吧！公安厅的同志死了好几个，剩下的我看都够呛。反正我不管你了，我是要保住命为主，如果能有发现等于是白赚的。你呢！想回去？请便。"

见他真动了气，我也不敢多话了。老孙句句话说到我心坎里了，我也这把年纪了，能活下去比啥都金贵。我再次望向了老孙："成！都听你的。"

老孙又笑了："就是吗？老哥哥会害你吗？"

说完，老孙一转身，朝着之前那群黑影死死盯着的方向走去。

我快步追上："孙哥，您走反了吧？那边可是有那些敌特的哦。"

老孙露出个讳莫高深的笑来："就是啊！咱不是还想立个功吗？不过去瞅瞅可就没机会啊！"

"可是……可是你刚才不是说了咱保命为主吗？现在咱过去会不会很危险吗？"我有点犹豫。

"瞅瞅你那熊样！"老孙又笑了："之前我们是在明处，自然是要保命。现在咱俩猫在林子里偷偷转过去，脚步放轻点，自个小心点，谁会注意到咱呢？"

我心里还是慌张，但见他说完又往那边走了，也只好跟上。

也是在这一路上，我对老孙慢慢地起了疑心。因为老孙不像是个在部队干过的，之前也没听他提过。可是这一会，他往那边赶路的行走方式，却一下显得利落了很多。怎么说呢？就好像是个训练有素的军人，脑袋没停过，四处扫，身子也总是挨着林子里各个障碍物旁前进。那一会就算真出现什么情况，他的身体也始终是在某棵树或者某堆草边上站着，一猫腰就可以躲进去。

我们就那么缓慢地走了半个小时，距离之前那些黑影死死盯着的位置也越来越近，我的心跳也越来越快。老孙却依然面不改色，一个见过大阵势的模样。我们俩竖着耳朵，眼睛不断地四处张望，搜索着林子里可能出现的任何异常。

当我们走到一棵歪脖子树旁边时，老孙停了下来："小胡，你会爬树吧？"

我表情木讷地点头。老孙指着这棵歪脖子树对我说道："咱就上这棵树吧，上面树叶多，也够高，可以看得够远，应该可以瞅到那群敌特观察的位置。如果没情况，咱俩今晚也就在这树上打个盹得了。"

我也没反驳，率先往树上爬去。到我爬到了树枝上的时候，我才发现老孙并没有跟着我爬上来，反而是弯着腰，蹲着那棵树的下方，双手对着树干来回比画着，不知道在干些什么？

"喂！老孙，干吗呢？"我小声对他喊道。

老孙抬起头来，对我咧嘴笑："没啥！我在看这树皮是不是能吃的那种。"

我暗暗骂道：这家伙恐怕是没过过苦日子，这种树皮给你啃也啃不饱啊！当然，这话我可不敢对老孙说，我对他挥了挥手："赶紧上来啊！"

说完我自己又往树的顶端爬去，心里总觉得越是到上方，自己隐蔽得就越彻底。老孙也没忙活了，把那折叠铁铲往腰带上一插，追着我就上来了。他腿脚还真灵活，很快就爬到了我身边。

我们一人抱着一根树枝，一起扭头往我们要观察的方向望去。可那边啥都看不到。老孙不甘心，又往上面爬了一截，上面的树枝比下面的细，老孙在上面晃啊晃的，我都眼瞅着替他担心。可他自个没事人似的，伸长着脖子，继续往那边看。

我抬头盯着他的表情，只见他眉头慢慢地皱了起来，眼神也阴森森的，好像发现了什么。我压低声音对他喊道："老孙，发现了什么啊？"

老孙没有说话，连脑袋都没动一下。我寻思着这家伙肯定是发现了什么，便也壮着胆子往上爬。老孙没有理睬我，自顾自地看着那边。我没有往他身边爬，怕把那树枝压垮啊！到我也手脚发抖地搂着一根细树枝在那哆嗦着了，视线也开阔起来，可以透过前面的树叶缝，瞅到远处的情况了。

我倒抽了一口冷气，因为隐隐约约的，远处一块空地出现在我眼前。空地上站了二三十个大个子，围成一个圈，中间有几个人挥舞着铁铲似的东西，正在地上刨坑。

我看到的那一会，那个坑应该也被他们快挖好了吧？只见他们扔掉手里的铁铲，然后从地上抬出两具尸体，往那个坑里面放。

老孙突然好像自言自语一般嘀咕道："怎么有一个是没脑袋的？"

我被他这突然的一下出声，吓得差点掉下树，也连忙盯着那两具尸体望去。我眼神没老孙好，压根看不出哪具尸体是没有脑袋的，但有一具尸体明显要比另外一具要短了很多，可能就是老孙说的没脑袋那个吧！

那群大个子都站得笔挺的，看模样对那两个死去的家伙挺在意似的。有一个大个子从后背的背包里扯出两块东西，展开后应该是裹尸体的布吧！他们小心翼翼地把那两具尸体包裹好，然后放到了那个坑里。又一个大个子往坑边上一站，转过身对着其他人不知道说了些什么，最后一挥手，之前那几个挖坑的家伙又拿出铲子，去埋那两具尸体。

我算整明白了，他们是在掩埋战友。之前那几个背对着我们的黑影就是发现了他们这群人，所以躲到了林子外，偷偷地观察他们的行动。

想到这，我头皮一麻，再次意识到之前那背对着我们的黑影，现在岂不是还站在林子外的悬崖边，和我们一样，正在偷偷地观察着这群埋葬战友的家伙。那几个悬崖边的人当时那紧张劲，绝对不像是跟这些刨泥巴的人一伙的。也就是说，林子里的敌特，并不是一股人，居然还分成了两支不同的队伍。这两支队伍，还很可能是对立的。

我抱着树枝的手心里全是汗了，紧张得大气都不敢出。你想想：咱自以为地躲在暗处偷窥着别人，可另一个暗处，居然还有一群人也在偷窥着你观察的目标，甚至在偷窥着我们，那是多么让人毛骨悚然的感觉啊？

我再次抬起头去看老孙，老孙还是严肃地盯着前方，没有说话，神情却更加严肃了。我也不敢吱声，继续死死地盯着那边的人群。他们挥动着铁铲，把尸体掩埋好，最后从旁边的地上移了一些枯叶和草过来，认真地掩盖地上被挖掘过的痕迹。

他们用了快四十分钟把这一切收拾妥当，我和老孙也趴在树上一言不发地盯着看了这么久。大个子们忙完后倒没磨蹭了，排了个队，为首的又叽叽喳喳说上了几句，然后一扭头，一群人朝着山顶方向，猫着腰就跑了！

四周再次静了下来，老孙也才回过神来，屁股一撅一撅的，倒退着往树干爬去，最后跨腿坐到一个比较稳的分叉上。我也小心翼翼地挪了过去，靠在他旁边的树干上。老孙瞪大着眼睛望着我说道："看到没？敌特掩盖尸体，就是怕被人发现。"

我面无表情地点点头。老孙又继续道："我们现在就猫过去挖出那两具尸体，一人扛一具回去。这可是铁证啊！你我的好机会。"

我扭头看着面带喜悦的老孙："我叫你爷爷成不？咱就安心躲着过完今天晚上吧！悬崖那边的黑影们可能还在，你就不能再等等吗？"

老孙又望了一眼悬崖边的方向："那倒也是，我们等一两个小时再过去。"说完，老孙便伸出手去扯了一把细长的树枝，用力地拧到一起，搓成一根绳，然后一头系在自己裤腰带上，另一头绑到了树干上。见我傻乎乎地看着他，老孙指了指我身旁的树枝："傻愣着干吗？赶紧把自己绑在树上打个盹啊？你不会想睡得迷迷糊糊摔下去丢了小命吧？"

我这才明白过来，也用细树枝搓了跟绳，把自己绑在了树干上。老孙没说话了，靠在树干上闭上了眼睛。

我心里还是很害怕，来回地检查了几次自己搓的绳子会不会松。可能也是太累的缘故，我都不知道自己是什么时候睡着的，连老孙是什么时候滑下树都不知道。

到我再次睁开眼睛，天已经大亮了。我抬起头去看老孙，可他那位置压根就没人影。我心里一个咯噔，想着难道老孙趁我没注意，一个人跑了不成。

正想着，老孙的喊话声，从我正下方传了上来："小胡，快下来呗！"

我往下一看，见老孙手里提着那把铁铲，后背上鼓鼓囊囊地挎着个帆布扎的包袱，正站在树下对我招手。我揉了揉眼睛，接着小心翼翼地滑下了树。

到了树下我才注意到老孙整个上身都是湿漉漉的，脸上也都是汗，还粘了很多泥。真正吸引了我注意力的，却是那把铁铲和老孙的左手手掌，上面都是暗红的血跟泥混在一起。我盯着他慌张地说道："老孙，你这是干吗去了？"

"没干吗啊？我醒来见你还在睡，便没有叫醒你，一个人去把那坑给挖开了，拿了点东西出来。尸体我们也不用扛了，我背的这些东西已经够让咱立功了！"

"都挖了些什么出来啊？"我举起手往他后背上那帆布扎着的包袱抓去。

老孙灵活地一闪身，让我抓了个空。他又露出贼兮兮的笑来："小胡，反正这立功表现我老孙肯定是带上你了，但这头功，别和我抢吧！"

我暗骂了一句"老狐狸"，然后也挤出笑来："那是自然！"说完我再次往远处那块空地望去，因为是白天了，所以能透过树与树之间的缝，看清楚那边的地面。地上还是铺着树叶和草，完全没有被挖动过的痕迹。我回过头来对着老孙问道："孙哥，您就一个人挖出了尸体，还重新填好了吗？"

老孙点点头："人定胜天，只要你有恒心，有毅力，有什么事情能难倒我们的？"

我心里再次起疑，虽然说坑是那群大个子刚填上不久，比较松软，刨起来不是很费劲。可是按老孙说的，他不过只是比我早醒了一小会，那他这个一小会，就忒长了点吧！除非是……除非是他昨晚压根就没睡，而是等我刚睡着就下了地，扑向了那块埋着尸体的空地。

见我露出怀疑的表情，老孙又笑了笑："唉！小胡啊！还想那么多干吗？咱现在赶紧下山啊。"

我看了他一眼："咱真不去找沈头他们，汇报一下这些情况了吗？"

"汇报个屁啊！我身上背着的这些玩意，拿去送给他当战利品吗？"

我没反驳他了，又四处看了看，周围一点动静都没有。我私底下寻思着，是不是要给沈头你们留下些什么线索。这话我不敢对老孙说，因为老孙口口声声都是为我好，我怕我这点心思让他生气。

肚子正好咕噜咕噜响了起来，我眉头一皱，往旁边的树下一蹲，解开了裤腰带，对着老孙觍着脸笑道："也不差多个五分钟，我先拉泡屎。"

我当时的想法是自己这泡屎如果被沈同志你们看到，也算一个线索。再说了，我光着屁股拉屎，老孙总不好意思死死盯着吧？我便可以偷偷地在旁边的树上，用地上的小石子刻几个字。如果你们看到这泡屎，再一低头，就可以瞅见我留下的字迹。

谁知道老孙突然猛的跨前一步，把我给硬生生拉扯了起来："等等！"

说完他用手里的铲子拨开了树底的落叶和草，然后对着下面的泥土刨了几下，挖出一个浅浅的坑。我提着裤子哭笑不得，站在旁边看着他。看着看着，我突然发现，他握铲子的姿势，和我们不一样。我们正常用右手的人，使用起铲子都是左手握铲柄中间，右手抓着铲子顶端使力气啊！可他不一样，和我们压根就是反的。也就是说，他是个左撇子。

这个发现让我紧张起来。老孙刨出个小坑后，对着那坑一指："赶紧赶紧吧！毛病还挺多。"

我只能对着那小坑蹲了下去，心里有点发毛，瞅着这老孙，疑点还真越来越多了。老孙依然用左手提着铲子，眼睛却始终没有离开过我，一本正经地站旁边盯着光屁股的我拉屎。

我被他这么看着，怎么拉得出啥啊？只得扭过头不看他，装模作样地在那憋红了脸。这样挤了一会，拉出了一丁点，我觉得也没必要再勉强了，抓起树叶擦了擦屁股，提着裤子站了起来。

老孙又提着铲子走了上去，把小坑填上，最后抓了点树叶，盖住了那痕迹。他这一次来回折腾，也都是用的左手。

我联想起铁柱之前对害了伍同志的凶手可能是个左撇子的质疑，再集合上老孙这一晚上的反常，心里越想越害怕啊！老孙那一会后背正对着我，背上包袱鼓鼓囊囊的，里面好像放了个球似的。昨晚他不是说被敌特埋掉的尸体有一个是没有人头的吗？那另外一个尸体自然是有人头的，老孙手上和铲子上也都是红色的血迹，难道……难道他小子是用铁铲硬生生地摘下了地下埋的尸体的人头，再用裹尸布捆到了后背！难道……难道他后背上这鼓鼓囊囊的东西，就是一个人头？

我不由自主地往后退了几步，望着他的背影。老孙好像察觉到了什么，猛地转过身来，铁铲还是在他左手上提着。

见我脸色变得那么难看，眼睛又死死地盯着他的左手和手里的铁铲，老孙猜到了个七八。他眼神变得凶悍起来，提着那把铁铲，迈开步子就朝我走了过来。

我意识到他是要对我下手，连忙转身，发了疯一般地朝着悬崖的方向冲去。可老孙步子比我更快，他迅速地追上了我，然后那把铁铲从我脑袋的左侧挥了过来，我被打得直接摔到了地上。那把铁铲继续被老孙举起，重重地朝着我头部砸过来。我双手抱着头，大声地喊着："老孙你疯了吗？"而老孙双眼血红，完全没有停手的架势。

最后，铁铲又一次重重地砸到了我的太阳穴上。我眼前一黑，就啥都不知道了！到再次醒来，整个都被帆布裹着动弹不了，呼吸也变得不再顺畅。再接着就是你们把我救了下来。

胡小品把他的经历说完了，语速也由最开始的缓慢，到慢慢平和，证明了他伤势并不重，应该缓得差不多了。可我却还是没放下他，尽可能地跟上沈头他们，不想让沈头对我低看。

其实在胡小品说到老孙上树那一段的时候，我就已经听出了问题。之前我们掏鸟蛋时，伍大个说过老孙不会爬树，只能在树下到处找鸟窝。老孙自己也没反驳。这样看来，老孙那一切都是装的，他压根就是个训练有素的坏分子，而且十有八九就是潜伏在我们身边的敌特。到胡小品说完，我那推断早就变成了事后诸葛亮的神机妙算，也就没啥值得提给沈头听的。

飞燕还是跑在最前面，所有人这一路上都没有打断胡小品，眉头却是一个个越皱越紧。飞燕扬起脸往前面抽动了一下鼻头，然后放缓了步子，扭过头来对着胡小品说道："老孙为什么不直接把你杀了呢？"

胡小品在我后背上回答道："我也不知道啊？"

沈头却接话了："老孙连胡小品的一泡屎都要处理掉，更加不会让胡小品的血洒得到处都是。活人的身体被砸开，血可是喷射状的，死人的才会缓慢地流动。老孙当时只是要打晕你，然后蒙死你罢了。"

我咬着牙朝着沈头身边追了几步："沈头，那你觉得老孙带走的是什么东西呢？会不会真是那尸体的人头？"

"十有八九！"沈头肯定地说道。

跑在最前面的飞燕却停了下步子，当时我们的位置距离山顶也不远了。飞燕扭头对着沈头说道："前面有很多人，都应该是在空地位置。不会是敌人的埋伏吧？"

沈头犹豫了一下："能判断出是些什么人吗？"

飞燕闭上了她那本就无神的眼睛，鼻头对着前方，再次抽动了几下："人太多了，判断不出来。"

沈头"嗯"了一声，然后从我背上把胡小品扶了下来，接着对我说道："小王，你去前面看看，注意隐蔽。其他人原地休息。"

我重重地点头，弯着腰就往前面跑去。因为我是从低处往高处行进，我们站的位置也背光，所以相对来说，只要自己小心点，还是不容易被上方的人看到。当时天也微微亮了，虽然没出太阳，阴沉沉的，可也不影响侦察。我边跑边想起胡小品刚说的经历中，有爬到高处方便远眺这一点常识，便往山顶瞟了一眼，接着找了棵大树，往树上爬去，尽可能的保证自己可以看到山顶那块空地的情况。

很快，那块空地第三次出现在我面前，空地外围有十几个人端着步枪，来回巡视着。正中央围了一堆人，盯着被拔倒的那棵树说着话。

是武装部帮我们召集的那群民兵！我掉在嗓子眼的心重重地放了下去，然后扭过头大声地对着身后喊道："沈头，是易阳镇的那些同志。"

我的喊话声也惊动了前面巡逻的民兵们，四五个民兵端着枪便朝我的方向跑了过来。我再次张大嘴冲着他们喊道："是自己人，我是沈头带着的小王。"

那四五个民兵大步跑到了我的脚下，抬起头对我直乐："真是这小子，沈同志呢？"

"我在这！"沈头的身影从下坡处传了上来。

民兵兴奋地朝着沈头迎了上去："沈同志，咱这些退伍兵可算给部队长脸了。逮住四个敌特，全部在那边押着呢！"

沈头眉头皱了一下："四个？"

我也滑下了树，对民兵们问道："你们不会是把沈头下面的同志给逮住了吧？"

"不可能！"其中一个民兵略带自豪地说道："如果是自己人，会躲在这山顶旁边的树上吗？其中一个家伙还朝着天上开了三枪，多亏没打中我们的同志。"

我看了沈头一眼，沈头也露出个哭笑不得的表情。他们逮的十有八九就是铁柱和大刘他们四个。沈头上前拍了拍这个民兵的肩膀："你们没有为难他们吧？"

那个民兵咧着大嘴笑："怎么会呢？我们是有纪律的队伍，又不是蒋介石的那些欺软怕硬的老爷兵。"

沈头点了点头，对着身后的飞燕、高松以及老焦几位同志挥了挥手："走！我们去看看逮住的敌特。"说完他扶着胡小品，往前走去。

我实在忍不住低头笑了，上前从沈头手上接过了胡小品，跟着他们往空地中间走去。

空地上那些民兵们看到沈头也都很开心，对着我们挥手。空地周围的民兵们都挺来事的，他们并没有走过来，也都只是冲我们笑，依然留在各自巡逻的位置上。

中间那堆民兵迅速地让出条道来，最中间有几个人骄傲地举着枪，对着地上蹲着的四个家伙。沈头自己也笑了，冲他们挥手："抓错人了！是自己人！"

地上蹲着的自然是铁柱、大刘以及疯子和大白。他们见到沈头后，左右看了看身边的民兵，再一起站了起来。大白的脸上红扑扑的，一边一个清晰的五指印烙在上面。他哭丧着脸对着他旁边站的一个看上去特憨厚的汉子说道："我没骗你们吧？说了咱不是坏人。"

那汉子也怪不好意思的，脸都红了，小声嘀咕道："不是坏人你也得说说组织上是哪个单位啊？啥都不表态，你要我们怎么相信你啊？"

大白扭头看了沈头一眼，然后又对那汉子说道："我们也不知道你们的身份，怎么会冒冒失失透露自己身份呢？我们都是明白你们不是敌人的，要不你们会这么容易把我们逮住吗？想都别想！你们自己瞅瞅清楚，咱四个人有哪个地方看上去像坏人啊？"

在场的所有人都笑了，那个被大白批评的同志脸更红了，他小声的嘀咕道："说实话，你这同志长得还真像。"说完他把自己的大脸对着大白一凑："你如果实在生气的话，我让你抽回那两耳光得了吧？"

大白摸了摸脸，见沈头也在笑，便往沈头身边靠了靠，没敢再吱声了。我看着他那张猥琐的脸，尤其是寥寥无几的几根头发扎着的那个油腻的把子。有句话实在不好说出口——你不像坏人，还有谁像？

沈头也笑了一会，最后正色下来："行了！都别闹了！"他朝着空地四周站着的那十几个民兵望了一眼，然后对我们身边的二三十个民兵命令道："支援的部队应该很快就要过来了，你们现在围绕着这块空地周围，给我好好地盯住外围，这关键时刻，容不得半点闪失了！我们要好好守住这个汇龙山敌情的突破口。"

民兵们都站得笔直，大声地喊了句："是！"接着其中一个民兵把铁柱他们的手枪递给了沈头，都扭头朝着周围跑去。

铁柱和大刘、疯子他们三个人伸展了几下手脚，和大白一起接过了沈头递给他们的枪。铁柱面带喜色，对着飞燕说道："看到了你心里就放心了。"

飞燕也微微笑笑。沈头又把现在这空地中间相互间没见过面的几个人，作了介绍，他没有多说话，也没有扯出彼此在汇龙山经历的啥事，就只是简单说了下名字。

大伙都互相点点头。我瞅着大刘在接过沈头递给他的枪后，脸色就一直不太好，可能是他知道了里面的子弹没有弹头吧？他看了看胡小品，上前扶住了他，然后刻意地扶着胡小品站到我身边。我心里明白他是想让我明白，我们三个大通湖农场出来的人，和其他人并不是一起的。我扭头看了他一眼，他眼神中好像是在责怪我一般。

我没敢多想，望向了沈头。

沈头的脸阴了下来，对着他那几个兵问道："是谁开的枪示警?"

铁柱犹豫了一下，往前跨了一步："是我!"

"你没听见我在山脚下给你们开枪传递的信号吗?"沈头表情严厉的对着铁柱说道。

铁柱却露出一个莫名其妙的表情："没有啊! 我们没有听见枪声啊!"

疯子和大白也都一起摇头，嘀咕着："确实没听到!"

沈头皱着眉头："没听到? 怎么可能呢?"他伸长脖子，对着远处的那些民兵喊道："在山脚下我开的那三枪你们都听到了吗?"

那边的民兵扯着嗓子回道："听到了啊! 我们又不是聋子。"

疯子朝着沈头跨前一步："沈头，我们确实没听到!"

正说到这，高松突然指着头顶喊道："快看，烟火!"

大伙一起抬起头，朝着他指的方向望去，只见阴沉沉的天上，一道红色的烟火正在闪开。紧接着又是两道红光升到空中，接着炸开。

飞燕自然是看不到，她往我身边靠了靠："是不是三下?"

我"嗯"了一声，然后顿了顿后又补上一句："很好看!"

飞燕没有理睬我，扭过脸对着沈头站的方向："沈头，这信号弹射出时，我们应该可以听见枪响的，可现在真的没有听到声响啊!"

沈头应了一声，脸色由之前气愤的表情缓和了不少。他环视了大伙一圈："陆总带着队伍已经到了，一个加强营。今天上午整个汇龙山就会被全部封锁，连一只鸟都不会飞出去。部队应该现在在下面分工，很快工兵们就会开几条道路，卡车和挖掘机这些都会运上来。我们现在要做的就是等待，绝不能在这节骨眼上出任何问题。"

我异常兴奋，一颗心跳得特别厉害。当时的我也并不知道加强营是多少人的编制，在我觉得，一个连都是大部队了，一两百号人啊! 之后再跟着沈头进入军队后才明白了，我们解放军一个标准步兵营是四百五到五百人左右，而加强营就是在这基础上再加多一个汽车连，人数达到了七百到八百。这可是可以拉出来攻克一个县城的军队啊！由此可见当时上头对汇龙山情况的重视程度，完全是当个硬仗在打。也是因为办这个案子出动了这么多战士，让我知道了这个新部门所享有的特权之大。

我们表情都严肃起来，铁柱他们一个个站得笔直，冲沈头大声地喊道："是！"我站在飞燕身边，照他们的动作做了。大刘却好像从之前的热情劲里走了出来，他目光游离地四处看，偷偷地压低声音对着我和胡小品嘀咕道："老孙人呢？"

沈头打断了大刘的话："大刘同志，老孙的问题我们稍后再说。大部队封锁汇龙山后，林子里潜伏的敌人无处遁形，很有可能狗急跳墙，袭击我们山顶这些人，并摧毁我们脚下可能存在的秘密。我希望你不要再开小差了。"

大刘"嗯"了一声，没再说话了。大伙也站开了一点，把那棵树围在中间，目光都盯着外围，提高了警惕。

大刘把胡小品放到了地上，再次往我身边走过来。我没有理睬他，全神贯注地盯着空地外的树林。大刘站在我边上好像想要说些什么，可又欲言又止。接着他扭头，往大白那边走去。

大白当时也举着他的手枪，人模人样地盯着树林。他握枪的姿势很滑稽，枪柄抵着自己的胸口，一看就知道和我一样，不是个经常玩枪的人。大刘走到他身边时，脚下绊到了一块突出的石头，一个趔趄，朝着大白倒了过去。大白没反应过来，两个人一起摔到了地上。大白脸上青一块紫一块，慌张地爬起来，对着大刘骂道："就你这熊样，以前还在部队干过？走路都会摔倒，你们首长是你干爹？关系兵吧？"

大刘讪讪地笑："没站稳啊！"说完弯腰去捡大白掉到了地上的手枪。

大白把头上那几根飘逸的头发往后抹了一下："我怎么没整出个站不稳的阵势带着你摔一跤啊？扯淡！"说完接过了大刘递给他的枪，气呼呼地扭过身子，没有理睬大刘了。

大刘再次讨个没趣，又左右看了看其他人，大伙都表情严肃地瞪着树林，包括高松和老焦两个手里没家伙的，也都流露出紧张的表情。大刘自顾自地耸耸肩，没再走动了，他把手里那枪摸了摸，扭头对沈头说道："沈头，我去外围跟那些地方上的同志巡视啰！"

沈头点了点头。大刘径直朝着民兵们站的那边走去。

第十二章　怪东西的进攻

大刘过去了之后，沈头突然对我招了招手："小王，你和飞燕过来一下。"

我和飞燕依言走了过去，沈头却往一旁走去，像是有什么悄悄话，要和我俩私底下说似的。我俩跟上他的步子，走到了一边，沈头停了下来，低着头看着我和飞燕，声音压得很低，拉长着脸说道："老孙的铁铲是怎么回事？哪来的？"

我一下愣了，才想起我对沈头反映飞燕失踪那一段情况时，没有敢说可能是铁柱故意落下铁铲这回事。我忙对沈头说道："飞燕不知道这情况，是我忘记对你说了！"然后我简短的把老孙从土堆里发现那把折叠铁铲的事对沈头说了一遍。沈头一言不发地听完后，很严厉地对我说道："之前为什么不对我反映这个情况？"

飞燕抢着说道："小王没对你说这事，应该是他听了我当时对铁柱产生了质疑，他害怕说给你听了不好吧！"然后，飞燕把自己当时的怀疑也简短的对沈头说了。

沈头脸还是拉得老长，一点都不客气地对我说道："任何细节的隐瞒与疏忽，都会影响对整个布局的判断。小王，四个字给你，下不为例。我的部门决不允许有人同样的错误出现第二次。"

我惭愧地低下了头，飞燕柔声说道："沈头，小王他……小王他毕竟不清楚咱内部关系，涉及铁柱，他不敢说。"

沈头一扭头，依然黑着脸对飞燕说道："飞燕同志，你跟我不久，但也不短了！这次行动上你有非常值得大家学习的地方，这点我肯定，可我必须要指出你两个问题，全部都足以致命。"沈头顿了顿，继续盯着飞燕说道："第一，铁柱是咱自己部门的同志，我沈建国用人的原则是疑人不用，用人不疑。同样，我也希望你们相互之间能够有足够的信任。如果是因为我们自己葬密者里面有人出现问题，出现任何后果咱也只能认了。在发现我们部门的折叠铁铲被人故意留下后，你没有选择怀疑其他人，反而首先质疑自己的战友，这点你自己觉得对吗？是一个革命队伍里光明磊落的战士应该做的吗？"

飞燕低下了头，小声嘀咕道："沈头，我以后一定会改正的。"

沈头闷哼了一声："还有另一个问题，那就是你和小王。你们年轻人相互间有好感，我沈头也不是军阀，不会对你们指手画脚。但是……"沈头把这两个字的声调加重了很多："但是因为对对方有好感，便被这种好感左右了自己的言行，你们觉得是个成熟的表现吗？犯了错误就是错误，不用你飞燕来帮忙解释。国民党军队为什么垮台，就是因为官官相护的裙带关系。出现问题了这个求情，那个美言。我们的前辈们抛头颅洒热血，他们想要换来的会是我们延续之前那个旧的统治阶层的恶习吗？"

沈头这段话说得有点重了，我低着头，偷偷地瞟了一眼飞燕。飞燕那无神的眼睛里，眼泪在里面来回打转。她抬起头来，用手背在脸上一抹："沈头，我知道了！保证以后再也不犯。"

沈头点了点头，又看了我俩一眼："训话就此打住，现在老孙已经暴露了，基本上可以肯定他就是国民党或者美帝潜伏下来的敌特。折叠铲很有可能是他趁铁柱没注意时候留下的，至于他留下铁铲，是要给谁？这点我心里现在勉强有了个分寸。"

见沈头语气缓和了一些，我也抬起头来，追问道："难道他还有同伙？"

沈头答道："是！公安厅的同志一共有六个人，我们现在发现了五具尸体，还有一个人却一直没有找到。"

"你是说那个叫穆鑫的?"飞燕插话道。

"就是他!"沈头往树林那边瞟了一眼,接着说道:"我们最早发现的四具尸体,都是正中心脏。有这枪法的人不多,除非是近距离开枪。接着我带着铁柱和大刘赶进林子,找到第五具尸体时候,铁柱发现除了尸体腿部有枪伤外,地上还有一个弹痕。一共加起来就是六枪。假如我没记错,省公安厅现在的配枪很多都是只有六发的。并且,现场我们还看到了搏斗的痕迹。铁柱模拟了一次现场,凶手是从悬崖边开始追这第五个同志,一直追到我们发现他尸体的位置才连开了两枪,最后扑了上去把对方残忍杀害。你们可以想象一下当时的情况了,事发时公安厅有四个同志在坑里寻找着线索,还有两个人在上面站着。上面两个人其中的一个突然对着坑里的四个人开枪,杀害了那四位同志。站在他身边的第五位同志便逃向丛林,最后也被凶手杀害!凶手,肯定就是六个公安同志中间为首的那个穆鑫。"

"那你的意思是老孙早就知道穆鑫的身份,所以故意趁我们没注意,落下了那把铁铲?"我紧锁着眉头对沈头说道。

"还不能百分百确定就是老孙留下的,因为这里还有一个需要考虑进来的细节。飞燕刚才已经说了铁铲上的编号是00517。我们部门带出来的工具上都是有编号的,拿出来的顺序都是有要求的。铁柱拿出的第一把编号是00516,然后小王你上前帮忙时,他再次拿出来的折叠铲,编号就是00517的那把。之后你挖累了,这把铁铲就交给了大刘继续挖。也就是说铁铲最后是在大刘手里的,就算铁柱当时忘记收回去,大刘也应该会把铲子递回给铁柱,不应该传到了老孙手里的。除非是……"

说到这,沈头脸色一变,朝着树林的民兵那边快速地扫了一眼,紧接着大声对着铁柱他们喊道:"大刘人呢?"

所有人都一愣,紧接着朝着外围望去。果然,大刘已经没有在空地周围的树林边了。疯子扯着嗓子对着民兵们喊道:"刚才我们身边的那个大刘同志去哪里了?"

有两个民兵扭过头来,扯着嗓子喊道:"他进林子里拉屎去了!"

"多久了？"疯子一边喊着，一边往那两个民兵指着的方向跑去。

"有二三十分钟啊！"民兵回话道。

铁柱看了沈头一眼，脸也黑了下来，迈开步子就要追着疯子跑出去。可沈头却一拍自己脑门，伸手拦住了铁柱，接着从大白手里抢过了他之前掉在地上、被大刘捡起来还给他的手枪看了一眼，眉头一皱，大声地对我喊道："小王，你带上十几个人，现在赶紧赶到悬崖边那个暗道那里去！大刘现在手里有武器，比较危险，让疯子去追。"

我大声应了，抬起步子跑了过去，到民兵们身边时，我胡乱地指了十几个人："你们，跟我走！"

到我说完话这会，疯子已经冲进了民兵们指向的大刘消失的方向，还真的就是悬崖那边。我咬了咬牙，手里紧紧抓着枪，领着那十几个民兵冲进了树林。疯子奔跑的速度非常快，我只瞅见他一个微微弓着的后背，像头豹子似的，消失在我们的视线中。

我也不敢怠慢，沈头现在最担心的就是敌特在这关键时刻，对我们脚下可能存在的建筑物动上手脚，我们在悬崖边发现的暗道自然也很可能就是那建筑物的一个门径。

就在我们冲出去四五十米后，我们前方却传来疯子的大吼声："赶紧撤回去！赶紧！"

话音刚落，疯子的身影就出现了，他快速地跑到了我们跟前，拼命地挥手："赶紧回去保护现场！"

我和那些个民兵也不明白他突然这么紧张是发现了什么，只得扭头往空地跑去。疯子背对着我们，没有跟上来。我边跑边回头看他，只见他站得笔直，肩膀微微耸起，死死地盯着他的前方丛林。到我和那些民兵快跑出林子的时候，他才猛地转过身来，双膝微微一弯，接着身体像离弦的箭，闪电般追了上来，双手对着空地外围的民兵们挥舞着喊道："全部到中间去！全部到空地的最中间去。"

大伙不知所以，慌张地跑到了沈头他们把守的那棵大树旁边。疯子自己还是背对着我们大伙，一步步地往后倒退。飞燕也突然变了脸色，她朝前跨了一步，对着疯子喊道："是野兽还是人？疯子，你看到了他们吗？味道不对！"

疯子没有回头，铁柱从后背抽出了那两柄大刀，对着疯子扔出了一把。疯子好像背后长了一只眼睛一样，伸手就接住了。然后他沙哑的声音传了过来："我也不能确定！总之是人形生物。沈头，数量不小，都是从悬崖那边过来的。"

沈头猛地扭头，对着飞燕问道："连你都不能肯定是什么东西吗？"

飞燕扬着脸，眼睛闭得死死的："沈头，是人的气味，可透着血腥，野兽嘴里的那种血腥。"

沈头"嗯"了一声，扭头对着身边的民兵和我们大声喊道："全部作战队形，随时准备开枪！不用考虑抓活的，必须保住我们身后的这个不能丢失的阵地。"

民兵们也都紧张了起来，大家都拉了枪栓，分成两排站着，最前面的人蹲到了地上，让后面的同志方便瞄准那片林子。就算是受伤了的胡小品，也不知道从谁手里拿了把铲子，和高松、老焦两位同志站到了后面。

疯子却没有往后退了，他把手枪插到了腰上，然后把大刀尾端飘着的布条往自己右手上绕了一圈，最后扎了个死结，用牙齿拉紧。接着他再次拔出了手枪，用左手握着，枪口对着脚下。他的右手平举起来，那柄大刀和他的手臂好像融合到了一起，保持着一条直线与肩膀平行，像个天神一般站在我们与林子的中间，盯着前方那片树林。

我扭头去看铁柱，铁柱自己手里的大刀也被他捆到了手上，可另一只手上握着的枪却和疯子不同，是平举的。也就是说，铁柱在开战在即的现在，所依赖的武器还是手枪，而并不是像疯子现在这架势一样，看重冰冷的大刀。我一下明白过来，之所以他一直背着两柄大刀，其实其中一柄本来就不是他要使用的。真正能把大刀派上用场的，是我们前方的疯子。

现场静得连根针掉到地上的声音都能听得个仔细，林子里也死气沉沉的，没有任何动静。天空不知道什么时候乌云已经布满，并涌动着，让气氛显得异常的肃杀，现场压根就没有了光，像到了夜晚。

就这样僵持了七八分钟，一滴雨点滴到了我脸上，我伸手抹了一下，紧接着又是两滴、三滴，最后真被沈头说中了，下起了大雨来。我们全身很快被雨水淋得湿透了，但还是没有一个人敢随便动弹。

雨声让我们基本上听不到林子里任何声响了，前方疯子握着大刀的手臂，却在慢慢越举越高，到最后举过了头顶。天空一道闪电闪过，猛然出现的强光让我们全部人都清晰地看到了在林子深处，好像有无数个黑影在晃动。那强光过后，天空再次暗下来，可就是这次变暗后，本来黑漆漆的林子里，无数道红色的好像是眼睛一样闪动的光射向了我们。

"是狼群吗？"和我一样蹲在前排的大白声音有点发颤，对着他身边的铁柱说道。

铁柱没有搭理他，依然死死盯着前方。旁边一个民兵对大白说道："你见过红色眼睛的狼吗？"

大白没敢再说话了。

强雷在闪电后轰轰地袭来，林子里的怪东西好像把这雷鸣声当成了发令枪。只见"嗖"的一声，一个矮小的黑影冲出了林子。又一下闪电闪过，那黑影高高跃起，扑向疯子的画面那么的清晰——他和我们正常人一样有手有脚，甚至身高与体型都差不多。全身上下一丝不挂，皮肤苍白，在闪电的强光下，我们甚至可以看清楚他皮肤下的青紫色血管，压根就是一个赤裸的正常男人罢了。可是，让我们一度惊恐的却是他那张脸，他的眼眶要比我们正常人深陷进去很多，眼睛细长，却又很小，里面的瞳孔是红色的，额外吓人。他的鼻子塌得非常厉害，如果不是因为那两个黑乎乎正对着我们的鼻孔，我们甚至不能确定他是有着鼻子的。鼻孔下方的嘴部，却又往前面凸出着。他大张着这凸出的嘴，发出奇怪的吼叫声，薄薄的嘴唇里，裸露的牙床看得清清楚楚，就在那两排裸露的牙床上，我们看到了他的牙齿，他的牙齿居然是闪着银光的——不是那种保养好的干净牙齿的银光，而是金属发出的银光。甚至每颗牙都有两三厘米长，尾端尖得让人心里发麻，就好像是两排开刃的刀刃，咬向了高举着大刀的疯子。

疯子的高大身影在大雨中纹丝不动，好像这面前的一幕对他来说司空见惯一般。就在这赤裸的人形生物跳到了疯子头顶时，疯子身子往旁边一侧，紧接着他高举的刀刃在空中翻了过来，他用刀背准确地劈到了怪东西脖子的后部，接着地吼了一声："杀！"

刀背压着的奇怪生物被他硬生生地从空中压到了地上的岩石上，这怪东西的身体重重地摔到地上，就好像一只被人一脚踩死的蟑螂，瞬间血光四溅。疯子伸出手，把这具软绵绵的尸体举到了空中，再次转身对着林子深处好像示威一样怒吼了一声，最后把手里的尸体朝着那边狠狠地甩了出去。

我们站在后面的战友们斗志一下被激发起来，尽管这扑出来的怪东西模样如此瘆人，可疯子这么轻描淡写的几下，就弄死了一个，让我们觉得敌人并没有他们看上去那么可怕。但是，伴随着那具奇怪生物的身体落向树林前方的一刻，更加恐怖的画面出现了。只见树林里"嗖嗖"的又闪出七八个黑影，和之前那个怪东西一模一样，他们如闪电般跳跃着的身体，目标却不再是扑向疯子，而是在空中用他们尖锐的牙齿，咬向了那具同伴的尸体。接着那尸体在瞬间被他们撕扯得四分五裂。

更多的黑影从树林里扑了出来，怪声尖叫着咬向了同伴们嘴里的肉块。我胃里一阵翻腾，酸水被我再次硬生生地吞了下去。黑影在树林前撕咬着，吼叫着，黑压压的一大片，最起码有一百多个。

我们都被惊呆了，甚至都忘记了扣动手里的扳机。疯子可能也没有想到对方有如此之众，更没有想到他本来想要震住对方的举动，会让这群禽兽般的怪东西越发兴奋。疯子快步往后倒退过来，手里的枪被他举起，率先对着前面扣动了扳机。他嘴里大喊道："快开枪！别让他们靠近！"

"砰砰砰！"无数枪声在我耳边响起，我自己也用双手抓着手里的手枪，笨拙地朝着那边扣动扳机。十几个怪东西被子弹打中倒在了血泊中，更多的怪物抬起了头，红色的眼睛放肆地盯着我们，就好像是在看一群他们嘴里的猎物。紧接着，他们吼叫着，朝着我们跳跃着冲了过来。

跑在最前面的几个怪东西被击中，坠落到地上，其他的怪物好像没看到这一幕，速度和之前跃起时一样，再次尖叫着扑向我们。我们当时一共就五十个人不到，民兵们手里全部都是老旧的步枪，甚至还有好几个人在喊："奶奶的！打不响！"

眼睁睁的，冲在最前排的怪物跳到了我们的人群中，他那尖锐如刺刀般的牙齿，准确无误地咬中了一个民兵的头盖骨。然后怪物脖子一甩，那个民兵的头顶被整个卸开了，白色的脑浆洒了旁边人一身。疯子的身影也第一时间出现在怪物身边，他这次挥向怪物的是锋利的刀刃，一刀把那家伙的身子劈成了两截。疯子结果了这怪东西后，大声喊道："近身了的就用铲子扑。"说完他微微跃起，对着一个已经扑到了沈头头顶的怪物砍起。他的眼睛里再次没有了眼白，整个眼眶里都是如黑夜般深邃的漆黑。

我咬着牙，从地上捡起一把不知道是谁落下的铁铲。铁柱当时就在我身边，我俩都下意识地靠拢，肩并着肩，虎虎地盯着前方扑近的怪东西。而我们俩的身后，是被我推到后面的飞燕。

空中同时出现了两个苍白皮肤的身影，朝着我们头顶怪叫着扑了过来。我双手握着铁铲，对着其中一个身影的头部敲了上去，那怪物并没有闪避，胳膊对着铁铲一挡，那大张着的血盆大口哈出的热气都喷到了我脸上，我甚至可以感觉到了自己头骨被那银色的牙齿咬开的痛楚。"砰"的一声枪响，怪物往后摔去，血水喷了我一脸，在我身后伸出一只握着手枪的小手，是飞燕打中了这个马上就要咬到我的怪物。

铁柱的大刀，把旁边那个怪物也结果掉了，他一抹脸上的血，扭头对着我和飞燕挤出个笑："小心点。"

更多的怪物扑入了我们人群中，身边同志们的惨叫声与怪物的低吼声交织在一起，现场好像炼狱般血腥。疯子护着沈头和大白，我和铁柱、飞燕成个品字站在一起，大伙都不由自主地往后退着。越来越多的民兵倒在了血泊中，可是前方尖叫着的怪物们还在一波接着一波地扑过来。

我那一刻已经忘记惧怕死亡了，或者说当时的情况已经让我绝望到只想赶在被咬死以前，能战斗得像个先烈般轰轰烈烈。到最后，我们只剩下十几个人，退到了最初站的队形的后面五六米的位置。沈头的低吼声在我耳边响起："拼死也要站好这最后一班岗！"

就在这千钧一发的时刻，从我们侧面的树林方向响起了"突突突！"的枪声，扑向我们的怪物们在空中被一一打中，接着软绵绵地掉到了我们脚跟前。

更多的枪声从那边响起，子弹全部是射向奇怪的人形生物。我忙扭头望过去，只见从那边林子里钻出五六十个挎着冲锋枪的解放军战士，火光从他们枪口中不断闪出。他们中二三十个人一边开枪，一边朝着我们奔跑过来，拦在了我们前面。其他的战士却迎着那群怪物冲了上去。

有他们这强大的火力支援后，局势一下被扭转过来。沈头再次往前跨出一步，对着扑向那群怪物的战士们喊道："留两个活的。"

几分钟后，空地上还站着的就全部是我们自己的人了。有十几个战士听从沈头的话，想逮住几个活的人形生物，可那些家伙压根就听不懂战士们喊的"不许动！"反而有一个战士被扑了个正着，差点丧命，多亏他旁边的战士果断地扣动了扳机。还有几个受伤在地上的人形生物，战士放下枪，想要制服他们，可他们又再次从地上扑了起来，好像受伤的压根不是他们的身体，他们感觉不到疼痛般。

最后，空地上密密麻麻地只剩下尸体了，没有一个怪物被活着留了下来。那些冲到了我们身边的战士动作麻利地去搀扶地上受伤还没断气的民兵们。其中一个没戴军帽的战士跑到了沈头面前，"啪"的一个立正，行了个标准的军礼，接着大声说道："第五独立营一连连长孔卫国，向沈建国首长报到！我们来晚了，让首长受惊了！"

沈头点了点头，环视了周围一眼，然后对这个叫孔卫国的战士说道："是陆总让你们先一步上来的吧？"

"是的！陆总自己跟着汽车连在后面，工兵们在开路。"孔卫国大声回答道。

沈头"嗯"了一声，目光移到了地上受伤的民兵身上："孔连长，抓紧看看受伤的人有多少，马上背下山去。我们不能让以前从队伍里退下来的同志再牺牲，务必保证他们都能得到最好与最快的医疗救治。"

孔卫国又喊了一声："是！"然后扭头去指挥现场忙活着的战士们去了。

我终于全身一软，一个趔趄往旁边倒去。铁柱一把搂住了我的肩膀，冲我憨憨地笑道："小王，你也是好样的。"

我勉强挤出个笑容来，冲他"嘿嘿"笑了一下，咬咬牙站直了。紧接着才发现，我的另一只手居然是握着飞燕的手，而且握得非常紧，她手心的汗都好像渗入了我手心的毛孔。我一扭头，就看到飞燕那张黝黑但俊俏的脸，也正对着我。

飞燕可能也是到现在这一会才和我一样，猛然发现与我十指紧扣。她快速地挣开我的手，接着我看到了……我看到了她黝黑的脸颊上，也荡过了一抹嫣红。原来，她的脸红也是能够被我们看到的。

我心头一热，松开了她的手，回过头去对着铁柱说道："刚才谢谢你了！"

铁柱"嗯"了一声，说："以后有机会咱还是并肩作战。"

我重重地点了点头，往沈头他们身边走去。可映入我眼帘吸引住我注意力的，却是疯子低着头的一个背影，他依然纹丝不动，连因为喘气而需要耸动的肩膀都没有了一丝动静。到他再次抬起头转过身来，我发现他的眼睛又变得和我们其他人一样，黑白分明了。

沈头看到了我惊讶的表情，他拍了拍我的肩膀："小王，别看了！疯子是个重瞳。"

"重瞳？"我张大嘴重复道："重瞳是什么啊？"

大白也笑了，从沈头身边闪了过来："重瞳真正说起来是个眼科病，只是有这病的人，历史上出过几个名人罢了！楚霸王项羽就是重瞳，一个人打几十人问题不大。还有隋朝名将鱼俱罗，也是个重瞳，野史里不是说能杀李元霸的人世界上压根没有吗？实际上劈死李元霸的，就是重瞳鱼俱罗。"

疯子自己反而露出个挺不好意思的表情，他那张满脸横肉的脸对我挤出个笑来："别听大白瞎说，我就是有一膀子力气而已。"

沈头也笑了笑："小王，你刚才的表现挺不错的。知道需要和战友团结作战，知道要保护好女同志。以后跟我回到部队锻炼一下，绝对是块好钢。"

飞燕插话道："沈头，你真的决定带小王回去了？"

沈头点头："是啊！我连小王家都去过了，给他父母已经说了这孩子归我了！"说完沈头正色下来，左右看我们剩下的人有多少。也就是这么一看，我们才发现老焦和胡小品两位同志不见了。

一直站在旁边没吱声的高松这才说话道："沈头，我……我不敢打断你们说事。老焦……老焦和胡小品同志刚才都……都牺牲了。"说到这，高松声音哽咽起来，伸手指着他前方的地上。

我们几个人忙跑了过去，在那满是血的石头地上，看到了老焦和胡小品的尸体。老焦的脖子只剩下一块皮连着身体与头部，他瞪大着的双眼无神的对着天空。他后背上那件破烂的衣服被撕开了，整个后背上都是被刀刻出的蝌蚪大的字。而胡小品的尸体压在老焦的身体下面，可能当时老焦是想要保护胡小品。胡小品的致命伤是在头部，整个脑袋硬生生了少了一半，白色的脑浆和红色的血水淌了一地。

在大通湖农场事件之后的很多年里，战友牺牲的悲痛，我经历了无数次。可也是因为之后年月自己心智越发成熟与理智，所以我每每都能强压住自己的痛苦，保证自己不会失态。但年少稚嫩的那个上午的我，眼泪可是夺眶而出，蹲在他俩的尸体旁边哭出了声。

其他人包括剩下的那些个民兵，都静静地站在我身边。有几个人偷偷地用袖子抹眼泪。就那么沉默了几分钟后，沈头再次对着正抢救着受伤民兵的解放军战士喊道："抓紧送伤者下山，其他人列好队伍，守住我身后这棵树！"

战士们一起喊道："是！"

几分钟后，十几个士兵扛着受伤的民兵们，还有七八个挎着冲锋枪的战士围着他们，往山下跑去。留下的战士也还有三十多个，和我们这边十几个人聚到一起，大家围成一个圈，守在了被拔出的大树周围。我扭头去看战士们手里的冲锋枪，每一把都是黑亮黑亮的，一看就知道是先进玩意。

在那个年代，我们国家的物质贫乏，很多东西都是靠苏联援助。到最后与苏修闹翻后，全国大抓工业，想要快速把制造业赶上来，可真正做起来，又怎么是一朝一夕能够实现的呢？于是才有了当年的大炼钢铁。

站在我旁边的铁柱瞟见了我的小动作，他小声对我说道："别看了！那是苏式装备，早几年苏修还没变质前援助过来的，只有极小部分部队才装备的好家伙。"

我"哦"了一声，没敢再出声，怕被他们笑话。

我们这五十多个人站在大雨中守了有三四个小时吧！到雨慢慢小了下来时，沈头往山下的方向望了一眼："工兵们今天应该够辛苦，挺着这雨铺路，不知道被这雨淋湿后，卡车和挖掘机还能不能开上来。"

他这担心的话刚说完没过几分钟，那边有几棵树朝着空地方向倒了下来。紧接着十几个解放军战士挽着袖子，一身是泥地钻了出来，把那几根树往旁边滚去。

我忙伸长脖子往那边看，只见五六个战士弯着腰，从山坡下方步伐艰难地走了上来，他们每个人手里都抓着一根粗粗的绳子，好像纤夫一样弓着腰拉扯着。绳子后面，连着的居然是一辆军绿色的卡车。在卡车两侧的每个轮子旁边，也都有两三个战士手里抱着一根挺粗的树干，在来回地撬动卡车的轮子，让卡车不会在陡峭的山路上，因为地上的泥泞而滑下去。

疯子连忙跑了过去，接过了前面两个战士手里牵引汽车的绳子，他像一头强壮的公牛般往前拉着，很快就把最前面的那辆车拉到了山顶这块平地上。卡车到了山顶平地后终于可以自己开动了，朝着旁边停去。疯子却没有停步，又往后面走去，紧接着，又一辆被十几个战士拉扯着的卡车，在他的帮助下，开到了山顶的平地。

我跃跃欲试，也想过去帮忙。沈头低声对我说道："站好自己的岗位！"

我忙喊了句："是！"

卡车一辆辆地开了上来，全部是崭新的大家伙。要知道我们那种小地方的人，一辈子也没见过几辆车，除了大通湖农场和镇上那几辆破卡车，也都是很多年前国民党留下的破烂或者早期苏联支援的老古董，什么时候见识过看上去这么霸道的崭新的铁家伙啊！

铁柱应该是看到了我目瞪口呆的乡巴佬表情，他往我身边靠了靠，小声对我说道："这可不是苏联的吉斯150啊！瞅清楚点，这就是我们自己生产的解放牌CA10卡车。"

我的心好像被一个大锤子重重地打了一下，瞬间沸腾起来。新中国成立后，我们是完全没有自己的汽车生产工业的，全国上下开着的都是万国牌汽车。卡车的话，基本上都是苏联援助的吉斯150。第一汽车制造厂建成后，终于在1956年7月13日，生产出了我们自己的第一辆卡车，也就是这一会我们看到的解放牌CA10型汽车。我记得那时候我还刚进紫江机械厂工作不久，那天厂里的广播放了一上午红歌，来回播放着那个普通话并不标准的女播音员的解说词："今天，我们伟大的祖国终于有了我们自己的重工业生产线，我们的第一辆汽车开出了长春一汽。这是多么值得全国人民骄傲与自豪的消息啊！这意味着我们朝着社会主义现代化迈出了漂亮的一步，是全世界无产阶级都为之振奋的消息……"

到这代表了新中国汽车工业里程碑的解放牌卡车现在被我真实地看到时，我内心的欣喜，言语和文字又怎么能够表达呢？我嘴唇不由自主地抖了起来，只想听到沈头吆喝上一句让咱可以走过去，我就要好好地伸手摸一摸这几辆咱新中国自己生产的卡车。

从那下坡方向还是不断有车被牵引着开了上来，我数了下，一共上来了八辆这种崭新的军绿色卡车。到这八辆卡车整齐地停到了空地一旁后，本来站到旁边伸展着手脚的战士们，却又一下聚拢，包括疯子也把袖子往上卷了几下，往山坡下跑去。

我见沈头还是没有发话，依然带着我们整齐地围在空地中央，便也不敢过去看热闹。我把脚尖踮了起来，脖子伸长，往那下坡处望去。

好家伙！只见又是一排战士全身泥泞地扯着绳索往上拉着啥，之前拉卡车的可是只有七八个人吧，而现在站前排的竟然有快二十个人，包括疯子也在其中，他低着头望着自己脚下，在费劲地往上爬。我看不到他的眼睛，但我能猜到这一会他眼里的黑眼珠又扩大了。

战士们步伐艰难地跨上了山顶的空地，他们身后的庞然大物也慢慢地浮到了我们的视线里。一台装着履带的挖掘机被一群黑压压的战士们推着，一点一点地往上挪。我倒抽了一口冷气，为推着挖掘机的战士们捏了一把汗。

几分钟后，那台挖掘机终于也到了平地上，战士们抹了一把汗，大声地说着话，然后又一起往山坡下跑去。

我也猜到了后面肯定又是这么一辆大家伙，果然，十几分钟后，又一辆挖掘机被他们如蚂蚁拖大象一般拉了上来。战士们大口地喘着气，往地上坐去。

这时，从推最后那辆挖掘机的战士中，走出一个只穿着一件白色背心的中年汉子来，他和疯子在那边说了几句话，然后他俩一起朝着我们这边大步走了过来。我还注意到，这白背心汉子转身过来的时候，两个大个子战士也急急忙忙地追了上来，腰杆挺得笔直地跟在白背心汉子和疯子的身后。

我意识到这十有八九就是这群战士的领导。沈头也笑了，但没有往前走，他大声地对着这白背心汉子喊道："你这老家伙还算机灵，知道先派几十个人上来支援我们。如果等到你这老东西上来啊！我沈建国早就见马克思去了！"

白背心汉子也"嘿嘿"大笑，扭头随意地看了一眼地上那些奇怪的人形生物的尸体，表情却丝毫没有变化。他三步两步地走到沈头跟前："那你要怎么感谢我啊？救命之恩，换一顿好酒好菜总可以吧！"

沈头大笑道："忙完这案子老子灌不死你！"说完沈头指着这个白背心汉

子对我们介绍道："这是陆总！"

我们都齐刷刷地立正，冲他喊道："首长好！"

陆总微微地点了点头，然后上前拍了拍铁柱、飞燕和大白："都还没死啊！我还以为你们这几个家伙最起码都挂彩了！"

铁柱他们都冲陆总傻笑。沈头伸手指了指我："这个是小王，这次任务结束后我要带回去的新兵蛋子，陆总你可得亲自带他吃点苦哦！"

陆总上下打量了我一下，然后伸手往我胸口捶了两下："好小伙啊！怎么就被你们沈头给相中了呢？我看这样吧！小王同志，革命队伍讲究个自由选择，你合计一下，不跟沈头跟我得了！好好的一个兵，跟着沈头天天钻林子跑山洞干吗？陆总我的可是野战部队，真正的练好钢的火炉哦！"

我低着头面红耳赤，虽然明白陆总这是玩笑话，可又不知道怎么应答。我支吾了一会，结结巴巴地对他说道："我……我是沈头下面的兵。"

陆总哈哈大笑，搭着沈头的肩膀便往旁边走去。沈头也没对我们交代啥，跟着陆总便往僻静位置走了，然后两人小声地说着话，还不时对着我们守着的位置扭头看。

那边的战士们也都忙活了起来，从卡车上搬下很多工具，堆满一地。开挖掘机的战士启动了机器，前面那铲子挥舞着，好像是在试试马力。我稍稍看了一下，这次上来的应该有一百多号人，可能也是一个连吧。

谁知道山坡下方又响起了人声，四排解放军战士喊着口号就上来了，径直跑到了我们前面一点的空地上，带队的战士喊着口令报数，居然又是一百多号人。空地上一下子热闹了，反而我们这五十几个站在中间的人还显得不甚合群。

沈头和陆总两个人在那边说了有十几分钟话吧，这时间里，卡车边的战士也没有消停，他们迅速地在空地周围钉上了很多又粗又长的铁棍，然后铁棍与铁棍间用铁丝连上，把空地和外围的树林分割开来。还有二十几个战士手脚麻利地在停卡车的那块空地上，架起了一个两米多高，二三十平方米的帐篷。更多的战士，却都是端着枪，站到了这块巨大空地的外围，枪口对准了树林。

我微微地舒了口气，可铁柱他们没有一点松懈的模样，让我又不敢放松。沈头和陆总终于说完话了，他俩走到我们跟前，陆总对之前跟在他身后的高个子战士小声说了几句什么，那战士往旁边跑去。沈头环视了我们一眼，然后喊道："易阳镇的同志出列！"

民兵们齐刷刷地往前走了一步，站得笔直地看着沈头。沈头对他们大声说道："受伤的同志现在已经快到山脚下了，有医护人员在下面救治。我现在命令你们，跟着陆总下山，陆总稍晚点会给你们开个小会，是关于保密工作纪律的，希望大家都严格遵守与执行。"

民兵们大声喊了个"是！"字，陆总扭头过来看了我和铁柱、飞燕这几个人一眼，然后又对沈头说道："那我就下去负责外围戒严了，你这老家伙自己小心点。"

沈头白了他一眼："你给了我三百个挎苏式武器的兵，我还需要小心点吗？赶紧滚下去吧！忙完了回去喝酒。"说完这话，沈头伸手从铁柱后背上把包扯了下来，对着陆总一扔："给我好好保管好这个美人头，到时候要交给那些读书人研究的。"包里自然就是之前我们发现的黑种女人的头颅。

陆总愉快地应了，接过背包递给了身后的警卫员，最后对着民兵们大手一挥："都是好样的，现在跟我下山去。"

说完陆总就领着那十几个民兵往下坡方向走去。我心里却有点担心了，之前怪东西扑过来的情景那么险恶，现在陆总却只带着这十几个民兵就敢大摇大摆往山下走，他们就不怕路上遇到危险吗？

我最后还是忍住没有说话，始终觉得刚进队伍，毛病太多不好。陆总临走前耳语过的那个战士，领着三四十个人跑了过来，冲沈头立正敬礼："沈头，我们和你们换岗吧！"

沈头点了点头，然后对着他身边的我们几个人挥手："跟我进帐篷里休息一会，大家也都累得够呛了吧？"

我们几个人应声跟着沈头往新搭建的帐篷里走去。帐篷里面很大，正中间摆了一个有两乒乓球台大的铁桌子。铁桌子上甚至还有个巨大的沙盘。沈头瞅见就笑了："你看看这些兵，把这当个作战的指挥部建设的，连沙盘都弄上了！"

我和铁柱、飞燕、疯子以及大白也都笑了，高松同志心情还是很差，一个人站在旁边发着呆。

沈头招呼我们找凳子坐下休息一会，然后他又带着铁柱出去和外面的战士说了十几分钟话。我们其他几个人都互相间靠着，眯着眼睛打了个盹，毕竟人都不是机器，不可能连轴转。到沈头再进来时候，他身后跟着一个解放军战士，手里端着一个盘子，上面居然是热腾腾的面条。

我们都连忙站了起来，上前接过了面条。沈头没一点架子，径直蹲到大伙面前，拿着筷子把面条夹出来吹了口气，对我们说道："解放前咱的队伍特别艰苦，行军打仗时候炊事兵最操心的就是吃啥？就那么点粮食，还想把大伙喂个半饱，现在想起来多苦啊！现在好了，条件跟得上了，虽然不能保证顿顿能吃得上面条，但最起码辛苦了一两天没吃过东西的同志，还是能供应上一顿好的了！"说完，他张开嘴，大口地吃起筷子上夹的面条来。

毕竟年代不同，当年咱折腾了那么一天一夜，最后能捧着那碗没一点点油星的清水面条，感觉给我们一个皇帝做都没啥兴趣，特满足。谁知道面条吃到碗底，居然还发现下面埋着一个煮得白白的鸡蛋，别提多带劲了。

我三下两下吃完了那碗面，打了个饱嗝，然后抱着碗，伸出舌头就要舔碗底。可突然看到飞燕正面朝着我，她眼睛里自然是看不出任何责怪的眼神，但表情让我明白到，她不希望我把那碗舔得"呱呱"的响。

我放下了碗，吞了口口水，意犹未尽地把碗放到了旁边地上。铁柱那一会站在沈头旁边还在小口地喝着面汤，他可能看到了我这一系列动作，笑得眼睛眯成了一条线。

沈头也放下了碗，然后拿出一包烟来，给我们在场的男同志一人发了一支，最后对着外面一指："负责爆破的同志在那块石子上勘察，看需要用多少炸药把那岩石炸开，还要保证不能损坏下面可能有的东西。咱也利用这时间开个小碰头会，没啥会议主旨，就是都聊聊各自的看法，看看能不能擦出些新的火花来？"

大伙都点头，大白就抢着发言了："我觉得大刘肯定是个敌特！"

铁柱白了他一眼："这都明摆着了，还要你说吗？"

大白自个也笑了："那倒也是，我的意思是刚才那些怪东西十有八九就是他放出来的。"

"不一定！"我忍不住插嘴道："从他逃走到被我们发现一共加起来也就一二十分钟不到，放出那些怪东西的机关不可能就在附近吧？"

沈头点了点头，然后对大白说道："分析问题这些不用你来了，你那套都是些事后诸葛亮的废话，没啥作用。你就给我好好想想，那些人形的怪物是什么玩意？"

大白皱了皱眉，想了一会后张嘴说道："他们的脸型很像猿人，早些年北京周口店不是挖出过北京人头骨，我在图书馆工作时，看到过那些头骨的相片。那些头骨面部也是往里微微有点塌陷的，嘴部突出。可是呢，今天我们看到的这些人形生物的体型和原始人又有区别，首先是他们的皮肤光滑苍白，再者他们的四肢匀称，只是身体弯着，才让我们产生他们个头矮小的错觉。刚才在外面的时候我好好注意过他们的尸体，始终觉得他们就是普通人，只是头部好像是被某些外科手术给折腾过。"

"对了！我也好像有个发现！"铁柱打断了大白，然后转过身往外跑去。一两分钟后，他扛着一具还算完整的怪东西的尸体走了进来扔到地上，然后抓起那怪东西的手掌展开给我们看："你们瞅瞅，他们手掌都厚嘟嘟的，有肉。如果他们真的是跟野兽一样是没有独立行为意识的，那么他们的手应该不会这么饱满。饱满的手是我们正常人为了能够使用工具而进化出来的。"

铁柱自己又朝着那手掌看了一眼，继续道："在这个手掌上手指下方是有茧的，说明这怪东西以前也从事过体力活……"

"等等！"大白猛的站了起来，蹲到了铁柱身边，他把铁柱抓着的那只手翻了过来，只见那手臂上居然刺了三个字："崔二满"。字刺得歪歪扭扭，但看得出是用墨水和铁针刺上去的。大伙也都睁大了眼睛，走上前认真看那两个字。

沈头的眉头皱得越来越紧了，他沉默了一会，接着莫名其妙的对铁柱说道："能分辨出他以前喜欢使用的是哪只手吗？"

铁柱一愣，紧接着抓起这具尸体的两个手掌在手里捏了起来，最后又捏了捏尸体的手臂，然后抬起头来对沈头点点头："他是个左撇子。"

我忙盯着沈头问道："沈头，你之前说的被国民党抓走的瞎子的弟弟满伢子，难道大名就是叫崔二满吗？"

沈头没有回答我，他扭过头对着高松问道："高松同志，你们易阳镇小葫芦街那边住的人是不是都姓崔？"

高松想了想："没错！"

沈头"嗯"了一声，然后抬起头来对着我们大伙说道："瞎子被抓走的弟弟排名老二，小名叫满伢子，住小葫芦街，并且也是个左撇子。大伙觉得会不会这么巧呢？"

飞燕却自顾自地点头了："沈头的判断应该错不了，每个地方出生的人身上，都有那个地方特殊的味道。小王和高松同志都是易阳镇的，他们身上有着和这个尸体差不多的味道，虽然不太明显，但是都在这一个帐篷里站着，我可以肯定下来。"

大白也说话了："你们还别说，这些怪东西皮肤都很光滑，绝对不会是野人。而我们北方人因为气候的缘故，皮肤也不会这么好！反倒是大通湖这种湖区，山水养人，才会让大男人有这么光滑的皮肤。肯定就是沈头以前说过的易阳镇被抓走的那些壮丁，错不了！"

"可他们这脸又是怎么回事呢？"我问道。

大白犹豫了一下，然后看了看沈头，好像想要征求沈头的同意才敢说出他的想法一般。沈头点了点头，大白就继续道："第二次世界大战的终结，完全是因为美帝制造出了新型武器，也就是大家都知道的原子弹。原子弹是大规模杀伤性武器，只能说是当时参战各国最先被成功引入战争的新型武器。其实从二战中期开始，同盟国与协约国都明白了常规武器的生产与开发，始终只能是让消耗战的拉锯速度改变而已。于是，非常规武器，终于被各国军队摆上了议案。日军当时在东北有个731部队大伙应该听说过吧？那就是叫细菌部队，也是当时研究的新型武器的一种。国民党军队和美帝一个鼻孔出气，开设过一个叫中美技术合作所的机构，我怀疑那其实也是研究新型军事武器的机构。"

"中美合作所不就是渣滓洞吗？江姐和杨虎城将军牺牲的那个集中营吗？"我再次没有忍住，张嘴问道。

大白摇了摇头："实际上中美合作所与集中营是两码事，一个是战略机构，一个是特务机构。"说到这，大白扭过头来瞪了我一眼："你看你！又把话题扯远了！呸呸呸！咱还是说到这些人形生物身上。各国的新型武器研究项目中，就有了一个叫生物武器的研究，是尝试用人类与某些动物基因结合，创造同时具备两者能力的高级士兵。这个研究项目目前我们手里没有任何证据与资料证明它确实存在过，但同时有很多线索都引导着我们怀疑生物武器的实验肯定有过，并且某地曾经出现过疑似的实验品。"

说到这，大白突然抬头望了望疯子，我连忙望了过去，只见疯子头扭到一边，沙哑的声音说道："没事，大白你说吧！"

大白点了点头："疯子很多年前在东北发现过一种人形生物，可那都是他疯之前的记忆，现在支离破碎，都压根整理不出任何头绪。所以啊！我认为，我们现在看到的这些怪东西，十有八九就是传说中的生物武器的实验品。"

我若有所思地点点头："那当年国民党抓走的那些人，压根就不是被扯到汇龙山来做苦力，直接就是抓过来做了生物武器的实验品吗？"

沈头自顾自地点上一支烟："我觉得这推论只能说有可能，而且是极小的可能。首先，国民党当年科学技术压根就是个零蛋，打了那么多年仗，要忙活的事情多了去，不可能有这种研究机构。国民党的好朋友美帝国主义，也只是口头上支持，真正核心的技术老蒋一丁点都没办法得到，所以美国人帮忙在汇龙山弄这么个机构也不可能。唉！问题是我们现在手里有的线索实在太少了！只能等把这汇龙山刨开后，才能有个答案吧！"

大伙都点头，再次陷入了沉默。

就在这时，从帐篷外跑进来一个解放军战士，冲沈头立正后大声说道："报告首长，炸药已经埋好了，等您的命令。"

沈头"忽"的一下站了起来，对着我们大手一挥："走！咱出去看看去！"

第十三章 中美技术合作所

我们走出帐篷后才发现，那棵被疯子拔出的大树已经被劈成了两半，中间的那根电缆被剪断了，孤零零地扔在地上。七八个士兵肩扛着那棵劈开的树，正往旁边的一辆卡车上搬去。

原本长在这棵树的空地最中间位置，周围堆上了一个圈的沙包。沙包湿漉漉的，都是泥点，明显是刚才这些战士临时挖来了汇龙山的泥填充的。沙包外围站着很多个战士，都盯着空地中间一个戴着钢盔的家伙。

戴钢盔的这个战士脑袋正朝着我们这里望过来，看到沈头后傻笑了一下，大声地喊道："沈头，俺要引爆了！"一听就知道是个陕北汉子。

沈头带着我们快步走到了沙包跟前，也探头过去，对着那陕北兵喊道："炸吧！我就等着你给炸响呢！"

陕北兵蹲回到了地上，来回地折腾了几下。我那时候还特傻，以为他是在点炸药的引线，就跟放炮仗一样。谁知道他折腾了几下后，急急忙忙地跑到了另一边沙包后面，然后把手里一个什么玩意往下用力一按。

"轰轰"的爆炸声响了起来，比我预计会要看到的大场面，打了很大折扣下来，包括那爆炸后的烟雾，也并不多。我心里暗想：就这点火药，能掀开多少石头啊！浪费了我双手抱着头等着看大阵势的准备工作。

身边的沈头他们几个在爆炸后都站了起来，往空地中间走去。我拍了拍身上的石屑，追了过去。只见那个树坑周围的岩石，被平平地掀掉了二三十个平方米，下面黑色的泥土露了出来。我盯着那岩石的断面看了一眼，有差不多一尺厚，就像块厚实的盾牌，牢牢地盖住了下面的土壤。

我扭过头往远处那个搞爆破的陕北战士多望了一眼，人家这确实是真能耐，这么厚的岩石被掀开，他压根就没有用太多炸药，感觉恰到好处，尤其让人叹为观止的是地下的泥土也没被炸开啊！

沈头跳到了下面的泥巴地上，他也盯着岩石的断面瞅了几眼，然后伸手去扯那根电缆。电缆外面被战士们裹了一层布，所以没有在爆破中断开。

沈头扯了几下后，自顾自地思考起来。大白站到了铁柱身边："铁柱，其实分析问题的能力，我感觉吧，自己在不断的实践过程中，也得到了快速提高。就拿目前这场景来说吧，我基本上可以确定这泥土的下面是有东西的。"

我听着哭笑不得，和铁柱一起转过脸对着大白笑。沈头也听到了大白的这番废话，他抬起头来："真有什么东西，你等会好好研究一下呗！咱其他人不用分析了！"说完沈头伸长脖子，对着挖掘机那边的战士们喊道："可以开始了！给我挖下去。"

说完沈头跳了上来，带着我们往旁边走出了七八米。两台挖掘机慢慢开了过来，挥舞着巨大的铲子，这场景让我激动不已。我实在忍不住了，开口对沈头说道："沈头，我……我过去看看！"

沈头白了我一眼，微笑着说道："想过去看什么啊？有什么新的看法吗？说个理由沈头就让你过去。"

铁柱和疯子、大白、飞燕都笑了，我搓了搓手，脸都红了，觉得自己也没必要在他们面前装什么，咬咬牙对沈头说道："我……我就是想看看这些大机器，没见过。"

沈头这才点了点头，然后对飞燕说道："你和小王一起过去吧！小王是新兵，也是要长长见识了。"

飞燕点了点头，带着我往空地中间的挖掘机走去。我抑不住欣喜，跟在她背后，走了几步后又实在忍不住，直接朝着挖掘机冲了过去。

真是两个大家伙啊！下面的履带都到了我胳肢窝这么高，转动起来地上的石头屑都在往旁边溅。有一辆挖掘机已经驶下了坑，缓缓地停稳，看架势就要开始挖掘了。我回过头望了望沈头那边，见沈头对我微笑着点头，便胆大起来，三下两下爬上了挖掘机，站到了驾驶室外的窗户边。里面的战士看到了我，冲我憨憨地一笑："沈头让你来监工的吧?"

我不知道怎么回答，回报了一个傻笑。然后一只手紧紧地抓着驾驶室外的把手，另一只手往那铁铲尾端探去，心里别提多激动了。

驾驶室里的战士便朝我招手，示意我让开。接着他把车门打开，让我钻了进去。里面本来是坐一个人的座位，被我挤掉了一边。我很不好意思地冲他笑道："你真厉害! 能开这种大机械。"

那个战士看上去也挺自豪的："那可不! 一般人还真整不好这东西。"说完握紧了下面的手柄，操纵着铁铲，往岩石的切面下掘去。

我不敢打扰他了，身子尽量缩到旁边，害怕挤着他。我死死地盯着他的手和脚，想着以后有机会咱也要让沈头同意我学开开这挖掘机。

两辆机器一辆在坑外，一辆在坑下挖掘起来，他们首先还是从那岩石的断面去掘那些一尺厚的石子。旁边还有十几个战士抡圆了膀子，用铁锤在砸那些岩石，让开挖掘机的同志能够一铲一铲地掀走坚硬的石子。

下面的泥土地很快就被扩大到了一两百平方米。另一台挖掘机也开了下来，两辆机器都慢慢地移动，开到了泥土地的两边，最后把那巨大的铁铲对准了下方的土壤。

我更激动了，伸长着脖子往下看，希望第一时间看到下方即将被掘出一些什么。可第一铲掘下去后，只是挖出满满一铲的泥来，压根就没出现我以为会看到的可怕机密。

我忍不住笑了，觉得自己挺傻的。我们现在是在挖出可能存在的国民党当年的军事基地，哪里会这么容易就被逮出来呢?

我坐的那辆挖掘机再次举起了铁铲，在刚才掘了一铲的泥土位置，又往下掘了下去。挖了大概有两米多深吧，司机同志正准备再来一下以后，就要往旁边移动，以保证挖掘机不会太过倾斜。可就在这时，铁铲插到土壤里之后，突然抖动了几下。我在驾驶室里一把站了起来，伸头往下面看去。开挖掘机的那战士脸色也变了："这个同志，不用看了！应该是掘到水泥或者铁板这些坚固的东西。"

说完他把那个拉杆又扭了几下，让铁铲在抖动的那个深度，平行着往前挖了一铲过去。泥土再次被带了出来，下面隐隐约约出现了一片浅色的水泥模样的石板。

我连忙跳下了挖掘机，朝着被刨出的石板冲去。飞燕当时也在挖掘机旁边，她在我背后叮嘱了一句："小心点！"

我"嗯"了一声，飞快地滑到了两米多深的土坑里，然后用手去抹那块石板上面的泥土，想要看个仔细。

我的手接触到石板后，之前司机同志的怀疑被肯定了，确实是水泥板，平铺的，具体这块水泥板有多大多厚，那就真不知道了，毕竟我们只是挖开了这么一小块。

另外一边的挖掘车方向，也传来一两个战士欣喜的大叫声："有石板！快来看，有石板。"

我的心一震，另外那台挖掘机是在我们这台挖掘机的正对面，也就是七八米之外。现在他们也发现了石板，会不会是他们那边的石板和我现在触摸到的这块水泥石板，实际上是完整的一整块呢？

我从地上站了起来，三下两下地爬出土坑，朝着那台挖掘机方向跑去。沈头他们听到战士的喊叫声，也快步走了过来。我和铁柱差不多是同一时间跳下了土坑，铁柱手里拿着一个小小的铁锤，朝着那块水泥石板敲了几下。而我却是死死地盯着石板，接着退后一步望了望另外那边的深坑，估计着这两块石板是否平行的。

我心里隐约有了点分寸，然后我朝着坑旁边站着的沈头他们说道："沈头，两边挖出的这两块石板是一个整体，可能这块空地的下面，都是这一整块水泥石板哦！"

沈头点了点头，然后对我和铁柱挥手："都上来吧！猎物已经被我们抓在手里了，还需要你们分析这些干什么？"说完沈头对着身边挖掘机和远处那台挖掘机上的司机大声喊道："别敲坏了这块石板，抓紧时间把这空地上的土全部刨掉！"

两台挖掘机上的司机都扭过头，又开始工作了。站在空地周围的一个战士指挥着三四十个人，从地上捡起之前民兵们带的铲子，也都跳了下来，在挖掘机掘开的位置用铁铲开始挖，把挖掘机这大家伙够不着的松散泥土铲起，对着空地外围甩去。之前搭帐篷拉警戒线的那些战士也从卡车上拿下了箩筐和扁担，挑着挖出的泥土往空地外的山坡处走去。

沈头领着我们又往后退了退，然后对我和铁柱说道："你俩都年纪轻，急性子，沈头我以前和你们一样。只是啊！像现在这种情况，一点点小小的发现，把你们就给激动坏了，还是不成熟的表现啊！"

大白听着也笑了，探过头来对着我和铁柱说道："就是啊！都还不成熟，你们瞅瞅大白哥我，淡定得跟没事人似的！"

大伙都"哈哈"地笑了。

空地中间的战士们热火朝天地忙着，他们有条不紊地不断扩大着土壤里那块水泥石板浮出的范围，还有五六个战士挥舞着铁铲，在掘最中间那根电缆旁边的土。毕竟电缆可受不起挖掘机那大家伙的一铲。

也是因为空地最上面一层的岩石已经被炸开了一大片，挖掘机的铁铲方便掘，加上还有十几个战士抡着铁锤在那敲，于是，一个多小时后，那空地上的岩石和泥土都被他们处理走了，整个山顶好像被掀走了一顶帽子，下方一个四方的水泥平台出现在我们眼前。这个方整的平台四条直线外的边上，也被战士们刨下了一米多，与平台成直角，垂直延伸向地底下。怎么说呢？远远地看上去，就好像是一个正方体的水泥建筑的顶，镶嵌在汇龙山山顶的泥土里一般。

沈头看着也差不多了，便挥手要战士们停手。然后带着我们几个跳了下去，走到了最中间那根电缆的位置。电缆的另一头连着水泥板上的一个小小的洞，延伸了进去。疯子抓着那根电缆，轻轻地拉了几下，然后对沈头说道："沈头，下面是有东西系住这根电缆哦！"

沈头点了点头，然后对飞燕说道："能闻到什么机械或者金属机关的气味吗？我怀疑这个水泥建筑的大门就是在这山顶。"

飞燕脑袋左右晃了晃："水泥太厚了，闻不出什么异常。"

沈头"哦"了一声，接着对我们大伙说道："大家四处看看，看有没有小洞或者把手之类的东西。"

铁柱插嘴道："不可能大门在这顶上吧！我倒怀疑大门在悬崖那边，就是之前那个暗道。"

铁柱这话一说出口，让我猛地想起咱这么多人一直在这边忙活，悬崖那压根都没派人过去！我往林子边望了一眼，然后对沈头急切地说道："沈头，咱好像真忘记了那边的暗道啊！"

沈头笑了笑："陆总已经派人过去了！估计那边现在也已经忙上了！不过他们没有挖掘机，应该没这么快。"

正说到这儿，在清理着平台上泥土的一个战士大声地喊道："沈头，这里好像有条缝。"

沈头闻言，扭头就往那边走去。我们几个也快步跟上，可一跨步，我就被自己的鞋带给绊了一下，差点摔上一跤。我连忙蹲到了地上系鞋带，一扭头，发现身后还有一个人正站在电缆那儿，是高松！他看上去还是不怎么放心，扯着那根电缆往上提了几下，见我看他，高松回过头来说道："里面还真有东西连着哦！"说完便径直朝着沈头他们过去的方向追去。就在高松走开的瞬间，我猛地发现那根电缆好像往地下面微微缩了一下，好像是……好像是地下面有什么人把这电缆拉动了似的。我忙揉了揉眼睛，再去看地上的电缆，可这一眼望过去，电缆又纹丝不动地垂在地上。我暗想可能是自己太紧张眼花了吧。

但是，因为之前有大刘和老孙的前车之鉴，让我对这个细节额外留了个心。当然，高松同志之前并没有和我们一起发现这棵树下电缆的秘密，自然对这电缆要好奇一些，所以，也说不上是个什么疑点吧！

我绑好鞋带站了起来，快步追了过去。疯子和铁柱、大白已经蹲到了那个战士指着的位置，用手掌抹地上的泥巴。泥巴被抹去后，一个和寻常房门大小差不多的长方形缝隙，出现在我们眼前。疯子和沈头耳语了两句，然后疯子从旁边战士手里拿过了一把铁锤，高高地举了起来，对着这长方形的水泥板锤了上去。

水泥板震动了一下，没有啥动静。疯子抬起头来对我们憨憨地一笑："都走远点呗！我来试试看能不能砸开它。"

我想着疯子十有八九又要发飙了，忙往后面退去。大伙也都退开了一点。我因为已经知道了疯子是个重瞳，所以这次我没有盯着他的眼睛去看了。疯子抡圆了手臂，然后又大吼了一声，铁锤被重重地砸在那块水泥板上。水泥板上的水泥块四溅开来，如蛛丝般的细缝马上从铁锤敲到的位置往外蔓延开来。我身边站着的沈头好像自言自语一般说道："这水泥还挺厚的，疯子一锤子没给锤烂啊！"

疯子再次举起了铁锤，他肩膀晃了晃，然后再次挥动了铁锤。"砰"的一声，铁锤再次砸到了地面，紧接着只见那一整块水泥板往下塌陷了下去。

沈头冲旁边的战士们挥了挥手，十几个战士飞快地跑了上前，用手去搬那些水泥块，疯子又低下了头，转到了一边。

我们几个人伸长脖子，朝着塌陷的下方望去，只见一个黑乎乎的通道出现在里面，通道大概两米高，一米宽，最多就够两个人并排进去，在最边上还有台阶。隐隐约约的，我好像看到通道深处，似乎有微弱的光照透出来。

我们都黑着脸站在那通道外面，脚下很有可能就是我们搜索了这么多天的敌特大本营。沈头想了一会，接着对铁柱说道："我和你，还有疯子，咱带几个兵先进去看看。"

铁柱却连忙摇头："沈头你先别进去吧？我和疯子带人下去就行了！"

飞燕也跨前一步："就是，沈头你在外面等吧！让铁柱和疯子他们先下去。"

沈头犹豫了一下，然后要旁边的战士去拿些手电过来。铁柱和已经抬起头的疯子都接过战士们递上来的手电，紧紧地抓在手里。铁柱把后背背着的大刀拔了出来，递了一把给疯子，两人互相看了一眼，最后一挥手，领着七八个战士往台阶下走去。

我跟上去蹲到了台阶边上，看着他们的身影消失在台阶下方黑暗的通道里，心里很担心他们遇到什么危险。我抬起头来对着飞燕问道："你能闻到里面有什么东西吗？"

飞燕摇摇头："只能确定下面一二十米远没有人而已。"

我"哦"了一声，再次朝着里面望去。我的好奇心促使我特别想跟着他们一起下去，可是自己有多大能耐自己还是有数的，万一里面真出现什么紧急情况，我还容易给他们添乱。再者，沈头也没命令我下去，我怎么能自己随便开口要求呢？

周围的人都没有吭声，竖着耳朵等着通道里铁柱和疯子他们可能出现的叫喊声。大白等了一会后，也有点猴急了，蹲到我身边对我小声说道："小王同志，铁柱他们下去也有快十分钟了，怎么没个话上来啊！"

我冲他笑了笑："没出现情况反而还是好啊！难道你想听见他们喊救命吗？"

大白也笑了："那倒也是。"

我们又等了四五分钟吧，沈头自己也挠后脑勺了："不行！咱也准备一下，进去吧！他们就那么几个人，别真出现了什么紧急情况。"

说完沈头就要往我们脚下的台阶上跨。就在这时，从通道里传来急促的脚步声，紧接着，一个战士快速地从里面跑了出来，对着沈头大声喊道："沈头，铁柱哥要你们赶紧带多一二十个人下去！"

沈头还没等到这战士话落音，就率先朝台阶下冲了进去，一边对着那战士说道："没遇到危险吧？"

战士扭头跟上了他："没有，就是情况有点奇怪。"

我和大白、高松也连忙接过旁边战士递过来的手电，跟在沈头后面跑下了台阶。身后飞燕对着旁边的战士们大声地喊道："集合两个班的战士，跟我下去支援沈头。"

我抓着那支手电，很快就追到了沈头和那个战士身后，把大白和高松两位老同志甩到了后面。我们顶多下了四五十个台阶，深度也就二三十米左右之后，我们看到了铁柱和疯子以及他们带下来的那些士兵正站在台阶的前方，抬头看着上方的什么东西。接着我们脚下的台阶也消失了，一个二十几平方大、三四米高的空间出现，铁柱和疯子他们一群人的手电，都是照着拦在他们身前那堵墙的上方，不知道在看些什么。

我和沈头跑上前去，我这才发现拦在大伙前面的压根就不是墙，而是一个黑漆漆的巨大的铁门。他们死死盯着的位置就是在铁门上方的一块石头，那块石头很平整，长方形，就好像是一个招牌一样镶在那。石头上还有字，不过被刻得乱七八糟的，看上去好像是小孩子写错字，又涂改过似的。

飞燕他们也都追了进来，后面的士兵没敢挤进来，站在台阶上小声说着话，可能也都挺紧张吧！他们的手里的手电的光，都一起照到了石板上，让那个石板越发清晰。

铁柱退后几步，走到沈头身边："沈头，你有没有觉得这块石板上写着'中美技术合作所'这七个字？"

沈头点了点头。我闻言也死死地盯着上面那些字望去，可能也是我眼神真比别人差吧，我费了好大劲才分辨出铁柱说的'中美技术合作所'几个字，之所以我要看很久才能认出这几个字，是因为这些字上，又被刻上了一排另外的符号，好像是字母，也好像是花纹似的。让这一排字，显得额外的凌乱。

大白却"啊"了一声，指着上面对着沈头问道："沈头，你会俄语吗？"

沈头摇了摇头："不会！怎么了？"

大白的脸色慢慢变了，指着那块石牌的手微微抖动了起来："沈头，那上面除了被刻上铁柱说的那几个汉字外，又加刻了一排俄语。对！就是一排俄语。"

"写的什么？"沈头脸色也变了，对着大白急促地问道。

　　大白嘴里小声地咕噜了几下，最后冲沈头说道："写的是远东第三机械厂。"

　　大白的这话让我们都张大了嘴，从我们调查汇龙山开始，我们掌握到的线索都是指向着这山里有可能存在着一个国民党时期的军工厂，但这军工厂是否真被建造出来，还无法确定。到我们挖出了山顶这块空地下的水泥建筑后，这个怀疑基本上被肯定下来，十有八九这里就是那个传说中的军工厂。

　　可是，当我们千辛万苦，找到了这个建筑的大门后，大门上方挂着的单位招牌却是这么个奇怪玩意，居然是用中文和俄语重复地刻上了两个不同的名称。

　　先不计较这石牌上的名称来源吧，首先有一点就可以确定，苏修和国民党军队是不可能合作的。就算……我是说就算他们真合作，建造了这个地下世界，石牌上的单位名称也应该是分成两排刻上啊！现在我们看到的重复在同一块石牌，同样的位置上刻字，究竟唱的是怎么一出大戏啊？

　　铁柱最先开口："沈头，会不会是老蒋的部队当年挂上了这块招牌后就跑去了台湾，然后苏修早些年和我们关系好的时候，偷偷派人潜入到汇龙山找到了这里，在那几个汉字上刻上了他们苏修的俄文呢？"

　　沈头摇摇头："不可能！苏修的强盗逻辑是出了名的，真是被他们找到这之后想要据为己有，你觉得他们不会直接摘掉老蒋军队挂的那块牌子吗？一定有其他原因的。"

　　铁柱也没出声了，皱着眉站那里思考着。我挨着他们站着，心里特震惊。我们最初只是以为有台湾派过来的敌特潜入到我们大陆，进行一些破坏工作。可发现的线索越来越复杂，身边本来熟悉的人，身份也一个个扑朔迷离起来。到现在发现这个大门以及大门上方的单位招牌后，又整出这么一出，一块石牌上重叠着刻着两个敌对势力的单位名。这……这一切，到底是怎么一回事啊？

　　身后的战士小声地交头接耳说着悄悄话，沈头的眉头越皱越紧。疯子径直走到了铁门前，伸出手在门上面摸了一圈，又走到了旁边的墙壁上，用手电照着，仔细地寻找着。

我见状，也走了过去，跟着他一起在墙上搜索起来，希望发现开启这扇铁门的机关。沈头的说话声在我们身后响起："不用找了，开关肯定是在里面，哪里有一个军事基地的大门是从外面能够打开的。"

我和疯子都不太死心，嘴里应了一句，可身子还是挨着铁门两边的墙壁，继续上下观察着。

沈头对着站在后面的战士喊道："叫刚才那个搞爆破的战士进来！"

后面的战士大声地喊了一声"是！"转身往外面跑去。铁柱冲沈头看了一眼，也追着那个战士往外面去了。其他人的注意力也从头顶那块石牌移到了这个大铁门，一二十道手电的光，在铁门上晃来晃去。

疯子不知道什么时候蹲到了铁门旁边的地上，低着头在那摸着什么。紧接着他扭过头来，对着沈头喊道："沈头，好像真有机关啊！你过来看看！"

沈头"咦"了一声，往疯子蹲的位置走了过去。我和大白也跟着他凑过去，几只手电的光一起照向了疯子那只大手摸索的位置。只见疯子正敲打着脚下那块墙壁，墙壁发出闷闷的声音，好像熟透的西瓜。疯子扭过头来："沈头，我捶开看看不？"

沈头点了点头，但嘴上还是嘀咕道："不可能外面有开门的机关的，绝对不可能。"

疯子却捏紧了拳头，照着那块墙壁用力地捶了上去。看他挥拳的架势，也似乎没有使上多大劲，可那块墙壁居然"啪"的一声裂开了。疯子又捶上一拳，墙壁上的水泥哗哗地往下落了，接着一个长宽二三十公分的小格子，出现在那个角落里。

沈头也一下来劲了，把蹲在疯子身边的大白挤了一下，举着手电往那里面照去。疯子的大手也伸了进去，探了一会，接着他干脆趴到了地上，把整只手臂都伸了进去。

我们都屏住呼吸盯着他，可疯子的手臂在那小格子里弄了几下后就拔了出来，对沈头说道："啥都没有啊！"

"不会啥都没有，里面有金属制造的物件，而且……而且那物件上还有机油，很有可能就是开门的机关。"飞燕在我们几个人身后非常肯定地说道。

旁边站着的一个战士，进来后一直在我们身边看着我们，这一会他朝前跨出一步："沈头，要不让我试试吧！我从小胳膊就长，可能这个大个同志够不着的东西，我够得着。"

我们都扭头往说这话的那名小战士望去，只见这战士个子也不矮，不过没有我和疯子这么结实，是那种瘦高型，手臂和腿确实比我们都要长。沈头看了看他的胳膊，然后又扭头望了望疯子的胳膊，最后点头道："行！你来试试呗！"

小战士忙把身上背的枪放到了地上，接着肩膀挨着那个小格子趴到了地上，把他那条细长的胳膊伸了进去。他探了个十几秒后，脸扬了起来："是有一根东西，横着的，我的指甲够着了。"说完他往墙上又贴紧了一点，肩膀都尽量往那格子里面伸，他的脸很快就红了，好像伸进去的手臂在用力似的。

我们都没敢打扰他，死死地盯着他的表情，希望通过他的表情第一时间看到好消息的预兆。小战士忙活了一会后，终于摇了摇头，把手臂从那格子里抽了出来，对沈头说道："沈头，我还是够不着那根东西，只有手指甲能够碰到，要抓住那玩意完全不可能。"说完伸出他那双沾满了泥的手，上面指甲确实挺长，指甲盖里面黑糊糊的。

沈头点了点头，拍了拍这战士的肩膀："队伍里还有没有胳膊长的。"

小战士摇了摇头："胳膊长的倒是有，比我长的可能真没有。"说完这话，小战士好像想起了什么："不过……"

"不过什么？"沈头追问道。

小战士咬了咬牙："不过有一个同志是河南的，他从小学杂耍，上次部队搞活动，他表演过一次钻铁桶，缩着身子从一个没底的桶这边钻进去，那边钻出来。沈头，我不知道他那是不是一门手艺还是障眼法，要不要把他叫过来试试，他好像现在也在这山顶上。"

沈头大手一挥："赶紧去叫，有这种人才不早点告诉我！赶紧去。"

小战士却站在原地没动，他小声说道："沈头，如果他那只是骗人的小把戏，不是真有缩身子的能耐，你可不许批评我和他哦！"

沈头也忍不住笑了："屁话还挺多，赶紧去吧！沈头不批评你们就是了！"

小战士忙站了起来，喊了一声"是！"朝着外面跑去。他前脚刚走，铁柱带着几个人就从通道外进来了。铁柱把搞爆破的那个陕北兵往沈头这边一推，然后指挥着他带来的那几个战士在两边的墙上敲打起来，好像是在挂灯什么的。

搞爆破的战士冲沈头咧着大嘴笑着："沈头，你找俺干哈咧？要炸平这？"

沈头摇着头说道："小陕北，你这小屁孩就想玩大阵仗对吧？以后有机会让你炸，现在你给我看看这个铁门，能不能用炸药给我轰开？"

小陕北又冲沈头"呵呵"笑了笑，然后走到铁门前，从裤兜里拿出个小铁锤来敲了敲这，又敲了敲那，最后回过头说道："要俺炸开这，问题不大，只是俺怕这下面整个都被俺轰塌了。"

大白骂道："你这不是屁话吗？轰塌了咱怎么进去啊？你就没有点技术含量高点的办法，只轰开这扇门，不影响周围吗？"

小陕北扭头冲大白笑道："沈头知道的，俺这娃实诚，这铁门忒厚了，俺没把握，俺做不到的事，俺不敢说！"

沈头点了点头，然后指着下面那个小格子对小陕北说道："把这小格子给我炸成个大窟窿还是可以吧？"

小陕北闻言蹲到了地上，冲那里面看了几眼，然后爬起来说道："这个问题不大，不过俺要折腾好久，俺还是怕塌。"

正说到这，之前跑出去的那个瘦高个领着一个战士进来了，他指着身后的战士对沈头说道："我说的就是他，刚才我在外面还问了他，联欢会上是

000

0
不是玩的障眼法，他说不是，说那是他们祖上传下来的杂技绝活，叫缩骨。"

沈头"嗯"了一声，然后冲着他身后那个战士说道："是河南太康张集镇温良村的吧？"

后面那战士脸一下红了，瘦小的身子手忙脚乱地动了几下，最后站得笔直："报告沈头首长，是的！"

沈头微微笑笑："也就你们村还有这种从小练过缩骨的人才。"说完沈头指了指地上的那个小小的通道问道："从这能不能钻进去。"

这河南兵忙探头看了看："没问题，只要里面也有这么大就成。"

我站在旁边见他这么肯定的答应下来，忍不住吐了吐舌头，小声对着大白说道："大白哥，就这么大一个格子，他真能钻进去吗？"

大白抹了一下额头上的细长头发："咱中华泱泱大国，奇人异士多如牛毛，缩骨是古代开始就有的一个杂技活，只要脑袋可以过去的地方，他整个身子就都能钻过去。"

大白说这话时声音不小，让我感觉挺不好意思的，害怕被这河南兵听着不像话。谁知道那河南兵扭过头来，冲大白说道："也不是脑袋能过身子就能过，而是要脑袋和一条胳膊能过才行。"说完他把身上背的枪摘了下来，然后把身上的军装三下两下脱掉了，最后开始脱裤子。脱了外裤后，他一下红了脸，看了看沈头，又看看飞燕。

我忍住笑，对这河南兵说道："你是要脱得精光吗？"

河南兵摇摇头："剩条短裤就可以了，身上有多的衣裤，没光着身子滑。"

大白笑出了声，对着这河南兵的屁股踢了一脚："跟着部队干革命了，还这么多毛病。飞燕同志不看你就是了，小样！"大白的话说完，飞燕也小声"哼"了一声，转过了身子。

河南兵红着脸点点头，把里面的秋裤也脱了，全身上下就只剩下条短裤。这家伙块头也确实够小，脑袋就比一个大茶缸大不了多少，身上也不是没肉，就是骨架不大。可是骨架再怎么不大，也是个发育健全的男人啊！我

0
0

0
0
180

心里始终还是不太相信他能钻进那个高度和宽度才二三十公分的小格子里面去。

河南兵又回头看了我们一眼，然后对沈头说道："沈头首长，我进去了哦！"

沈头点点头，河南兵趴到了地上，对着那小格子里望了一眼，然后伸出胳膊往里面探了探，可能是试试里面是不是比外面窄。试完后，他那个胳膊却没有全拔出来，反而是紧紧贴着小格子的一个边角靠去，然后他把脑袋放歪，紧紧地贴着那条胳膊，一点一点的往里伸。

我张大了嘴站在旁边死死地看着，他的脑袋靠到格子边上时，明显可以看出格子的大小无法塞进他的脑袋和胳膊，可他好像变戏法似的，一点一点的朝里挪，一两分钟后，他那条胳膊和脑袋全部钻进了那个只有二三十公分的洞里面。

我倒抽了一口冷气，蹲到了地上，看着他留在外面的身体继续慢慢地扭动着，接着他的脖子也进去了，另外一个肩膀也进去了，到胸骨位置的时候，我都为他捏了一把汗，他的身体看上去好像被分成了两半似的，一半是胸骨以上的部位，全部在一个狭窄的小洞里，另一半却比那小洞大了很多，还在外面来回地扭着扭着。

让人目瞪口呆的一幕就出现了，只见他的胸部朝里挪了几下后，那一排肋骨在短短的两三秒里，突然往身体中间一缩，就好像是一朵本来开着的花，重新收拢成为一个花骨朵似的。到他肋骨这么收缩了一下后，他往里钻的速度也相应的快了一点点，不过也只是快了一点点，因为他的胸部和腹部消失在格子里之后，他的屁股位置看上去又被卡在了格子之外。

就在他屁股还在小洞外面的时候，从里面传来他的喊话声，声音不大，但还是能听清楚："是要掰下这个铁把手吗？"

我和蹲在他身边的疯子两人异口同声地喊道："是的！"

可那河南兵好像没听清楚，又喊道："是要掰下这个铁把手吗？"

在场的其他人也都一起喊了起来："是！"

可我们话音一落，河南兵在那格子里面的身体突然抖了一下，伴随着这抖动，他一声很沉闷的惨叫传了出来。

惨叫声传出的同时，我们身边的铁门居然也同时"咔嚓"地响了一声。

"坏了！出事了！"沈头猛地冲上来，一把抓住了河南兵露在外面的一条腿，往外拔。我和疯子也意识到可能出现了危险，和沈头一样，扯着那两条腿往外用力一扯。

河南兵的身体被我们一下就拉出了那个小洞，一股血腥味也一下子冒了出来。紧接着我和沈头、疯子三个拉着他身体的人，身上都溅上了黏糊糊、湿漉漉的东西。

我定眼一看——我们拉出来的居然不是之前还活生生对着我们红脸害羞的那个瘦小河南兵了，而是……

第十四章　铁门锁住一堆泥

一具无头的身体被我们从那格子里扯了出来！

脖子上那碗口大的断面处，鲜血如同喷泉般往外涌出。他身上的皮肤也都因为我们在听到他惨叫后，拉扯太过用力，以至于血肉模糊，整个瘦小的身体，就像一团被揉过的肉块，额外的狰狞。

我强忍着惊恐，和疯子一起抱着这河南兵的尸体往外递。沈头绕过我们，抓起手枪对着格子里面"砰砰"的开了两枪，紧接着往那格子里望去。在场的其他战士也都骚动起来，铁柱扭过身对他们大声喊道："都安静下来！"

沈头却把视线从小格子里移了出来，一把抢过铁柱手里那柄大刀，伸进了小格子里用力的搅动起来，扭过头来对着疯子喊道："撬门！这位牺牲的小战士临死前应该已经拉下了里面的机关。赶紧撬门，不要给里面的敌人重新拉下机关的机会。"

疯子动作也很快，"忽"的一下冲到了铁门最中间的位置，把手里大刀的刀刃插进了门缝里，往下一划，让刀刃伸进去了快一厘米。接着他把大刀往旁边一扳。"啪"的一声，那单薄的刀刃被他这一扳给折断了，可是折断的同时，门缝也被撬开了有一两厘米。

我和铁柱以及旁边几个战士也都连忙扑了上去，用手指一把抠住那被撬开的门缝，一起用力往外掰。铁门"吱吱"的响了起来，居然真被我们给掰开了。

我们的大手都伸了进去，抓住了这道有二三十厘米厚的铁门，往外拉开。更多的战士冲了过来，抓住了另外那扇门，朝外拉开了。

蹲在地上的沈头也站了起来，往这两扇被缓缓拉开的门里面冲去。铁柱抢在他前面拦住了他："沈头，我先进去。"

可他俩对着前方正要迈开的步子，一下停住了，他们的表情也好像突然间静止，傻愣愣地望着已经被拉开的门后景象张大了嘴。

我松开铁门，也望了过去，接着我不由自主地往后退了几步，和他俩一样大张着嘴，完全没有了主张。只见在这两扇铁门的后面，居然只是一堵泥墙，泥墙的泥里面，隐隐约约还看到有蚯蚓在蠕动着，仿佛这铁门不过是额外存在的物件，所拦住的不过是汇龙山的泥土罢了。

沈头的大喊声在我身边传了出来，他对着身后的战士挥着手，声音有点歇斯底里，完全不像他给人处变不惊的感觉了："拿铲子，给我挖，挖透他！奶奶的！我就不信这邪了！"

战士们连忙往后跑去，可能是要拿工具。飞燕往前跨了几步，对着泥墙抽动着鼻头："沈头，这真的只是一堆泥，实心的！里面可能挖不出什么东西。"

沈头冲飞燕一摆手："没东西？那是什么人把这河南兵的脑袋给拧下来了呢？他如果不是害怕我们打开门，又怎么会把小战士的脑袋给拧掉呢？"

吼完这几句话，沈头可能也意识到自己有点失态，他抬起手抹了一把脸，语气缓和了一点，依旧是对着飞燕说道："这是我们现在唯一的线索，除了继续挖下去，没有其他选择了！"

铁柱却在沈头边上小声说话了："沈头，或者那凶手只是害怕钻进格子的战士爬到格子外的另外一边出口呢？"

沈头一皱眉："你的意思是，这个大铁门压根就只是个摆设，是制造假象欺骗我们的烟雾弹。"

铁柱点了点头，抓着地上疯子撬门的那把大刀，对着小格子旁边水泥墙后的泥土插了进去撬了几下，然后扭过头来："沈头，这个小格子周围确实是用东西砌上了的，要不我们先从这里入手？"

沈头也上前抓着那刀柄摇了两下，最后回过头来叹了口气："试试吧！我觉得还是有点悬，这汇龙山里的古怪现在看来，不到最后破解，还真是够邪门。"

说完沈头长长地吸了一口气，然后对飞燕说道："刚才沈头我有点失态，别往心里去。"接着他环视了大伙一圈："都别傻愣了，没有啥天大的困难！这里再怎么邪门，总也只是国民党反动派当年建出的玩意。他们建得出来，咱解放军战士难道还拆不掉吗？都打起劲来，组织战士们进来，现场听你们铁柱哥和疯子哥指挥，该挖的挖，该炸的炸！今天咱不把这里翻个天，就对不起老百姓养着我们军队的那些口粮！"

大伙的热情一下被他调动了起来，一扫之前看到这一切一切所带来的阴霾与恐惧，大声喊着："就是！把这翻个天！"

沈头自己却对我小声说道："小王，你跟我出去一下，我有事给你说！"

我愣了一下，见他头也不回地往外走，便快步跟上，和他一前一后往台阶上迈去，并径直出了那个阴暗的地下通道。

外面的战士排着队，握着工具从我们身后跑下了地道，还有个战士在那大声喊："带上扁担和箩筐，等会还要挑泥巴出来。"

这热火朝天的场面，在沈头眼里却好像没看到似的，他低着头，双手背到身后，快步往远处那个帐篷里走去。

我跟着他走进了帐篷，他一下跳到了中间的沙盘上坐下，双腿垂在空中，接着从口袋里掏出烟点上，狠狠地吸了一口，吐出一串烟雾："小王，给你个任务，敢不敢接？"

我想都没想就应道："沈头你说就是了！我王解放没太大本事，但只要有口气在，都保证能够完成任务。"

沈头点了点头，然后指着地上那个赤裸的怪物身体对我说道："附近县镇就你熟一点，你现在就扛上这个崔二满的尸体下山，要陆总给你派车，去易阳镇找到他的那个瞎子哥哥，把他身份给我彻底落实下来。"

我的心往下一落，刚听到他说要给任务我时，我还以为是块多么难啃的骨头呢！谁知道就是让我背着怪物尸体回易阳镇。我微微有点失望，山上现在如火如荼地折腾，无数个疑问都等着挖开地下那些土疙瘩才能揭晓，要我现在下山，我真的不太情愿。

我还是挺直了身体，很不情愿地说道："我一定完成沈头交给我的任务。"

沈头也听出了我不太乐意，他对我招了招手，示意我靠近一点，接着小声说道："现在是下午四点，你一个来回三个小时应该够了！回汇龙山后你给陆总私底下打个招呼，然后偷偷地摸到悬崖和山顶之间的路上，找个隐蔽的地方藏起来。你不是我们部队里的人，而且还是个生面孔，汇龙山你也比较熟悉，有你没你别人不怎么注意。你也知道的，现在山下和山顶，包括悬崖边都有大批战士在，大刘和老孙这两个敌特十有八九只能窝在林子里某个位置潜伏着，等到天黑了他们自然要猫出来想办法破坏我们的工作。我现在就是把你当一颗钉子，钉到暗处，能不能靠你掐住敌人的七寸，就看你的运气和应变能力了。"沈头又顿了顿："之所以只派你一个人，不给你配两个帮手，是不想让外面的其他人察觉。我对他们就只是说你去了易阳镇。"

我忍不住发问道："难道沈头你怀疑我们队伍里，还有大刘和老孙的人吗？"

沈头把手里的烟掐灭，冲我点了点头："我也不能确定，但是目前看起来，情况比我们预计的要复杂了太多。你想想，这次进入林子的只有我们这支队伍和公安厅的那六个人，一共就十几个人里，被确定为敌特的有两个，还一个公安厅的穆鑫也十有八九不是好人。国民党反动派被我们打到台湾已经十年了，就算有一小部分特务潜伏下来，也不可能在这汇龙山里一下蹦出来好几个啊？我的看法是，就因为汇龙山地下掩埋着惊人的秘密，所以整个汇龙山周围的县镇，被安插的敌特人数很多，让人防不胜防，就算高松同志和老焦，我都还不敢确定是否值得我真正信任。"

我点了点头，完全明白了沈头的意思。我咬着牙对他说道："沈头你放心，我今晚一定会守好这班岗，希望能帮你弄出个突破口来。只是……只是时间上我怕是来不及，汇龙山说大不大，可也不小啊！我现在就只说下山，一路跑步也起码需要一个多小时啊！"

沈头咧开嘴笑了："你扛好尸体现在出发就是了！等会你就知道要怎么下山！"说完他从沙盘上跳了下来，冲我正色说道："小王，这是你第一次独立执行任务，我并不指望你能有所收获！但现在的形势你也看到了，不出奇兵，赌上运气，咱最后可能只是挖出一些不会说话的砖瓦！小王，祝你成功！"

我一下觉得肩上的担子重了很多，我再次立正，对沈头沉声说道："一定圆满完成任务！"说完我一扭头，把地上那具怪东西的尸体往肩上一扛，就要出去。

沈头却突然追上一步对我说道："小王，还有个事情你要记住，真抓住敌特第一个事就是捏住他下巴。敌特嘴巴里面都藏了毒药，被抓住后会咬破毒囊自杀，别辛苦之后给我带回个死的。"

我对他"啪"的一个立正，行了个自认为正规的军礼："是！我一定注意。"说完我走出了帐篷，大踏步地往之前陆总他们下山的位置走去。

两个战士在那个下坡处前面几米伸手拦住了我，我以为他们是因为没见过我，正要表明身份。谁知道其中一个战士从地上抓起一捆绳子对我说道："你要带着这怪玩意的尸体下去吗？要捆上哦！"

我一愣，我肩上这玩意不是已经断气了吗？还要捆上干吗？难道还怕他活过来啃我几口不成？我正要开口，旁边另一个战士却把我肩上那怪物搂了下来，然后往我背上放，还示意我弯下背。我这才明白过来，他们是要帮我把这怪东西的尸体绑到我背上，可为什么要绑上却又没说。我满头雾水照做了，两个战士扯着绳子，三下两下把那尸体捆到我后背上，还打了个活结在我胸口，方便我低头就可以解开。

我莫名其妙："这捆上是方便我下山跑得快吗？"

一个战士咧嘴笑了："你是要跑下去吗？有现成的滑索不用？"

我还是没听明白，背着那尸体跟着他俩就往下坡处走去。走了几步后我就看到了脚下的山坡上，一条空旷笔直的路直溜溜地延伸向山底的方向。路两边都是被砍断的树，整整齐齐地摆在左右。大概每隔二三十米，旁边就有两个背着枪的战士一左一右地站着。在道路的正中间，立着一排间隔七八十米的非常粗的木条，木条最多三米高，顶端伸出一个钩子一样的东西，上面居然挂着一根金属丝，一直连向了山脚。

站我旁边的战士抬起手，从他身边的第一根木条上扯出一个拉环来，拉环扣在那根金属丝上。我这才算彻底明白过来，之所以之前陆总他们下山完全不忌讳什么危险，原来是因为工兵们从山下上来时，就已经架好了这么个滑索。两边又还有这么多战士守着，怎么可能会有危险呢？

我自顾自地笑了笑，从小战士手里接过了那个拉环，另一只手把后背上那尸体往上挪了挪，然后对他俩说道："我下去了哦！"

他俩对我微微一笑，我把拉环往下扯了扯，上面的金属线绷得紧紧的。接着我咬了咬牙，双腿一弯，身体嗖溜一下往下快速滑去。两边站着的士兵也都往中间靠了靠，在我滑过的时候伸手扶我一下，保证我悬空的身体不会左右晃动，速度也不会因为快速下滑而失去控制。

也就那么两三秒吧，我便稳稳地滑倒了七八十米外下一根木条伫立的位置，两边的战士一把抱住了我的身体，让我不会因为拉环滑到了尽头而失控摔到地上。我抬头往头顶一看，在现在这根木条上方，又有一个新的拉环卡在一颗小钉子上。

我试探性的往那个拉环抓去，抱着我身体的那两个战士看到了也没说话，让我明白是需要换环了。我抓紧那个新的拉环后，两个战士松手了，我又滋溜一下，往下一个木条位置滑去，心里像个顽童一般兴奋，这么几秒钟就下了好几十米，岂不是几分钟后，我就到了山下呢？

我一共换了快二十次这种拉环吧！一共耗时还真没有五分钟，就看到了山脚下一排新搭建的帐篷。我松开最后一个拉环，对着冲我迎面跑上来的战士点了点头。那战士反倒一愣，然后对我"啪"的一个立正，行了个军礼。我这才意识到自己现在是跟着部队的同志并肩作战，不能再弄点头这一套。我怪不好意思地冲他笑笑："沈头让我下来找陆总，有情况汇报。"

这战士也咧嘴笑了："你跟我走吧！"说完扭头往其中一个帐篷走去。

我跟在他身后，脑袋却四处转，往汇龙山山脚望去。只见围绕着汇龙山的山脚，站满了全副武装的战士，脸色都很严肃，一个个站得笔直，间距最多十米一岗。

我暗暗吐了吐舌头，跟着前面的战士低下头，钻进了一个帐篷。里面的布置和山顶工兵们给沈头架的帐篷一模一样，也是胡乱地摆着几条长凳子，正中间架着一个有两个乒乓球桌子大的沙盘。沙盘上的沙却堆成了一座山的模样，山顶位置插了一面小红旗，从那小红旗旁又立着一排火柴梗，一直延续到山脚的一面小红旗。

我一看就明白了这两个小红旗肯定就是沈头那个指挥部和我现在站的这个帐篷的位置，而这沙土堆成的小山，自然就是我身后的汇龙山了。陆总一只手搭在沙盘上，正和旁边的几个同志说着话。见我进来，他眯着眼睛对我说道："你是小王同志对吧？沈头上面忙活完了吗？"

我摇了摇头，接着望了望他旁边的那几个同志一眼，不敢当着他们说出沈头的计划。陆总微微笑了笑，对那几个同志挥了挥手："都出去一下，小王同志有情况要我和单独说。"

那些同志也都微笑着往外走去，我扭过头，见帐篷里只剩下我和陆总两个人了，便小声对着陆总把沈头给我布置的工作说了一下。陆总听完点了点头："要去易阳镇确认这怪东西的身份，完全不需要你自己去啊！我派几个同志去一趟就成了啊！"

我连忙摇头："那不行！沈头交给我的任务我必须亲自完成。"

陆总又点了点头："行吧！我给你派个车，给你几个兵，抓紧时间去把这事先办了，早点赶回来，然后你还可以休息一下，我再安排你潜入到林子里去。"

说完陆总便往外走去，叫人开了一辆吉普车过来，还给了我三个战士，都背着枪跳上了车后排站得笔直，就空着副驾驶的位置，显然是给我留的。

我犹豫了一下，咱长这么大也没坐过几次吉普车，现在居然还是一辆崭新的军车副驾驶的位置。车也没有顶棚，即将开去的地方又是我打小长大的易阳镇，那是多么拉风的一个事情啊！我愣了一会，然后把后背上那具尸体往上提了提，迈开步子就往车上走。

可刚一只脚搭到车上我便停住了，我回过头来对着身后的陆总说道："陆总，能不能给我一件雨衣？"

陆总大眼一瞪："你小子还怕下雨淋湿身子吗？"

我连忙摇头："不是不是！陆总，我也不瞒你，我是易阳镇本地人，难保地方上有几个人认识，再说我自己身上这么脏兮兮的，还背着这血淋淋的尸体，群众看着不太好吧！"

陆总笑着点了点头："我就等你说这话！刚才看你冒冒失失地背着这怪东西的尸体往车上走，我还真有点小瞧你了！看来啊！沈头瞄中的人，确实是都还不错。"

我怪不好意思地冲他笑了笑，陆总挥了挥手，要旁边的战士拿了件军色的雨衣过来，我把自己和身后那怪东西的尸体都套了进去，跳上了车。陆总却又追了过来，递给我一个口罩："戴上吧！免得你的熟人认出你。"

我接过口罩戴上，冲陆总眯着眼笑道："谢谢陆总！"

旁边的司机同志一踩油门，吉普车快速地离开了山脚，往易阳镇开去。

第十五章　抓获老孙

汽车开出十几分钟后，那个几天前我们栖身的山神庙就出现在我的视线中。触景生情，我不由得想起了短短的几天前，自己还只是个身份尴尬的坏分子，受命帮古场长出来掏鸟蛋。当时身边的三个人，伍大个生死未卜，老孙和大刘居然都是潜伏在身边的敌特。我自己呢，现在竟然是坐在吉普车的副驾驶座上，带着几个解放军战士去地方执行特殊任务的"葬密者"了。想到这，我微微笑了笑，把目光从那倒了一堵墙的山神庙移到了汽车前方。

"停车！"我突然想起些什么，对着开车的司机同志大声喊道："开到那个山神庙去，赶紧！"

那开车的战士被我吓了一跳，接着他也没有多话，把方向盘一打，朝着山神庙开去。之所以突然想要回到山神庙，因为我想起之前胡小品同志反映的一个细节：老孙曾经在树下面折腾过树皮，我怀疑他是在做什么标记给他的同伙留下线索。现在能肯定下来的他的同伙就是大刘，那么在那个山神庙住的那晚，他俩也没有单独处过，会不会也用某些标记进行过沟通呢？

这怀疑连我自己都觉得太过主观，可也是这主观，或者说是直觉吧？让我临时改变了行程，决定带着车上这几个战士过去看看，反正也用不了太多时间。

我们很快就到了山神庙边，把车停在倒塌的那堵墙边，庙里一览无余，空荡荡的，地上还留着几天前我们那堆火的炭灰，以及旁边我们铺着的草。

我把那具怪物的尸体放到了车上，率先跳下了车，朝着里面跑去。站在后排的战士也都跟在我身后，以为我有什么特别紧急的事情要做，一个个神色都非常严肃。司机没有下车，站在车上对着里面张望。

我们跑进山神庙后，我指挥那三个战士在四周找找，看看有没有可疑。问题是那山神庙就那么屁大一个地方，我们很快就把里面翻了个遍，包括几天前我们带出来的那堆破烂，也都被我翻出来扔了一地，结果是除了地上一些蚂蚁被我们吓得惊慌失措外，什么都没有发现。

我把口罩往外提了提，出了一口长气，然后把地上我们几天前带出来的那些破烂衣服和那一小袋粮食提了起来，最后对那三个战士挥手道："没发现就走吧！我也只是进来看看。"

那三个战士对我喊了一声"是！"这干脆的答应让我很不习惯，我连忙冲他们摆摆手："咱自己队伍的同志，出来了不用这么严肃。"说完我转身往庙外的汽车走去。

开车的司机见我们火急火燎地冲进去，现在又一脸放松地出来，自然知道了我们没有发现。他咧开嘴笑了笑，重新坐到了座椅上，伸手就要发动汽车。突然，他的目光盯住了前方不远处的草丛，对着我们大声喊道："小王同志，那边有情况。"

他话音一落，我和那三个战士都一起朝着他手指的方向冲了过去，我甚至拔出了手枪，以为他看到了人影。

人影倒是没有，那片草丛不高，稀稀拉拉的，真有个人我们早就看到了。但很快我们的目光就被地上一块新土吸引，上面甚至连掩护都没有，明显就是刚刚被填上不久。

还没等到我命令，那三个战士就解下手里端的步枪上的刺刀，往那堆泥掘了上去。他们先用刺刀把泥撬松了几下，接着蹲到地上，用手去刨那些土。我往四处看了看，周围很空旷，也没有其他可疑的情况，便也蹲到了地上，帮他们一起挖开那个新填上的泥坑。

几分钟后，我们便刨出了一个一尺来深的洞，然后露出一件衣服的袖子来。我扯着那袖子一拉，另一只手伸进泥里一抓，一套揉成一团的男式衣裤被我提了出来，衣服还挺新的。

我瞅着觉得很眼熟，紧接着想起这不就是沈头在大通湖农场时候发给我和胡小品、大刘、老孙换上的那套衣裤吗？不同的是我雨衣里的这套衣服上又是血又是泥，已经看不出本来的颜色了，而现在手上这一套还比较干净。

胡小品同志是已经牺牲了，那么这套衣服就只有另外两个人穿着，一个是大刘，还一个就是老孙。想到这，我连忙把手里提的几天前我们带出来的那包破旧衣服扯了出来。但是我也只能认出我自己的，别人当时带了哪几件我咋知道呢？更别说通过这些还研究出是谁的衣服少了。

最后，我只能再次盯上手里这套刚挖出来的衣裤了。沈头把这几套衣裤递给我们时，我们就发现这些衣裤都是同一个尺码的。我和大刘个头都大，裤子长度刚刚好，还稍微有点短。而胡小品和老孙两个人本来就瘦小，穿上这身衣服后都有点大，裤子也稍微有点长。

对！老孙上山时候因为裤子长被自己踩到，还差点摔倒，后来还自顾自地骂了一句天，最后是把裤管卷起来的。想到这，我连忙盯着刚从土里扯出的长裤裤脚看去。果然，那裤脚有被卷过的痕迹，很有可能就是老孙当时穿的。

紧接着，我发现了一个更加能确定这个推断的发现，在裤脚最下方的边边上，明显的泥土印出现了，一看就知道是裤脚长被自己踩到地上弄脏的。

我紧皱着眉头，把这套衣服装到了刚从土地庙拣出的那堆破烂一起，然后扎了个结，提着往车上一扔，对另外三个战士命令道："把这附近还搜一下，看有没有其他发现。"

战士们散开往土地庙旁边和后面走去，我却又蹲到了地上，盯着那个土坑发呆，继而把那些土又往坑里推，尽量保持了原样。胡小品是今天凌晨被老孙袭击的，当时老孙对胡小品说要带着那包挖出来的东西下山交给相关部门。时间上老孙是绝对够得上在陆总的部队封锁汇龙山之前下山的。那我是不是可以判断老孙在袭击完胡小品以后便下了山，接着赶到这土地庙换了自己的衣服，然后逃走了呢？他一定以为胡小品已经死了，那么他的身份岂不是就没有暴露，他完全有可能带着山上的发现回到附近的单位，编造一堆谎言继续潜伏啊！

想到这，我一下紧张起来。沈头之前也对我说了，可能敌人因为汇龙山里隐藏的大秘密，所以在周边县镇安插的特务数量会比较多。老孙现在逃离了汇龙山，十有八九就是要给他的那群同伙报信的。距离汇龙山最近的就是易阳镇，他步行首选的县镇绝对就是在那了！

我"忽"的一下跳了起来，对着那三个战士招手喊道："赶紧上车，我们马上回易阳镇。"

大伙迅速跳上了车，司机看我猴急的样子，也意识到问题的严重性，他狠踩着油门，汽车在空旷的草地上朝着易阳镇急驶而去。

二十多分钟后，我们便开进了易阳镇。当时是下午快五点半，街上下班回家的群众各自匆忙地走着，见我们一辆崭新的吉普车驶过，都停下来露出羡慕的眼光。这要是在以前，我会感觉非常的虚荣，可现在心里火烧火燎的着急，哪里顾得到想这些呢？

我寻思着想要逮到有可能潜回易阳镇的老孙，还是必须先和武装部的同志们配合一下。我伸出手，指着司机朝那边开去。汽车很快就开到了武装部，怪物的尸体从进镇开始，就被我们放到了后排的座位下面，以免群众看着惊恐。车在武装部门口停稳后，我小声地对后排的战士说道："你们留两个在车上，别让人靠近看到这怪东西。来一个人，跟我进去。"

说完我跳下了车，另一个战士也紧追着我往武装部里走去。守门的那老头三步两步从传达室里走出来对我喊道："你们是……你们是哪个部分的同志啊？里面今天有情况，不能随便进去！"

我把口罩往下一拉，让他看到了我的脸，接着对他微微点了点头。老头也认出了我，见我表情严峻，连忙止住了声，往传达室里退去。

我带着那个战士径直往赵爱国同志的办公室跑去，一路上看到了好几个端着枪的战士，可能都认出我身后那个战士是自己队伍里的，他们躲在暗处冲我们立正。我顾不上对他们示意，径直拧开了赵爱国同志那个开着灯的办公室大门，往里走去。

房间里烟雾缭绕，赵爱国正坐在凳子上和旁边一个人说着话，他们身后站着两个全副武装的战士。和赵爱国说话的那人见我进来，也扭过了头来。

居然……居然是老孙！

我眉头一皱，没有马上冲上去逮他，因为胡小品说过老孙这家伙隐藏得很深，实际上身手很不错。老孙见是我进了办公室，连忙站了起来："小王同志，你们都回来了吗？沈头呢？快要他进来，我有大发现要给他汇报！"

我点了点头，眼睛往办公室里四处看了看，并没有发现胡小品说的老孙带着的帆布包袱。我装出一个看到他很惊喜的表情，直接迈步朝他走去，嘴里说道："老孙同志，我们担心死你了！胡小品同志没和你在一起吗？"

一边说着话，我一边伸出手对他递了过去，俨然是一副战友重逢，想要和他亲密握手的模样。老孙一愣，接着忙把手里的烟往地上一扔，连忙站了起来握上了我的手："唉！一言难尽啊！我正和赵爱国同志说这事呢！"

老孙的话还没落音，我另一只手就一把抓住了他的肩膀，把他反手往地上一按，大声喊道："赶紧把他绑起来。"

赵爱国和站在他们背后的战士愣是没弄清楚状况，张大嘴傻眼了。反倒是我身后那个小战士像头小老虎一样扑了上来，和我一起把老孙按住。我再次对着另外两个战士和赵爱国喊道："动手啊！他是敌特。"

他们三个人才晃过神来，摸出绳子扑了过来。老孙在地上手脚乱踹着，嘴里大声喊道："有误会！你们抓错人了！"

"抓的就是你！"我松开了他的身体，让那几个战士按住了他。

"小王，你怎么了？我和胡小品是为了掩护你们才跑的啊！别人不知道，你难道会不知道吗？"老孙被捆得严严实实，脖子涨得红红的，对着我大声喊道。

我站了起来，对着他瞪大着眼睛一字一顿地说道："胡小品没死！"

老孙像个被放了气的皮球一样，垂下了头。赵爱国一把抓起他的头发，对着老孙扇了个耳光："好家伙！把老子骗了这么久，敢情你说别人是敌特，原来真正的敌特就是你这老家伙啊！"

老孙瞪了赵爱国一眼，接着转过脸来白了我一眼，那眼神很奇怪，像是轻蔑，又像是留恋。

毒药！我双腿一蹬，整个身子横着朝他扑去，一只手准确地捏住了他下颌两边，用上了全力往下一拉。

老孙"哎哟"地叫唤了一声，嘴巴也一下张大了。我另一只手马上往他牙根处抠去。好家伙，一颗黄豆大软软的东西被我捏到了，我一把拿了出来，果然是一颗好像胶囊一样的玩意。我对老孙一瞪眼："想自杀吗？想都别想。"说完我把那东西往地上一扔，捏着他下颌的手没敢松开，又把手指伸了进去仔仔细细地掏了几下，确定他嘴里没有东西了才松手。

赵爱国在旁边看得目瞪口呆，冲我竖着大拇指说道："到底是沈同志的手下，年纪这么轻，心思就这么缜密！"

我抹了一把汗，心里却充满着自责。按照沈头的要求，在发现老孙的第一时间我就应该检查他嘴巴的，刚才如果我动手晚个几秒钟，老孙这家伙可能就口吐白沫死了！那可就丢人丢大了，沈头专门叮嘱的事还被我忘记了，岂不会被他一顿骂死过去。

老孙的那张老脸，终于彻底扭曲了，他对着我看了一眼："小王啊小王，我老孙潜伏这么多年，想不到最后落在你这种小毛孩子身上！就算最后想要为党国尽忠，也被你制止了！好样的啊！"说完他又看了其他几个人一眼，眼神凶悍起来："都别得意！委座运筹帷幄，反攻计划即将开始，你们都等着挨枪子吧！"

他的目光最后又盯到了我脸上："至于想要从我这挖到什么东西！嘿嘿！白日做梦！"说完他闭上了眼睛，露出一副老僧入定的表情。

赵爱国可能以前也是部队下来的，听老孙这么一说也恼了，对着老孙鼻子上就是一拳砸了上去："我还真没见过反动派是个硬骨头的，我就不信今天制不了你了！"

那个拳头把老孙的鼻子打得开了花，血一下就流了出来。可老孙眉头都没皱一下，眼睛也没睁开，浑然一副死猪不怕开水烫的模样。

赵爱国见状又要上前动手，我忙抓住了他的手拦住，嘴里说道："先别急着打吧！他带了东西回来没有？"

赵爱国看了我一眼，语气平和了下来，对我摇了摇头："他赤条条一个人来的，扯着我说山上这个是敌特，那个是敌特，结果全是假话。小王，要不要我亲自审他！我赵爱国对付这些反动派多的是手段。"

我挤出一丝笑来，心里却想着沈头说的——现在情况扑朔迷离，很有可能包括易阳镇在内的县镇里潜伏的敌特人数不少。如果武装部里有老孙的同伙，甚至赵爱国自己就是敌特的话，那我们千辛万苦逮到的这老孙，岂不是会被他们灭口。

我松开了赵爱国的手："赵同志，老孙就留给沈头自己审吧！你现在要做的就是继续守好电话，随时等候首长的指示。至于老孙……"

我看了一眼靠着墙站着的老孙，然后对另外的那两个战士说道："你们俩给我看住他，这个房间现在开始，除了我带的人，其他人谁也不许进来，谁也不许出去。枪都给我抓好了，情况不对直接开枪就是。"

赵爱国愣了一下："包括我也不能出去吗？"

我点了点头，表情严肃地对他说道："情况紧急，希望赵同志你理解！"

赵爱国重重地点头："明白！"

我再次看了一眼面无表情，紧闭着眼睛的老孙，犹豫了一下。老孙是抓住了，可我这趟下山还有一个任务就是要核实崔二满的身份。可照目前这情况看起来，我再出武装部一趟合适吗？

不行！我自己是绝对不能离开这里的，万一有个闪失咱这第一次独立执行任务，刚有了点收获又功亏一篑可不行！既然我不能出去，沈头说的那个瞎子，我可以让人带过来啊！

我忙对着跟我进来的那个战士说道："你现在出去把车上怪物的尸体扛进来，顺便把守门的那老同志叫过来，别让他进门，就在院子里喊我出去可以了。"

小战士连忙点头，转身往外跑去。几分钟后，他扛着那具尸体跑了进来，这家伙也机灵，知道用一块不知道哪里翻出的帆布，把那尸体包了起来，扔到了房间的墙角里，然后对我说道："那位老同志在外面等你。"

"嗯！"我再次扭头看了看房间里面的人："盯紧喽！"说完我往门外走去。

出门我就看到了那个老头，他正伸长脖子往我身后的办公室看。我忙挡在他面前，故作轻松地说道："看啥啊！里面又没有女同志！"

老头却对我大喊道："啥！你说啥！"

我笑了笑，对着他耳朵说道："这样能听清楚了吧？要你别乱看。"

老头这才明白过来，讪讪地笑道："不看就不看呗！"

我点点头："你知道小葫芦街吗？"

老头又对我喊话了："啥葫芦啊？"

我哭笑不得，可也不方便对他大声嚷嚷，只能又凑头到他耳边："小葫芦街知道吧？"

老头说："知道啊！不远！"

我又问道："那里是不是住着一个瞎子啊？"

"有啊！瞎了好多年了，找不到媳妇！"老头的回答透着小县镇的市井八卦。

我又笑了笑："你啊！我说老人家你现在出去，叫上外面那辆吉普车上的战士开着车带你过去，把那瞎子给我带回来！"

老头抬头看了我一眼，见我一副神秘的表情，便也正色下来，压低声音凑到我耳边说道："是要带他去参军吗？他身体还是挺好，你们给他治好眼睛绝对是个好兵！"

他这自以为压低声音贴着我耳朵的说话，把我震得耳膜嗡嗡响。我只得对他大声喊道："行！你赶紧给我去带他回来就是了！"

老头点了点头，转身往外跑去。

之前紧绷的神经被老头这么一折腾，一下放松了好多。我长长地吸了一口气，望了望头顶微微暗下来的天空，然后咬了咬牙，往房间里走去。

赵爱国又点上了一支烟，坐在凳子上死盯着老孙，一副苦大仇深的表情。见我进来，他掏出一支烟对我扔过来。我接住点上，又朝着老孙望了几眼，他现在直接坐到了地上，依然面无表情。我寻思着要撬开他的嘴应该有难度，不如留给沈头亲自审。我吐了一口烟雾，对赵爱国说道："老孙今天几点到你的办公室的？真的啥都没带吗？"

"就比你早到一个小时吧，最多四点半！身上也啥都没有！"

我点了点头，心里暗暗合计着：从我们发现胡小品的山腰下山，也就一个多小时够了，然后步行到易阳镇七八里地，那老孙应该是今天上午就到了易阳镇啊。就算他在山上还搞了几个小时小动作，可他离开汇龙山的时间也应该是在陆总他们赶到山脚之前啊！再怎么算，他都不应该是下午四点多到武装部的。那么，这中间的几个小时他去了哪里呢？胡小品说的他背着的那包东西，又被他放到了哪里呢？

我再次望向了老孙，老孙的眼皮微微动了动，应该是在听我们说话，正拿眼偷偷瞄我。见我望过去，他眼皮又合得严严实实。我眉头一皱，故意对赵爱国说道："看来时间上是吻合的，沈头算了一下老孙离开他同伙的特务窝点，再溜到你这里来应该就是四五点钟，所以让我过来逮他个措手不及。"

赵爱国自然不懂我这话是在唬老孙，他把手里的烟头一拍："这老特务的行踪一直在你们掌握中吗？我就说嘛，为啥他前脚到，你们后脚就赶过来了。"

我点了点头，又瞟了瞟老孙，他还是坐在地上一动不动。我见我这一招没唬住他，便想着反正是说大白话了，干脆就还给说大点。于是我再次对着赵爱国故意说道："他躲在附近的那些同伙早就被沈头他们一网打尽，从远山里带出来的那些东西也都被我们缴获了。他现在是最后一个，就差我把他带回去归案了。"

老孙终于开口了，他眼皮还是没有抬起来，阴阳怪气地说道："王解放啊王解放，你这么个小毛孩子在你爷爷我面前玩啥心理战啊！我干秘密工作的时候，你小子还没出生呢！你这点小把戏，在你孙爷爷我眼里看起来，就像是小孩子地上打滚想要骗糖吃的伎俩。你省省吧！"

当年的我是实打实的稚嫩，被老孙这话说得脸上青一块紫一块，恨不得找个缝钻进去。我吞了口唾沫，不甘心地说道："行！我唬不住你，到时候沈头亲自审起你来，我就不信审不出你那些把戏！"

话刚说出嘴，我就后悔自己踩进了老孙激我的坑。老孙冷笑了一下，自然一下就明白了我刚才说的已经抓住他同伙的话，压根就是瞎吹。他仰了仰脖子，头一歪，没有再理睬我了。

赵爱国看到了我的尴尬，他挤出一丝笑来："敌特太狡猾！小王，还是等沈同志吧！"

我冲他点点头，没再说话了，转身走到旁边的椅子上坐下，伸手从赵爱国桌子上拿了根烟点了起来。

我们都一言不发地瞪了有半个小时，院子里看门那老头的声音便传了过来："那个小同志啊！瞎子我给你们领来了，是我扶他进来还是你们派人来接他啊！门口那两个台阶别把他给摔坏了！摔坏了就当不了兵了！"

赵爱国怪不好意思地对我笑笑："老陈就是话多了点，做事还是勤快。"

我也笑了笑，要旁边的战士出去扶人。

那位战士很快就扶着一个个子不高，但还算精壮的人进来，确实是个瞎子。我迎上去握住了他的手，把他扶到椅子上坐下："这个同志是姓崔吧？"

瞎子连忙要站起来，我把他轻轻按下。瞎子对着我笑了笑："是的，我是姓崔。"

"哦！"我点点头："当年国民党军队抓壮丁进汇龙山，你弟弟是不是被抓走了？他叫满伢子对吧？"

瞎子点点头："是啊！同志，你们是不是找到了我那弟弟？"

我抓着他因为激动而抖动的手："还不确定！崔同志，你弟弟的全名叫什么?"

瞎子回答道:"叫崔仕仁,仕官的仕,仁义的仁,这名字是专门找先生取的。"

"崔仕仁?"我重复了一遍,带回来的怪物手上刺的三个字是崔二满,难道不是瞎子那个用左手的弟弟?

我有点失望,可还是不死心追问道:"除了这名字还有其他名字吗?"

瞎子想了想:"我叫崔大满,这名字没找先生取,是我爹胡乱取的。我那弟弟却只有崔仕仁这一个名字。不过……"瞎子顿了顿:"不过我们俩兄弟相依为命的时候,他时不时对我说他这一辈子都要照顾着我这个瞎子哥哥,说我是崔大满,他就是崔二满。"

我一拍大腿:"对!就是崔二满,就是崔二满,没错的。"

紧接着我马上意识到自己又开始失态了,连忙正色下来,继续对着目瞪口呆的瞎子问道:"崔同志,你弟弟身上有刺青吗?"

瞎子又想了想:"我看不见,刺青是什么我眼睛瞎,本来就不知道是啥。我听我那弟弟说过,他自己在自己手臂上刺了自己的名字。"

"左手还是右手?"我追问道。

瞎子摇摇头:"这我倒不知道,满伢子是个左撇子,自己给自己刺的,应该是在右手上吧?"

我站了起来,把墙角那帆布掀开,拖出那个怪物有刺青的手臂,就是右手啊!

看来之前我们的推断是十有八九了,可我还是有点不放心,再次对瞎子问道:"你弟弟身上有什么标记没有?我是说痣或者胎记什么的?"

瞎子点头道:"有啊!他肩膀上有一个很大的黑痣。"

我忙掰起那具尸体往肩膀上一看,果然一颗很大的黑痣长在上面。瞎子可能也意识到了什么,他摸着椅子的把手站了起来:"这个同志,你们是不是找到了他!是生是死你可别瞒我,我……我……我可是想了他十几年了!"说完瞎子那双空洞的眼睛里流下了眼泪来。

旁边站着的战士们和赵爱国也都看到了地上那怪物尸体上的刺青和黑痣，但都没敢出声，不想告诉这个苦命人等了十几年的弟弟，已经是这么一具满身是血面目狰狞的尸体。我看了赵爱国一眼，他冲我摇摇头。

我再次朝瞎子跨前一步，又抓住他微微抖动着的手说道："你弟弟……你弟弟……嗯！崔同志，你弟弟确实被组织上找到了，不过他人在广西，以前的事都不记得了！可能……可能是当时被反动派抓去打仗受伤造成的吧！国家人口普查，就派我过来查查是不是你那被抓走的弟弟。"

瞎子面露狐疑："不会吧！你们怎么会想着找到这啊？"

我吞了口唾沫："是……是……是几年前去过你家的沈首长一直帮你留意了，所以派我过来和你核实一下！"

瞎子还是不放心："那沈首长自己怎么没来呢？他当年说只要帮我找到，一定亲自把我弟弟带回来的啊！"

我不禁语塞了，自己说瞎话也就这么点水平，还扯下去太容易穿帮了。可就在这时，角落里的老孙突然说话了："小崔同志啊！沈首长工作忙，自己赶不过来所以派小王过来的。再说了，你家崔二满在广西也已经找了媳妇生了俩娃，在那边安了家。你去想想，如果告诉他，他还有个瞎子哥哥在湖南，他一定会想方设法接你过去照顾你。你可得想明白了，他是入赘在人家媳妇那边，后半生又要养孩子，还要照顾你，那也太难了点吧！所以沈头考虑了一下，没有告诉他实情，你眼睛看不见，心里应该敞亮，应该能够明白沈头的苦心吧！"

瞎子这才放下心来，抓着我的手晃了起来："沈首长考虑得是，考虑得是！我只要知道他还活着就知足了，他还娶了媳妇生了娃，那是咱家的福气，咱爹咱妈在下面也能够安心了！对！对！不能让他知道有我这个哥哥，不能让他知道的。"

我们眼睛都湿润了，我冲老孙感激地点了点头，他白了我一眼，又合上了眼睛。我让旁边一个战士扶着瞎子出去，叮嘱要把他亲自送到家门口。

瞎子千恩万谢地出了门，往外走去。我看着他背影消失在已经慢慢暗下来的夜幕里，最后扭过身子来对着老孙说道："老孙，你也是个有血有肉的人，刚才那话我看说得挺好的，可为什么就是一条道走到黑，一定要跟着反动派一个鼻孔出气呢？"

老孙眼皮抖了几下，叹了口气，没有搭理我。我寻思着时间也差不多了，是时候赶回去了，便站起来和赵爱国还说了几句，然后让战士们押着老孙，我自己扛上那具怪物的尸体往门外走去。临到门口时，我又想起了什么，回过头来对赵爱国说道："今天发生的这些事情，绝对不能对任何人说，尤其是这个长相奇特的怪物的事，更是不能随便透露出去的。"

赵爱国也正色道："小王你放心就是了！我老赵之所以主持着易阳镇武装部的工作，就是因为红得彻底。再说我也是队伍里下来的，纪律我知道，你给沈同志说一声，我老赵这里，他尽管放心。"

我点了点头，带着他们往武装部外面走去。门口那传达室的老头又伸出了头来，对我大声嚷嚷道："瞎子那眼睛是不是治不好啊？"

我冲他笑了笑，没有说话，反正说啥他也不一定听得清楚。我把雨衣的帽子又戴上，口罩也重新戴到了脸上，接着让那三个战士把老孙挤到后排的中间坐着，我自己跳上副驾驶的座位上，朝着前方一挥手："回去吧！"

车启动朝着镇外开去，我所熟悉的一切快速地往我身后闪去。路上有一个小事我记得特别清楚，那就是经过我以前工作的紫江机械厂时，我看到了我们厂里当时长得最漂亮的刘翠香同志。她一头短发，正昂首挺胸从我旁边走过。当年她是我们厂里一干小年轻互相打趣时候，最喜欢说起的姑娘，长得白净，身材也特别好！可是她眼光很高，她的姐姐是嫁给了部队里一个军官，据说还是个连长，所以她的要求也是要找个部队里的，对我们紫江机械厂里的一干小伙都不正眼看一下。

而我们的吉普车从她旁边开过时，她停下了步子，对着我们望了过来，我看到她眼里是火辣辣的光，似乎对我们车上的几个人，射出的都是热情的眼神。我扭过了头，任凭这一幕消失在我身后。汽车继续往前开去，驶出了易阳镇，那是我最后一次到易阳镇，也是我最后一次离开了易阳镇。之后几十年的工作需要，我也有过几次机会在易阳镇周边经过，可始终没有回去过。到退休以后，也时不时回忆起家乡的一幕一幕，但是我多年的工作，早就注定了我不可能由着自己的感情随便转。因为我是沈头的兵，是守护着诸多秘密的特殊部门的兵，我的身份，叫做葬密者。

第十六章　我就是鬼面人

我们赶到陆总的营地时，天已经完全暗了下来。我把在易阳镇抓住了老孙的情况给陆总说了一下，接着对他问道："陆总，是不是你现在就亲自突击审一下他？"

陆总看了一眼蹲在旁边一言不发的老孙，然后对我摆手："你把这活还是留给你们沈头吧！我和他都是有分工的，我管行动这一块，他负责侦查，我不过是他的兄弟单位罢了！老沈做事有自己的计划，免得给他添乱。"

我点了点头，把雨衣脱了下来递给了旁边的小战士："那行吧！麻烦陆总你现在就安排人把老孙送上去呗！我还有任务要去接着干。"

陆总却拍了拍我的肩膀："小王，我帮你们沈头做个主，你现在直接带着老孙上去就是了！沈头要你晚上进林子里趴着，还不是为了抓个敌特吗？现在已经抓住了，还不赶紧亲自给你们沈头送上去。"

"不行吧！"我有点犹豫："沈头交代的事我总不能有头没尾吧？"

陆总摇了摇头："现在的情况我虽然知道得不多，但是形势复杂我倒是明白。你逮住老孙是个意外，也就是沈头计划里的变数，因为这个变数，老沈的这盘棋可能又要重新斟酌。有一点可以肯定，你带回老孙绝对是汇龙山事件的一个重大突破口。行了！沈头如果怪罪你就说是我下的命令，赶紧带着老孙上去吧！"说完他对着依然站在我身后的那三个战士挥了挥手："你们跟着小王同志押着这个敌特上山，记住！万一路上有什么情况，自己牺牲在所不惜，小王和这敌特的命必须要给我保证。"

　　那三个战士忙立正大声喊道："一定完成任务！"我见陆总都这么说了，不好再坚持，毕竟我自己也想第一时间把老孙亲自送到沈头手里，然后让沈头把老孙嘴巴撬开，听听到底这汇龙山里隐藏着一个什么样的秘密。于是，我把崔二满的尸体留在了陆总那里，领着其他人转身上山。

　　我们上山的路上还是没有出任何情况，陆总的担心有点多余，一路上两边站着那么多战士，高高举着火把端着枪，敌特胆子再大，也不敢冲出来明目张胆地较量。尽管这样，我还是把老孙的脑袋上套了一个麻袋，害怕被潜伏在林子里的坏人看到。

　　我们抵达山顶应该是晚上十一二点了，山顶上像白昼一样敞亮，围在外围的战士们都用树枝点燃当火把。

　　我对守着上山道路的战士点了点头，带着身后的老孙和那三个战士径直往山顶那个帐篷走去。刚到门口就看到了高松和大白蹲在地上抽烟说着话，大白先看到我，连忙站了起来对我说道："你怎么这么快就回来了？沈头说你要到明天早上回来。"

　　我冲他笑了笑，没有正面回答他，直接问道："沈头他们呢？"

　　大白往帐篷里面一指："他刚从下面上来，现在可能在小睡一会。"

　　我忙压低声音对他问道："下面怎么样？有发现吗？"

　　大白摇了摇头："屁发现都没！铁柱和疯子在下面指挥着，就是在挖泥巴，不过那小格子后面却是挖出一个通道，外面包着铁，里面是砖吧！现在还没舍得敲开看，还在挖下去看延伸到哪里！"

　　我点了点头，掀开了那帐篷的大门，往里走去。帐篷里点着三盏灯，应该都是用电池的吧？不是特别亮，可也够照明了。沈头四脚朝天地躺在沙盘上，看那模样确实累得够呛。飞燕居然也在帐篷里面，靠着椅子闭着眼睛，可能也睡着了。

　　我犹豫了一下，寻思着要不要现在就叫醒他们。我扭头看了一眼老孙，然后把他头上的麻袋掀了下来。老孙睁开眼睛朝四周看了一眼，接着又面无表情地闭上了眼。

　　我咬了咬牙，朝着沈头走上前去，推了推他肩膀，小声地喊道：
"沈头！"

　　沈头眼睛马上就睁开了，紧接着从沙盘上坐起来，看到是我，便嘟噜了
一句："这么快就回了！"紧接着他便看到了我身后的老孙，立马从沙盘上往
下一跳："怎么逮到的？好小子，沈头还真看走眼了，你小子还挺能耐的。"

　　飞燕也醒了！她脸对着老孙的方向，鼻头抽动了几下，接着站到了我和
沈头旁边。

　　沈头对着那三个战士挥了挥手："你们先出去吧！在外面守住门，没我
的允许，谁都不能放进来。"他的话刚落音，大白和高松便掀开帐篷的门走
了进来，看到老孙后，他俩的眼睛都一亮。大白张开嘴正要说上什么，沈头
却对着他挥手："你和高松同志也出去一会，等会有事我再叫你们。"

　　大白张大的嘴合拢了，表情有点失望，但马上又恢复正常，似乎明白沈
头在考虑什么。他往高松肩膀上一搭，搂着高松就往外面走。高松也没说什
么，扭头就跟着他出去了。

　　沈头拉出一张椅子摆到老孙旁边，老孙这一会也睁开了眼睛，他看了看
在场的几个人一眼，然后大大咧咧地往那椅子上一坐，眼睛就要闭上。

　　沈头没有搭理他，对我说道："你把你这次下山经历的事情给我原原本
本说一遍，说细一点。"

　　我看了老孙一眼，犹豫着要不要扯着沈头私底下说话。沈头自然看出我
在忌惮什么："说就是了！给老孙也听听，让他知道自己是怎么被我们无产
阶级的棒小伙给打败的。"说完他还拿出烟盒了，点上了一支往老孙嘴里一
插："别给我装死了，你这老家伙烟瘾也不小，抽根烟听听故事再说。"

　　老孙这才睁开眼，叼着那烟狠狠地吸了几口，望了沈头一眼，又朝我看
了过来。

　　我咬了咬牙，把自己从离开陆总营地，然后到山神庙发现埋着的衣物，
再到抵达武装部抓获老孙，以及之后让人把瞎子带回来确认了他弟弟尸体身
份的经过都说了一遍。沈头要我说细一点，我自然也把这过程中每个场景，

包括与人的对话都给他们说了个仔细。

沈头一言不发地听完后，眉头皱了皱，接着扭头对老孙说道："看来你心肠也不坏，关键时刻还帮小王圆了个谎，没有让人家瞎子知道他弟弟的噩耗。"

老孙把嘴里的烟头往外一吐，目光扭到一边，没有看沈头。

沈头笑了笑，然后走到老孙面前："咱现在就是拼刺刀了，你也没必要给我装死不吭声。你反正也做好准备等沈头我的手段。你们国民党对俘虏行刑逼供的那一套，我相信你比我都清楚吧！"

老孙扭过头来，看了沈头一眼："有啥把戏都使出来就是了，别这么多废话。"

沈头摇了摇头："手段呢，我们还真不会使，咱不是你们那一套。但是你也比我大几岁，道理比我知道得多，我和你好好聊一聊得了！"

老孙闷哼了一声，没再说话。

沈头盯着老孙的眼睛，语气很平和地说道："假如我没记错的话，你是有老婆孩子的吧？"

老孙脸色一变，猛地抬起头来对沈头说道："沈建国，咱一码归一码，几年内战，你们共党那么多高官的家属在家乡待着，我们可是从来没往家属身上动过脑筋的。再怎么卑鄙，也不能无耻到拿家人开刀，祸不及妻儿。"

沈头对老孙摆摆手："别激动，也别误会。我只是给你说道说道你和她们的以后，让你心里有个底罢了！"沈头伸手扯了条椅子过来，面对着老孙坐下："你是肯定回不去了，不管你交不交代，结果是肯定的。接着呢，你的家人面前有两条路，一条就是现在外人所知道的，你被部队上的同志客客气气地从大通湖农场接走了，可能是去帮部队执行一个秘密任务再也没有回来。他们的档案上以后就会把你的功过都给记上，你之前犯的错误问题本就不大，再加上你最后又是给我带走了，相信地方上还是会对他们有比较好的安排。而另外一条路，那就是我一五一十的把你是个敌特的事情反映过去，从此他们的档案上会怎么写，我想你也在位置上待了那么久，应该比我明白吧?"

老孙抬起了头,露出一个很不在乎的表情:"沈建国啊沈建国,我还以为你会给我一诈一唬地说些啥呢?你没觉得你这话说得很幼稚吗?我既然选了这条路,也走了这么多年了,你觉得我会害怕这些吗?"

沈头又笑了,再次掏出一支烟给老孙点上,继续道:"好了,后顾之忧我给你交了个底,咱现在就开始说说正经事了。"沈头脸色一变,瞪大眼睛冲老孙说道:"你刚才也说了内战这个词,你也明白你我始终是同胞,不可能像对小日本那时候那样干上。解放十年了,你觉得是现在的新中国强,还是你死死守着的那点信仰好呢?"

老孙也激动起来:"那还不是因为你们共党作乱吗?"

沈头对他眼睛一蹬:"可是国民党政府自己呢?老孙,你为了自己坚持着的信仰潜伏了十几年,说明你不是没有思想,没有主见的一个人。老百姓现在过得还不是很好,但比起以前呢?"

老孙也瞪大了眼睛:"少拿这些话老唬我,没用的!我也不妨和你明说,我老孙21岁加入军统,杀过小日本,带过队伍,从事秘密工作也不是一天两天。唱歌谁不会啊?从我嘴里撬东西,你们还没那本事。"

"行!你说到杀小日本,那么我问你最后一个问题!"沈头语气越来越重:"如果现在小日本又侵略到我们祖国来,就打到了我们汇龙山山脚下的话!那你觉得我会不会像你们当年一样,在大是大非的关键时刻把枪口对着自己同胞?还是我沈头会递给你一支枪,要你跟着我拼死一个鬼子赚一个呢?"

说完沈头猛地一下站了起来,把衣服的纽扣一扯,然后把上衣脱下往旁边一扔。他胸口上露出十几道狰狞的伤疤,沈头指着心脏位置下面的一个伤口说道:"我身上十几道疤,三个洞是被枪打的。内战那几年我就只多了这一个疤,其他都是小日本的杰作,可真正差点要了我命的就是这一个。八年抗战我挺过来了,依然是个顶天立地的中国军人,你呢?你身上有疤吗?是小日本送的还是我们的军队送的呢?"

老孙看了看沈头身上那些狰狞的疤痕，表情伤感起来："老沈啊老沈，你不要以为只有你们打了小日本，我当年也在刀尖上舔过血，也差点死在小日本的刺刀下！可那时候……唉！你我都是从抗日战争时期走出来的，别提那些了吧！"

"我必须提！"沈头放缓了语速："我身边死了很多战友，他们是为了咱祖国牺牲的。相信你也面对过那一切。新中国成立了，我们中国终于站了起来，所有的敌人在新中国眼里都是纸老虎，包括美帝有些想法，想要侵略朝鲜，咱的军队想都没想就打了过去。这才是一个有尊严有骨气的中华民族，这才是当年那些战友们临死前不肯闭眼希望看到的中国。那么，老孙，你觉得是现在我们这个强大了不再屈服的中国好？还是再次陷入内战，让帝国主义乘虚而入的中国好呢？"

老孙长长地叹了一口气："说这些有意义吗？我不是没想过，有时候情愿自己当年是死在小日本的枪口下，起码死得像一个军人。老了！有些东西在心里坚持了那么多年，不是你这么随随便便几句话就可以让我放弃的。"

沈头见他口气没有之前那么硬了，话语也柔和了起来："关你和处决你，对我们没啥意义。汇龙山现在你也知道的，出现的并不是黄皮肤黑头发的中国人，而很有可能是美帝或者苏修。这样吧！汇龙山里埋着一些什么秘密，对我们来说只是个时间问题，很快就会被挖个底朝天。所以呢，老孙，我答应你三个要求，至于哪些要求你不该提出来你自己也有分寸，就权当我们互换的条件。然后你把当年汇龙山里发生的一切一五一十告诉我，你觉得怎么样？"

老孙沉默了起来，沈头也没再说话，默默地看着他。就这样安静了快十分钟吧，老孙再次抬起头来，对沈头说道："我的要求都会比较苛刻，你可得想明白哦。"

沈头点点头："说吧！我做不到的我也会直接回绝你。"

老孙看了旁边的我和飞燕一眼："第一个要求是这案子结了后，我的情况不能报给地方上，我自己是生是死随你们处置。"

　　沈头"嗯"了一声。老孙吞了口唾沫："第二个要求是我只坦白汇龙山里的问题，以及附近县镇的，至于其他东西，我知道的本就不多，你们以后也不要再问。"

　　沈头再次点点头："行！这个我也答应你。"

　　"至于第三个……"老孙神色黯淡下来："第三个要求是如果要处决我，我的尸体请沈头叫人埋到北县的鸡公山上。当年……当年我带着三百个弟兄守那座山，可我自己却跑了。他们……他们全军覆灭。当时攻那山头的日军都感动了，张罗着附近的百姓上山给这群铁骨铮铮的汉子收个尸，好好埋了！而早几年我去那边视察工作时候听当地群众说……他们说……"老孙眼睛一下子湿润起来："他们说当时他们上山收尸，整个鸡公山上找不到一具完整的尸体，漫山遍野都是被打得稀烂的战士残骸，百姓们一起跪到了地上……"

　　老孙说到这，脸上眼泪鼻涕挂了一脸，看那模样是彻底崩溃了。沈头压根就没和他说道现在汇龙山的情况，扯出当年抗日的一幕一幕，让面前这个本应该被唾弃的敌特，重新回复了当年与日寇战斗时候，作为一个中国军人该有的尊严。

　　沈头也站了起来，对老孙正色说道："第一个要求绝对没问题，第二个要求我不逼你，以后你愿意说就说。至于你的第三个要求，我沈建国也以一个军人的那一股子血性对你保证，就算到时候我手下没人使唤，我自己也把你给扛过去，亲手把你埋在那儿！"

　　老孙听完闭上了眼睛，浑浊的眼泪大颗大颗地流了下来。我和一旁的飞燕心里也微微有点沉重。就这么沉默了几分钟后，老孙再次睁开眼睛，说出的第一句话却让我们吓了一跳，只听他说道："其实，当年被派来修建汇龙山里中美技术合作所的指挥官，不是别人，就是我——孙正红，我的真名是孙志刚……"

　　当时是 1946 年 4 月，我作为国民政府秘密战线的一员，被要求潜伏回北县，对家里人说自己抗日战争那几年，困在东三省回不来，现在小日本被打跑了，安心回家做个乡绅。可是回到家才过了半年安稳日子，上峰便派人来找我，要我给家人扯了个谎，赶到省城，然后给了我一个营的士兵，要我带队来汇龙山修建一个军事基地，以应对不时之需。之所以叫我回来带队，是因为我当年在军统的一个同僚官做大了，有意让我不再从事秘密工作，回军队里当个官舒服舒服。还一个原因，也是因为我是北县人，对周围地形熟悉，在汇龙山动土由我指挥比较合适。

我以前是戴局长下面的人，戴局长信风水迷信这些大伙应该都有听说，所以我们军统出来的人或多或少对这些有点在意。临出发时候，我就专门找了个风水先生，赏了他几十个大洋，要他跟我一起到汇龙山出这趟活。要知道移山动水，确实是有点讲究的活，一个不注意，就会有血光之灾的。

我们在汇龙山山脚扎营下来，然后我派了一些士兵去附近抓了一百多个壮丁回来。因为害怕抓回来的壮丁有认识我的，所以我在营地出入，都一直戴着一个青铜面具。下面的兵和壮丁私底下给我取了个外号，叫鬼面人，也是这个原因。

风水先生拿着罗盘跟着我们上了几次山，我们最初的计划是在山脚下找个隐蔽的位置开工，可当时上峰派给我的那个美国人参谋在看了汇龙山地形后，提出从山顶动土这么个办法，大门也直接开在山顶，这样以后如果基地真有需要的话，也能让直升飞机在上面降落。

可那风水先生跟着我们跑了几趟后，却扯着我神神秘秘地说："这山挨着大通湖，是一座王八山，王八要入水，在这里发呆。"

我对他那套深信不疑，连忙问他："那是不是不能动土啊？"

风水先生摇摇头："动还是可以的，但是必须在晚上开工，趁着王八睡着了后挖，这样王八不知情，每天醒来发现身上有一些小的变化不会在意。"

我自然是点头了，再说晚上开工也有好处，毕竟是建一个军事机构，尽量保持点低调不会错。我便和美国参谋商量了一下，和他自然没说王八山这些，免得人家笑话，就只是说为了保密工作需要。参谋也点了点头。

风水先生选了个好日子好时辰，是那月初一的子时，也就新的一轮月亮阴缺刚开始的时候。我要士兵和壮丁们早早的把山顶那块空地上的树都给砍了，然后那天晚上便上了山，等到午夜，由我亲自挖动了第一铲，接着大家伙都背着家伙，热火朝天地干了起来。

老孙说到这里时，我忍不住插上了一句嘴："不是听说你们当时都是围在空地周围，等着时辰一到开工，结果遇到了一些奇怪的事情那晚没有动土吗？"

之所以插上这句，是因为沈头之前给我说起过他打听来的那段故事，和老孙说的出现了矛盾，会不会是老孙在这里对我们说假话呢？

老孙也扭过头来看了我一眼，疑惑地问道："你怎么知道那晚后来没动土的？谁告诉你的？"

沈头却对我挥了一下手："没啥！老孙你继续说，小王别打岔了！"

老孙再次看了我一眼，接着说道……

那晚时辰一到，我们便开工了，山顶的土也肥，很容易挖开。我和美国参谋，以及那位风水先生一人坐了一个靠背椅，躺在那旁边聊天说话。可士兵和壮丁们挖了才一个多小时吧，一件奇怪的事情就出现了。

我记得当时我正眯着眼睛，端着茶杯喝茶，眼前的空地上士兵和壮丁们站得满满的，各自卖力地掘着泥。突然，我发现他们身边一下多出一两百个人来，就是那么瞬间多出来的，也是那么分散着站着，也是挥舞着手里的铁铲，对着地上挖去。

我手里的茶杯"啪"的一下摔到了地上四分五裂，我猛地站了起来，揉了揉眼睛。当时我的第一反应是我出现了幻觉，以为就我一个人看到了这些。谁知道我身旁坐着的美国参谋和那个风水先生也都猛地一下站了起来，张大嘴目瞪口呆地盯着前方的空地。

而正站在空地上忙活的士兵和壮丁们也都看到了身边的人，他们都停下手里的活，一个个眼睛瞪得像个灯泡，看着身边突然出现的这些挖地的人。接着我还认出了那些人居然都是洋人，都是长毛子兵。他们好像完全没有看到我们，依然大声说着我们也听不懂的话，挥舞着手里的工具，对着脚下的地挖去。

当时我记得，隔我最近的几个士兵不知所措地避开着那些毛子兵，可是毛子兵们自顾自地忙着，有个家伙还朝着我前面的一个士兵走去。那个士兵可能也是被吓蒙了，来不及躲闪。结果……结果我眼睁睁地看着那个毛子兵从我们的那个士兵身上穿了过去。对！就是穿了过去。

发现这一幕，我再次往整个空地望去，这次看得比较仔细，毛子兵们有很多人在出现的时候就直接是和我那些手下在同一个位置，也就是说是重合的。我当即肯定这是幻觉，出现的场景就是战争时期各地经常遇到的阴兵借道。我连忙张大嘴对着空地上的士兵和壮丁们喊道："都别动！都别动了！是幻像！很快就会消失的。"话是这么说，我自己心里却像打鼓似的，想着这汇龙山会不会是古战场的万人坑，咱动土惊动了冤魂，会要扑出来对我们使上手段。

在场的所有人听到我的喊话后，都停下了手，什么动作都不敢做，目瞪口呆地看着各自身边的毛子兵。我扭头去看我身边站着的风水先生，只见他也被吓得脸色苍白，嘴唇抖动着，一副不知所措的模样。我旁边站着的那个美国参谋却用我也听不懂的话小声嘀咕着，还伸出手在胸口划着十字。

我自己怕归怕，但当年还正当壮年，面对这一幕也没露出一个熊包的模样。再说我的脸被青铜面具掩盖着，面具上的表情非常狰狞，没人能看到我自己本来的表情。

我盯着面前这些幻象，手缓缓地往腰上的枪摸了过去。其实我心里明白，枪对这些幻象没啥用处，可当时就是觉得有枪在手里握着，心里没那么害怕。

那些毛子兵们继续往地下挖去，他们并没有选择在某一个位置专门使上力，却好像和我们的想法大相径庭，也是要把这些土挖开，把整个这块空地掏空一般。

时间一点一点过去了，他们不断挖着地上的泥土，还有些毛子兵拿来工具，把掏出的土往外围运。土一点点被挖开的同时，站在空地中的我手下那些伙计脸色越来越难看了。我不明就里，盯着他们望了过去，紧接着，一个非常不明显的细节被我发现了，而这个发现让我倒抽了一口冷气，甚至握着枪的手也不由自主地抖了起来。

因为……因为我看到了这块空地被毛子兵们挖啊运啊，按理说也和他们自己一样，不过是幻象啊。可是原本站在土上的我那些士兵们，他们的脚背上面，不知道怎么出现了泥土，也就是说他们看似一动没动的身体，实际上是在缓缓地往下陷。

本来我以为这种幻象不会太久，尽量别打扰这些可能是幽灵的毛子兵的行动。但下面站的人都是我的兵啊！我不可能真的眼睁睁看着他们消失在这块空地上吧！我咬了咬牙，正要对着他们下命令全部撤上来再说。可我话还没喊出声，我身边的那风水先生倒说话了："不好！阴兵逆袭，王八翻身，看来这一劫咱们躲不开了！要见血，孙长官，赶紧开枪杀几个人，用血把这些阴兵驱开。"

我猛地扭过头朝着他望了过去，心里无名火一下就冲上来了。要知道我虽然信点封建迷信，可当年也是个火爆脾气的军人。本来好好的一个建筑项目，就因为我听着这风水先生的话，等到这个时辰，结果遇到这么一出，之后下面的兵谁还敢在这汇龙山里动工呢？我又如何和上峰交代呢？

我牙一咬，把手里的枪插回到腰上，然后弯下腰，从我靴子里摸出一把长期带在身上的匕首，转身对着这个被面前一幕吓得全身发抖的风水先生冷冷地说道："那杀谁呢？这里都是老子带的兵，杀谁都不行吧！要不先生就委屈一下，帮咱驱下邪呗！"

说完我便朝他猛跨一步，一把抓住他的头发往地上一按，手起刀落，把他的脑袋割了下来，往旁边一扔。血溅到我的面具和身上，我那模样应该非常可怕，紧接着我一把抓起这风水先生没有头颅的身体，往空地中大踏步地走去，嘴里大声喊道："都给我来上一点阳气，给我吼得热闹一点！咱拿着这神棍的血赶走这些狗屁玩意。"

士兵和壮丁们的士气也一下被我吊了起来，都大声地吼了起来，骂娘的骂娘，鬼嚎的鬼嚎，本来就是一群年轻力壮的汉子，怎么能被这些摸不着、打不到的东西给折腾死呢？

我自己胆气也越发足了起来，一边挥舞着手里的尸体，让血洒得到处都是，一边对着士兵和壮丁们命令道："去边上集合！去边上集合。"

那些毛子兵还是自顾自地忙着，完全看不到也听不着我们这一出折腾。士兵和壮丁们也快速地跑到了边上挤得紧紧地站在一起，扭过头来看。很快，我便发现整个空地上就只有我一个人提着那具尸体在那儿发疯地吼叫了！可身边的鬼影们还是一个都没少，继续挖着下面的地。

我把那具尸体往地上一扔，寻思着这个时候，我如果不能做出点让兔崽子们彻底不再恐惧的事情，那接下来的工作根本没法开展了。于是，我麻着胆子站在空地上毛子兵的鬼影中间扬起了头，对着天空大声的哈哈大笑起来，一边笑着，我一边旁若无人地朝着大伙走去。

就在我快要走到他们身边的时候，我面前的那些士兵和壮丁们却再次瞪大了眼睛，指着我身后喊道："长官！快看！"

我连忙扭过头去，只见空地上的鬼影们突然扔掉了手里的铁铲这些工具，张大着嘴好像在大声叫，可是我们完全听不到他们在喊些什么。接着他们一起朝着空地另一边跑去，好像发现了什么。

我往前跑了几步，跳到了边上，从稍微高点的地方往他们跑去的方向望去。只见那边的地上不知道什么时候出现了一个大洞，而且好像很深，从那洞里几个白色的人影正在往外钻。

那一会月亮很亮，我可是看得非常清楚的，那洞里钻出的东西，和小王下午背到武装部去给那瞎子辨认的玩意一模一样。那些白色的人影钻出来后，眼睛放出红色的光，照着他们身边的毛子兵就扑了上去，那大张着的嘴里，尖利的牙齿好像开刃的尖刀，挨着谁谁就少了一块。

更多的怪玩意从那地下往外钻，毛子兵们最初还一个个往那边冲，像是要过去帮忙的样子，到发现怪东西那狰狞的模样，又看到了倒地的其他毛子兵后，全部扭头了，朝着我们这边跑来。

我终于忍不住了，对着身后的人大喊道："撤退！马上撤退。"说完我带头便往山下跑。

我们两百多号人连滚带爬地跑下了山，在山下架起了机枪，对准了下山的山路。那晚那个美国参谋一直没离开过我的营房，脸色到第二天天亮才有点血色。我自己也吓得够呛，所幸我那面具拦住了我的恐惧表情。

那一晚整个营地没几个人睡觉，没上去的人也都听其他人说了那晚发生的事。第二天我的副官过来对我说，士兵们昨晚把我这鬼面人吹得神乎其神，说我故意定在那个时候开工，就为引出山里的神怪帮忙挖地。而我杀那个风水先生到处洒血的场景，被他们传成了我故意的血祭，拿那先生来祭天，把我整个人传得好像是个能开天辟地的天神一般。

问题是我哪里是个天不怕地不怕的天神呢？我当天上午就要人开车，载着我赶回了省城，和我那以前的同事偷偷地说了这件事。对外人自然不敢说，免得说我动摇军心。我那同事皱着眉听完后，然后问我："还敢不敢回去继续建那军工厂？"

我拼命地摇头："我还是回去做潜伏工作吧！我可不想一条小命没死在战场上，反而稀里糊涂丢在汇龙山上。"

我那同事见我回答得那么坚决，也没再说话了！要知道国民政府的官员们，信迷信的人其实挺多，只是台面上不敢拿出来说罢了。

我在省城休息了两天，买了一些东西就回了北县，对家人和乡邻们自然还是说去省城探友办事。至此，我与汇龙山里那个军事基地项目分道扬镳。

不过，也不是说我对那之后发生的事情没有再打听，据说后来又换了个长官过去，那基地也还是开工了，可也就折腾了一个多月，军队就撤了回去。我当时寻思着恐怕是因为之后又出了一些古怪的事，所以工程停止了。然后就一直到了你们的军队快打过长江的时候，上峰把我和潜伏在汇龙山附近的人全部召集到了省城开会，会上就说了，我们汇龙山附近进行潜伏工作的人比其他地方都要多出一两倍，原因是汇龙山上有着一个目前还没有被查清楚的机密项目。可是当时我看了一下去开会的那些人，也就是之后这十年里和我有联系的特务们，一共就那么二十几号人，怎么说是比其他地方多了一两倍呢？

事后才知道，汇龙山的秘密是专人负责，有专门的特务负责维护与开展工作，具体是些什么人？这些年他们又干了一些什么？我就确实不知道了！包括下午在武装部小王带回的那个怪东西的尸体，居然被证实了是我当年派人抓走的壮丁，他又是怎么变成了那副模样？

老孙说完这些，找沈头又要了一支烟，然后神色比之前变得坦然了很多，朝我们望了过来。飞燕冷哼了一声："汇龙山的秘密是专人负责，具体是哪些人你就不知道了对吧？我看你压根就是装傻，不愿意交代彻底。"

老孙苦笑着摇了摇头："飞燕同志啊！我已经这么把年纪了，做人做事也不可能还那么留半手的。要不我就不说，要我开口说了，告诉你们的肯定就是我知道的全部。爱信不信吧！反正我知道的都已经说了！"

沈头朝飞燕看了一眼，然后扭过头来，对着老孙问道："那大刘是不是你们的人呢？你和他难道就没好好合计过，策划过什么吗？"

老孙却瞪大了眼睛："你说大刘？大刘怎么了？大刘难道也和我一样是潜伏下来做秘密工作的？"

沈头点了点头："说句实话，老孙，我真的不知道你现在说的一切是真是假。大刘已经潜逃了，就在我们的部队开进山来之前。如果你说的都是真的，那大刘难道就是负责维护汇龙山机密项目的特务吗？"

老孙叹了口气："沈头，你爱信不信吧！反正我刚才说的句句属实。包括我也可以给你明说，整个北县的特务网络，我就是为头的。你们去年捣毁的敌台，现场不是有三具尸体吗？他们也都是我下面的人，那个敌台的代号叫孔雀你应该知道吧？而我，就是孔雀。之所以你们逮不着我，原因就是我压根就不在北县，而是被送到了大通湖农场学习改造。"

"那谁是凤凰呢？"沈头死死地盯着老孙的眼睛说道。

老孙张开嘴就要回答，可他说话的同时，沈头也跟着他一起说话了，他俩异口同声地说道："凤凰就是负责汇龙山事务的那位主脑。"

第十七章　被埋着的活人

沈头说出了和老孙一模一样的话后，我和老孙都瞪大了眼睛看着沈头，我忙问道："沈头你早就知道了有专门负责汇龙山这个基地的特务部门吗？"

沈头淡淡地笑了笑，对我说道："不是老孙告诉我们的吗？"

"可……可你为什么和我同时说出一样的话呢？"老孙的表情也非常惊讶地看着沈头。

沈头再次盯上了老孙的眼睛："老孙，我也不妨和你明说吧！之所以我能带着这么个优秀的小组，专门负责查一些诡异事件，是因为我从小就有一个奇特的本领。这也是我现在相信你说的一切都是实话的原因。"沈头顿了顿，扭过头来对我说道："小王，这个世界上有一种人划拳从来不会输，你应该知道吗？"

我摇了摇头："没有这种人吧？"

飞燕却接话了："有的，沈头就是！"

沈头对飞燕挥了一下手，然后再次看着老孙，回到了正题："你早上和胡小品在一起的时候，不是挖出了昨晚那些洋鬼子兵埋的东西吗？那些东西呢？"

老孙还是傻愣愣地睁大着眼睛："你不是能猜到吗？为什么还要问我？"

沈头又笑了笑："我又不是神仙，我怎么能猜到呢？"

老孙自顾自地点点头："挖出来的是一具黑皮肤的女性尸体和几天前我们在林子里发现的那具被蛆虫啃光了的家伙的尸体。只是……只是那黑皮肤的女人没有人头。我当时带走的不过是其中那具腐烂尸体的人头，和另一具女人尸体身上的一只手掌。"

沈头"嗯"了一声，继续问道："那人头和手掌呢？"

老孙看了沈头一眼："都交给我了在易阳镇的手下，下山后我反正会把他们都检举出来，你们自己去拿就是了！"

我却朝前跨出了一步，对他问道："伍大个是不是你杀的？你当时为什么杀他？"

老孙叹了口气："我也不想伤他的，只是……只是谁让他四处乱看呢？那晚你和大刘去追那个黑影之后，我其实压根就没跟在你们后面，等你们跑远了，我就回到那具尸体的位置，想要从那家伙身上摘下些什么，回去交给手下带上去研究。可是当我到了那树下后，那具尸体却已经被放下来了，而那尸体周围居然出现了五六个穿着土黄色军装，带着银色肩章领扣的毛子兵。我被吓得不轻，赶紧躲到一棵树后面藏着，谁知道他们用那个降落伞的帆布包好那具尸体后，扛着就往我躲的那棵树下跑过来。我当时也是被逼得狗急跳墙了，只好硬着头皮爬上了树。照理说他们应该看到了我的，可不知道怎么的，在他们眼里的我像是透明的，他们大摇大摆地从我脚下过了，消失在林子深处。"

"就在我准备下树的时候，伍大个那小子就过来了，他应该没看到那几个毛子兵，他冲到之前尸体挂着的位置下方往上看。在他发现那具尸体不见了后，便到处找了起来。要知道我当时就躲在旁边的树上，如果他多找一会，绝对会要发现我，并对我产生疑心，质疑我不是本应该追在你们后面的，为什么一个人跑回来爬到树上来。我合计了一下，想着不如直接把他放倒，然后跑回去等你们回来，装作不知情就是。于是，我扯了根尖的树枝，然后从树上跳了下去，准备直接插到伍大个的胸口，可也是因为年纪大了，没以前那么灵活了，一个没站稳，树枝只戳进了他的大腿。伍大个当时也看清楚是我，伸手要推我，可是……可是就在那一会，我面前已经受伤的他，整个身体活生生的，在那短短的瞬间凭空消失了！是的！就是那么一瞬间，伍大个凭空消失了!"

老孙说这些话的时候,沈头的眼睛始终死死地盯着老孙的眼睛。到老孙把这一切说完,我本还有点半信半疑,尤其对他说到伍大个凭空消失那一段的时候。可是我看到沈头听完后却没有质疑,眉头紧紧地锁了起来,好像在思考什么?沈头有一个什么样的天生的本领,我也并不知道,只知道他说他能判断别人说的话是真是假。既然他现在也没有质疑这一切,看来十有八九老孙说的都是真的。

老孙自己最后也不断地摇头:"沈头啊!我比你虚长几岁,也是战场上一路走过来的,我给你们一个劝告吧!不要再尝试着挖掘这远山里的秘密了!忒古怪了!大通湖农场那两百个进来搜山的人现在都下落不明,你们不要整到最后,也和他们那两百号人一样,被外界发现全部消失在这汇龙山里,连具尸体都没剩下。"

正说到这,帐篷外面传来了喊话声:"沈头!铁柱同志要你赶紧下去一趟,有发现!"

我和沈头、飞燕都连忙站了起来,三下两下把老孙绑在那椅子上,然后往帐篷外面跑。在门口飞燕叫了几个士兵守门口看好老孙。大白和高松当时也在帐篷外面,大白一把跳了起来,追在我们后面就往那边跑去。

我们四个人一起冲下了那个地下的暗道,左右都挂满了不是很亮的灯,但很多盏微弱的灯聚在一起,也让那个地下世界形同白昼了。那扇被打开的铁门后,战士们已经挖了二三十米进去,看上去就像一个新挖好的防空洞似的。还有十几个战士却站在那个小格子的正前方,拿着铲子小心翼翼地挨着一个四方的如通风管般的东西掘。

铁柱和疯子双手叉腰,正站在这洞的最深处抬头往拦在他们面前的泥墙看,听见我们进来的声音后,他俩转过身来,铁柱对着我们说道:"沈头你快看看这里,有同志在这挖到了血!"

铁柱这话说得给人感觉特别不靠谱,在泥里挖出血?要不就是挖出了尸体,或者挖到了什么活物,怎么可能说挖到了血呢?

　　带着这疑问，我跟在沈头他们一起往铁柱指着的位置望去，只见那块泥墙上，居然还真有湿漉漉的血一样的液体，而且还在慢慢往外渗。沈头"咦"了一声，朝前跨出一步，伸出手在那血上抹了一下，往嘴里一放，紧接着吐到了地上："是人血！"接着他回过头来望着飞燕问道："什么情况？"

　　飞燕表情也很惊讶，她来回地晃着脑袋："不可能！不可能的！"

　　我追问了一句："什么事情不可能啊？"

　　飞燕又说了一句"不可能"，接着她闭上了她那双无神的眼睛，好像老僧入定般沉默了一会后，张嘴说道："沈头，这泥里有人，可是……可是这些人都没死！我能闻到活人的气息，可是他们怎么没有身体呢？对！就是没有身体，我只闻出他们的气息，但是感觉不到他们身体的存在。"

　　"没死？你是说泥墙的后面有人吗？咱赶紧挖下去不就可以了吗？"大白插嘴道。

　　"不！不能挖！"飞燕连忙摇头："我的意思是……我的意思是他们就站在这些泥里面，他们最少有一两百个人，全部都站在这些泥里面。"

　　"怎么可能？"我大声说道。身边的其他人也都一起摇头，包括沈头自己也露出不相信的表情。

　　飞燕往前跨了一步，手指准确地朝着正在渗血出来的泥墙上戳了上去，她戳上去的手指好像害怕按疼人似的，非常小心翼翼。然后她按了按后，又用手掌贴到了那堵泥墙上，感觉了一会后，扭过头来对沈头说道："沈头，你来试试，这泥上面有人身上的体温，虽然感觉这人濒死，可是温度还是有一点的。"

　　沈头闻言也用手掌贴了上去感觉了一会，最后回过头来："还真是呢？"

　　铁柱、疯子、大白也都上前贴了一下，我是最后过去的，在我以往的常识里，这种地下的泥土温度应该是凉凉的，甚至有点彻骨，可是用手掌贴在那个位置后，我真的感觉到了像是贴在人的皮肤上，或者应该说是贴在某个人受伤的伤口上，我还隐约地感觉到，那血流出的位置深处，有着大活人血管脉搏的跳动。

铁柱凑到沈头身边问道："还挖不挖？如果按飞燕说的这里面有活人的话，咱的铲子掘下去，那掘的可就不是泥了，掘的是人身上的肉。"

沈头迟疑了一下，然后看了我们几个人一眼："除了挖进去我们别无选择，我们都是革命军队的战士，都是无神论者。尽管我们的工作是要挖掘一些无法解释的东西，但是我们遵循的原则始终是客观与科学，只有继续探索下去，才能找出最终的答案。"沈头咬了咬牙，大手一挥："挖！有活人，就把活人给我挖出来！"

疯子一言不发的从旁边战士手里拿过一把铲子走上前去，接着挥舞着铲子，朝着那块泥给挖了上去。只见他那一铲子掘上去后，泥里的血往外渗得更厉害了，就好像是一个本来小小的伤口，被这一铲子彻底撕开了似的。可问题是，铲子带下的泥墙上的泥土里，除了泥什么都没有。

飞燕蹲到了地上，用手抓起那一把泥思考着，疯子却没继续挖了，扭头看着沈头。沈头看到这一幕也有点犹豫了，他紧锁着眉头没有出声。

我却突然想起了老孙之前说起的十几年前他带队，在这山顶挖地时候看到的那一幕，接着一个大胆的怀疑出现在我脑海里。我试探性地对沈头开口说道："沈头，我有个想法不知道当不当说……"

沈头扭过头来："说吧！现在这情况，各种质疑都是需要提出来大家一起分析一下的。"

我点点头，然后咬着牙对他说道："沈头，刚才老孙不是说起他当年带队看到过毛子兵的幻象吗？你记不记得他那段经历里有这么一个细节，就是当时那些站在空地上不敢动弹的士兵和壮丁们，自己并没有挖脚下的地，挖地的都是那些幻象里的毛子兵。可是老孙那些手下的身体却在慢慢往下沉，就好像是那些泥土真的被毛子兵给挖出来运走了似的。"

沈头也猜到了我的想法，他接着我的话说道："你的意思是如果当时老孙没有把那些士兵和壮丁叫上去，任由那些毛子兵一路往下挖，结果就会是他们的身体继续往下陷，甚至一直陷到这地底下。而在他们自己本身的世界里，泥土并没有被他们自己挖走，那么他们陷进来之后，他们甚至有可能还是大活人，埋着他们的泥土就是在他们自己眼里本不应该被挖出运走的泥土？"

我重重地点头："是的！沈头！"我回头往外面看了一眼："你看要不要我现在把老孙带下来！"

沈头又回头看了一眼那片渗血的泥墙，然后对我点了点头："把他带下来吧，看他有什么看法。"

我"嗯"了一声，扭头往外跑去。飞燕在我和沈头说这些的时候也一直用心听着，审老孙时候她也在，我们说的这些她可能也认可吧！于是她回头对着沈头说了句："我跟小王一起去带老孙。"然后她追在我后面跟了出来。

出暗道后我回头看了她一眼，飞燕可能没感觉到我的回头，她那双漂亮但是无神的大眼睛上，睫毛特别长，非常好看。我心里那一会感觉特别甜蜜，和自己心爱的女人并肩作战，这感觉特别好！

我们径直冲到了帐篷门口，三四个战士握着枪在那门口站得笔直。飞燕问了句："没人进去吧？"

战士们摇了摇头："看得紧紧的呢？蚊子也没飞进去一只。"

战士的话还没落音，飞燕却一下紧张起来，大声说道："坏了，出事了！"说完她一把掀开了帐篷的门，朝里面冲去。

我在她身后进去，眼前的一幕让我脑子里一懵。只见老孙带着那条椅子倒在地上，头歪倒一边，嘴巴张开着，里面全是白沫。

我俩忙跑上去把他扶了起来，对着他大声喊道："老孙！老孙！"

老孙居然还没断气，他眼神浑浊地看了我们一眼，嘴角往上扬了扬，接着用微弱的声音说道："我……答应的都……都交代了……沈头……沈头也……也答应我的。"

说完他手脚抽搐了一下，身子一软。

我和飞燕紧皱着眉头对视了一眼，接着一起站了起来，往门口走去，掀开帐篷的门后，我瞪大着眼睛对着门口站着的战士问道："你确定没人进来吗？"

那战士见我表情挺严厉的，也愣了，紧接着站得笔直地说道："绝对没人进去过！包括帐篷周围我们也安排了人转了，绝对没人进去过。就算是沈头下面的人要进去，也被我们给拦住了！"

"沈头下面的人？谁？"我连忙追问道。

"就是那位老同志啊！之前和白同志在门口吸烟说话的那个！"

高松！我一下想起了在我们几个人火急火燎往下面跑的时候，本来和大白一起的高松还真没有跟在我们后面，我记得他当时就是蹲在帐篷外面的，可我们那一会谁都没在意罢了。

"他进去了吗？还是刚进去就被你们叫出来了？"飞燕沉声问道。

那战士拼命地摇头："他没有进去，他掀开帐篷的门帘，就被我们制止了。老同志也挺配合，连忙说不给进就算了！他说他只是想找个地方休息一下。"

"他人呢？"我追问道。

"在那辆卡车上睡觉啊！"小战士朝着旁边的卡车上一指。

我二话没说，一把拔出了枪朝着那辆卡车走去。当时的人本来就疑心病重，总喜欢怀疑这个怀疑那个，再加上沈头自己也说了目前情况特复杂，老孙之前坦白时也交代了这附近潜伏的敌特比其他地方多一两倍。高松和老焦出现在汇龙山里本来就有很多疑点，照目前的情况看来，高松之所以没有跟在我们身后追下去，就是因为他惦记着老孙，逮着我们都不在的时候，对老孙使上了什么手段。

我一把跳上了那辆卡车的后箱，后箱里还放着一些物质，高松居然真的就在里面，正躺在两个箱子上闭着眼，看模样好像是睡着了。

我望了一眼车下面的飞燕，她对我点了点头。我一咬牙，把枪往腰上一插，一把掐住了高松的下颌，紧接着另一只手的手指往他嘴里面抠去。高松也被我这么突如其来的一下折腾给弄醒了，紧接着连忙挣扎着，喉头里"呜呜"的乱响，好像是要问我要干什么？

我没有理睬他，把他脑袋往那箱子上按得紧紧的，手指在他嘴里一通乱抠，抠得他都要呕吐了。可是这老家伙嘴里什么东西都没有。

就是因为什么东西都没有，更加让我对他的怀疑放大了——这个老特务压根就是把自己嘴里的毒胶囊趁着掀门帘的刹那扔到了老孙的脚边，而老孙看到后扭到了地上，服毒自杀的。

我松开了高松的下颌，接着把他一把提了起来。高松个子本来就不高，又是个长期营养不良的老头。而我当时正是年轻力壮，所以提他好像提小鸡崽子似的。我把他拖到了卡车边上，然后把他往下一扔，对着旁边的战士大声吼道："给我把这敌特捆起来！"

旁边的战士连忙冲了上来，三下两下把高松按住，然后用绳子捆了起来。我瞪大着眼睛，努力装出之前沈头审老孙的气势，对着他大声地吼道："说！是不是你投毒给了老孙。"

高松却满脸疑惑，那表情装得好像特无辜似的，他扭头看了看我身边的飞燕，接着对我说道："小王，你们这是干吗啊？我怎么完全不明白你的意思？"

"不明白？"我死死地盯着他的眼睛，心里也暗暗地打好了底稿，模仿沈头审老孙的节奏，总结出了些条理，接着故意把语速放慢，对他说道："高松啊高松，我们几个人出帐篷的时候你为什么没有跟上我们呢？你就是在等这个机会吧？"

高松忙摇头："我真的不知道你在说些什么？你们都是部队上的同志，我不可能啥事都跟着你们，审老孙的时候沈头不是就故意把我支开吗？我寻思了一下，自己也确实不应该那么多事，有些秘密咱一个地方上的干部不方便知道太多。"

我一下愣住了，觉得他说的也好像挺有道理，我扭头看了飞燕一眼，飞燕可能也感觉到我有点不知所措了，她对我小声说道："我去叫沈头上来吧！"说完她往空地那边跑去。

我一下觉得自己很没用一般，感觉特狼狈，很明显高松掀那门帘是对里面的老孙动了什么手脚，可是就不知道怎么揭破他。

我恼羞成怒，对着高松跨前一步，指着他鼻子再次大声吼道："你嘴巴还挺硬的啊！一点都不老实。你觉得我会相信你的鬼话吗？那我问问你，你掀开那帐篷的门帘时干了些什么？"

"我就是想找个地方睡一会啊！"高松小声地回答道。

"睡个屁！你就是在对老孙投毒。"吼完这句话，我无名火涌上心头，气不打哪里出了，一把捏紧了拳头，对着高松的脸上就来上了一拳。

高松却也对我瞪大了眼睛，好像非常气愤似的："你打就是了！我革命这么多年，档案上没有过任何污点！你一个小年轻，凭什么说我是敌特？凭什么说我投毒了？你有证据吗？你能说个一二三出来吗？"

我更加气愤了，再次扇了个耳光上去，然后对着旁边的战士喊道："这家伙不老实，给我打！"

旁边的两个战士犹豫了一下，接着抡起膀子就对着高松脸上拳打脚踢起来。高松这狡猾的老特务牙齿咬得紧紧的，死死地盯着我，硬是没有喊一声疼，到最后他剧烈地咳嗽起来。

"住手！"沈头的声音从我背后响了起来，我一扭头，只见沈头对我瞪大着眼睛骂道："谁让你们打他的？"

我退后一步，张嘴说道："他……他不老实！"

"不老实就能打吗？这不是和反动派的那些伎俩一样吗？"沈头毫不客气地对我劈头劈脸地骂道。接着他看了看地上的高松，然后扭头往帐篷里走去。他身后跟着的飞燕也三步两步追了上去。

我站在那儿感觉特别尴尬，说实话，这几天自己的表现还挺不错的，沈头应该对我非常肯定了。可自己这毫无城府的小心眼，太过急于求成，逮着有可能投毒的高松后恨不得马上就审出他的问题，好在沈头面前更加有面子。这倒好，问题没审出来，还被沈头骂了一顿。

正想到这儿，飞燕突然掀开了帐篷的门帘对我喊道："小王，沈头叫你。"

我连忙跑了过去，钻进了帐篷。沈头蹲在地上看着老孙的尸体，见我进来，表情还是很严厉的模样，声音却放得很低："高松知不知道老孙已经死了！"

我愣了一下，接着突然想明白了：对啊！高松如果是投毒的敌特，那他也只是在那门帘掀开的瞬间扔出了毒药，绝对没有看到老孙有没有吞下去啊！

我忙对沈头摇头，也压低声音说道："他还不知道！"

沈头"嗯"了一下，从地上站了起来："王解放同志，你刚才的问题咱回去了再说！现在你跟我一起出去，千万不要让高松知道老孙已经死了。"

我点了点头，然后我们三个人一起往外面走去。

高松已经被那两个战士从地上扶了起来，还在大口地咳嗽，见我们走到了他面前，他憋红了脸，强压着自己没有继续咳了，对着沈头说道："沈建国同志，这里面绝对有误会！"

沈头阴沉着脸："是不是误会你自己心里有数！多亏小王和飞燕两位同志回来得及时，否则老孙刚才就咬到了地上的毒药了。"

高松一愣，紧接着表情又恢复正常，对着我说道："幸亏老孙没死，如果他死了，我在小王这儿，还真跳进黄河也说不清了！"

沈头没等他话落音就打断道："别去拿小王说事！现在老孙已经对我们说了投毒的人是谁！现在我还来问上你这么一句，你是自己交代还是要和老孙对质。"

高松还是不敢看沈头，语气却挺硬的："我可以和他对质啊！这种老狐狸，潜伏了这么多年的老特务，已经被逮住了还想要挑拨我们，他想都别想！"

沈头好像被他这义正辞严的腔调唬住了，他沉默了一会，最后对着旁边的战士挥了挥手："松开高松同志吧！很多敌特除了嘴巴里有毒药，衣领上也藏着毒药的，可能是当时我们没有人在里面，老孙咬开了衣领里的毒药自杀的。"说完沈头又对着高松说道："老孙已经死了！小王当时在气头上，你别和他一般见识。"

　　我眼巴巴地看着那两个战士给老孙松了绑，心里感觉特别委屈。可是沈头已经说了要我别乱说话，我怎么好继续对高松逼问呢？

　　我不敢看沈头，扭头望了望飞燕，飞燕的脸对着我这边，那表情非常镇定，好像对沈头做的任何事情都有着自信一般。看到这一幕，我心也微微宽了点，暗地里想着，接下来我私底下盯紧点高松就是，这老家伙别让我抓住小辫子就是。

　　沈头从裤兜里扯出一条小毛巾，抹了抹高松脸上的泥，然后对高松说道："下面有一些发现，你跟着我们一起下去看看吧！你在易阳镇这边待了这么多年，看能不能帮忙发现些问题。"

　　高松"嗯"了一声，和沈头肩并肩往空地中间那暗道走去。我低着大脑袋跟在他们身后，冷不丁地看到和我并排的飞燕一只手居然搭在腰上的枪套上，好像随时就要拔枪似的。看到这一幕我一下明白过来，沈头肯定并没有对高松放弃怀疑，相反的，他这是在放长线钓大鱼。飞燕跟着沈头时间比我长，她肯定是摸透了沈头的意思。

　　意识到这一点后，我再次抬起头来，面前沈头的背影越发高大起来。

　　我们再次进入地下，快步走到了那一堵渗着血的泥墙前。铁柱和疯子、大白三个人站在那小声地讨论着，见我们身边还带着灰头土脸的高松，三个人都一愣，但很快就恢复了正常。沈头指着泥墙对高松说道："我们现在的进度就是挖到了这个位置，泥巴里冒出了鲜血来，不知道接下来要怎么办了！你是这块地区的老同志，说说你的看法吧？"

　　高松受宠若惊地点点头，上前盯着那泥墙看了一会，然后对着沈头摇了摇头："我只是在地方上工作得久，也没参加过什么侦察部门，要我说出点看法还真理不出思路，可惜老焦没了，要不他应该可以谈点看法的。"

　　沈头"哦"了一声，然后扭过头望向了旁边那个被战士们挖出来的连着那小格子好像管道似的玩意说道："看来我们只能寄希望于这个玩意了，不知道他到底延伸到哪里？真想一锤子捶开看看里面啊！"

　　高松闻言也望了过去，接着点了点头："可以捶开试试啊！"

沈头"嗯"了一声，然后突然猛地对着高松吼道："要不你亲自给我们捶一下吧！看看会不会把你一起炸到天上去？"

高松一愣，往后面退了几步，背靠着泥墙露出惶恐的表情："你……你们都知道了？"

沈头脸拉得老长："你说呢？这个管道里面是炸药和纯氧，外围包着的是铁壳，只需要一个火星就会爆炸，不管是用捶开还是锯条，都无法保证不会产生火星。这一切老孙都已经交代了。"

高松这才彻底崩溃了，他一张脸变得雪白："我就知道姓孙的没有坚持住，沈头你刚才故意对我说老孙已经死了，其实就是想迷惑我，他小子肯定是把一切都交代了！"说到这高松又突然瞪大了眼睛："沈建国你个王八蛋，你挖坑套老子！姓孙的他压根不知道管道里有什么的，他连这个地下基地都全部不知道！"

沈头冷笑了一下："他不知道还有别人知道啊！高松啊高松，你不要以为就你们有人潜伏在我们的队伍里，我们就不会有人在你们的队伍里吗？说！你是不是就是凤凰？"

高松脸色反倒平和了一些，他冲着沈头笑道："看来你又想套我了！"

沈头冷冷地说道："知道老孙为什么妥协吗？汇龙山里隐藏的一切对于我们只是时间问题了，他坚持下去没任何意义的。同样的，这个结果你也应该心里有数，你自己说出来少受一些罪，否则的话……"

高松却挥了挥手："不用给我说这些！我已经暴露了，我可以全盘交代，但是有一点必须让你们明白，我放弃自己的坚持不是因为你们，而是因为老焦！"高松的表情黯淡下来："我和老焦两个人在这汇龙山待了这么多个年头，对于我，无非是执行自己的任务，守好这座古古怪怪的山，等着委员长反攻成功后，再来彻查这边的一切。而他……他不过是傻傻地想要挖出汇龙山的真相，用来贡献给你们的新中国。我和他聊过了太多太多，他是真的不求名不求利，就是想要为国家作点贡献，挖出汇龙山里的问题来！唉！可惜，这么个好的同志，就这么走了！"

大白闷哼了一声："你是他的同志吗？"

高松白了大白一眼，继续正色地说道："让我现在背叛自己当日的誓言，凭你们一朝一夕是难的，可是老焦……老焦是用这么多年的那种执着软化了我。"

说完他对着沈头挥了挥手："想要进去吗？想要进去让这个丑鬼叫我一声爷爷！否则我马上咬舌。"说完他对着大白一指。

大白愣住了："你……你这是什么狗屁要求啊！"

我忍住笑，也猜出个分寸来，之前沈头给我说过大白这人为人处世上有点问题，看不起人，可又喜欢装着很客套，话里面却时不时露出自己的本质。之前他和这个高松蹲在帐篷外面抽烟说话，肯定损了对方什么吧？高松以前也在新中国的政府部门做过领导，肯定受不了大白那一套，他现在已经决定老实交代了，赶在自己还有一点本钱之前想要恶心大白一把，这心态也忒有点孩子气了。

沈头嘴角往上微微扬起，接着居然直接扭头对大白说道："叫吧！算为了革命付出的。"

大白脸上青一块紫一块，哭丧着脸对着沈头说道："这……这敌特我看就是欠揍……"

铁柱也忍不住笑了："叫吧！别因为一些小问题影响工作进度。"

大白看了看我们，然后好像下了很大决心似的，对着高松小声喊了句："爷爷！"

高松哈哈大笑，然后把目光从大白移到了沈头脸上："这地下本来就没有建成任何建筑，我们当年也遇到了很多奇怪的现象，不断看到莫须有的幻象，尤其是在这块空地上是最邪乎的。不过，我现在倒是可以带你们走另外一条路进去，那条路就连着这个管道！"说完他用手指着我们脚边的那个好像通风管道般的玩意。

大白又出声了："你要我们怎么相信你的鬼话呢？万一你使上什么小心眼，带我们进你们敌特的埋伏圈呢？"

高松对着大白哼了一下，接着说道："埋伏？我们现在还有几个人？能伏击你们这么大的部队呢？再说，我们在汇龙山留下的最后一股力量也就是之前你们看到的那些人形生物，不也是被你们杀光了吗？你们不会胆子小到害怕了吧？"

沈头却点了点头："高松，我相信你的话！你现在带路吧。"

高松"嗯"了一声，然后朝着暗道外走去，走了几步后，他突然扭过头来对沈头问道："沈头，你给我说句老实话，你们是怎么知道这个管道里压根就是个炸药？知道这事的人不多，老孙绝对是不知情的。"

沈头犹豫了一下，接着回答道："其实你也猜到了，我之前说的话不过是套你的。但是这管道里有着什么，我们却是可以肯定下来的。至于原因吧，"沈头扭头看了看飞燕，接着微笑着对高松说道："我告诉你我们是靠嗅觉确定的，你信吗？"

"信！你说啥我都信！"高松哈哈大笑："我反正是已经完了！现在反而豁达了，心情舒坦了！没心思来怀疑你们分析你们的一切了！"说完他大笑着往外走去。

我和铁柱、疯子、飞燕以及大白都跟着他们出了暗道，高松自顾自地在前面走着，往林子方向走去。铁柱和飞燕在后面叫了一个战士小声地交代了几句后，然后跟过来一二十个战士。我们跨过警戒线，朝着的方向又是悬崖那一边。我心里暗想着：看来咱从一开始就找错了方位，可能真正的大门压根就不是在这山顶，而是在那悬崖位置，也就是之前我和飞燕被困的那个地洞。

就在我们走进林子才十几米远的时候，身后空地上的战士们突然大声喧哗起来，紧接着距离我们最近的几个站在林子与空地交界处站岗的战士对着我们大声喊道："沈头，快过来看！"

我们也都意识到出了什么变故，连忙转身往空地跑去。铁柱一只手稳稳地搭在了高松的腰带上。

当我们冲出林子的一刹那，我们瞬间呆住了，在我们面前出现的一幕让我毕生难忘，不恐怖，也并不血腥！但是在那月光下，在当时那场景，看到当时那画面，别提有多瘆人了！

只见在我们面前的那一块巨大空地上，出现了一两百个人影，他们或站着或坐着，自顾自地说着话，看模样是在休息一般，可他们嘴巴张着合着，却没有发出任何声音！他们中间很多人的身体与空地中间战士的身体重合着，与空地上的那两台挖掘机以及卡车是重合的，就好像整个空地是放电影的幕布，而他们都不过是投影到这块幕布上的影像罢了。

让我惊恐的并不是这一切，而是……而是他们的身体并不是站在被我们掀掉了石头的泥土地上，而是悬在半空中，好像他们脚踏着的地面就是没有被我们挖开的那个石头地。他们身上穿着的衣裤……竟然是……竟然是大通湖农场学员的制服，甚至其中好多人还是我认识的。

我头皮发麻，后背上全是汗，结结巴巴地对沈头说道："沈……沈头，他们……他们是大通湖农场的人，他们可能就是失踪的那两百个学员。"

沈头好像没有听到我说的话，又或者是面前的一幕让他对于我说的话完全没有在意了。他自己也张大着嘴，盯着面前这一幕。有一点可以肯定，这一切和十多年前老孙带着国民党军队和壮丁开工那晚出现的情况一样，这一切都只是个幻象。可是……可是为什么我们看到的幻象会是大通湖农场的那两百个失踪的学员呢？他们现在这场景，会不会就是几天前他们进入汇龙山失踪前真实发生过的呢？

空地里的战士们也都懵了，刚从地下跑出来的战士看到这一幕，直接就不敢动弹了，面带惧色地看着身边这些完全不可能存在的人影。沈头终于晃过神来，他对着空地中间的战士们喊道："全部离开空地，到树林边上来。"

战士们依言往旁边跑去，就在他们跑动的同时，中间那一两百个人影突然张大着嘴，好像是在惨叫，接着很多人被抛到了空中，还有些人的身体好像被炸开般裂开了！更多的人却是往下坠去，是的，是往下坠去，好像空地中间的地面在他们的世界里突然塌陷了，而他们就是往那塌陷的深坑里摔了进去。

"是爆炸！这里发生了爆炸！"铁柱非常肯定地说道。

飞到空中的人影也往下坠落了，他们的身体也并没有落在地面，和那些往地下面摔进去的人一样，直接消失在我们面前这块空地的泥土里面。几分钟后，本来人影满满的空地上，一下就空了，只有几个还没来得及跑到树林边的战士傻愣愣地站在那，可能也是被这一切吓蒙了。

站在我们身边的高松脸色一下变了："是管道里的炸药，是管道里的炸药爆炸了！"说完他往前跨出一步，紧接着又往后退了一下，对着还站在空地上的那几个战士大声喊道："赶紧走开！赶紧走开啊！"

那几个战士一愣，接着抬起步子就往旁边跑。很快，整个空地上一个人影都没有了，这一块空地像一个被狼刨过的坟山一般，越发阴森起来。紧接着，只听见地下轰隆一声，空地的地面往下塌陷下去，陷下去有二三十米，好像里面有个真空的空间被毁灭了一般。

"炸了！他们终于把这炸了！"高松脸色苍白，喃喃地说道："这一切永远都不会被揭晓了！永远不会了！"

第十八章　凤凰的供词

我的心往下一沉，我们千辛万苦地走到现在这一步，一切真相看起来都将揭晓了！想不到这空地的地面会突然爆炸。高松在我们身边自言自语般的言语，让我感觉更加绝望。连他都这么说，看来真相真的伴随着这爆炸声后要销声匿迹了。

我呆了好久，身边的其他人也都没有动弹，相信他们心里想的和我一样。终于，沈头最先打破了沉寂，他扭过头对着高松说道："你是不是就是专门维护汇龙山里机密的特务？你到底知道多少？而现在这次爆炸，是不是你的人干的？"

沈头这接连着的几个疑问句愣头愣脑地抛向了高松，我明显感觉到沈头自己心里也没啥底了，只能把全部希望寄托在手里这个高松身上。

高松面无表情地扭过头，呆呆地看了沈头一眼："就算我现在告诉你，我是负责汇龙山事务的又有什么用呢？我们的军队当年忙着内战，没有那么多闲工夫调查这一切，撤回台湾后，工作重点更加不会放在这种诡异事件上。"

沈头点点头，接着对铁柱说道："你们赶紧指挥战士们清理一下现场，看看损失大不大！可惜了那两台挖掘机，想想办法弄上来。"说到这，沈头又看了疯子一眼："你也留下来吧！尽量保证损失最小化。"

接着沈头对着旁边站着的战士们喊道："来一个排！跟我走一趟。"

战士们连忙集结好，脸上的表情都非常慌张，看得出都没有从刚才那一幕中走出来。沈头自己走到了高松身边，对他说道："我们就继续吧！你不是说还有其他的通道吗？咱现在就过去，就算有最后一点希望也要试试！"

高松点了点头，转身再次往悬崖方向走去。我和飞燕、大白三个人见沈头没有布置我们跟着疯子留下，便也在他和高松身后往林子里走去。我心里有很多问题想要问高松，可是又不敢多嘴，再者，我也真不知道自己要问些什么，只是觉得太多古怪，满头雾水，勉勉强强能把各个线索拼凑到一起，可是又始终模糊。

沈头还是沉住了气，他和高松走在最前面，高松不吭声，沈头也不发问，好像在和高松较劲似的。

让我没有想到的是高松还真憋不住了，他小子之前也说了不会再坚持，要把一切都交代清楚，某些秘密在他心里憋了十几年，可能也憋得难受吧？他扭头看了我们后面这些人一眼，然后对着沈头说道："我不知道你们这几天自己查到了一些什么？但是这汇龙山出现的幻象里的毛子士兵不止一股，你们应该也知道了吧？"

沈头"嗯"了一声，没有接他话，好像知道高松会一五一十交代似的。高松见沈头这个模样，便也住了嘴，大白就忍不住了，朝前追了几步："你说半截留半截干吗啊？赶紧一五一十交代呗！"

高松白了大白一眼，然后又去看沈头，沈头却冷冷地说道："我现在最关心的就是谁是凤凰！你真要交代，直接从凤凰开始吧！"

高松一愣，但很快就缓了过来："沈头，之所以我这么干脆就选择了交代，原因也很简单。小特务最后的结果是拉去枪毙，但特务头子的作用就不小了，相信还能多活几年。实不相瞒，我就是凤凰。"

沈头"嗯"了一声，接着说道："其实我早就猜出来了！如果我没猜错的话，你们还有个特务是个老中医，而且是个神棍。"

高松瞪大了眼睛："你怎么知道的？"

沈头回头看了我一眼："小王和我说起过古场长当时要他们进入汇龙山来，其实是要找凤凰蛋的。老孙已经是被关押在大通湖农场的学员了，没有太多人身自由，于是你们设计了一个需要凤凰蛋做药引的阴谋来让古场长上当。老孙也不傻，听了古场长私底下的交代后，自然明白了这找凤凰蛋是什么意思。所以，在小王对我说了古场长那个小秘密后，我就想到了这凤凰蛋很可能是和敌特凤凰有关系。到最后老孙坦白了凤凰是负责维护汇龙山里的秘密时，我更加确定了，敌特凤凰，原来压根就不在地方上，而是守在这汇龙山里一直没走过。老孙那次上山的主要目的，就是要来联系上你！"

高松苦笑了一下："看来你们要挖咱们，真正动上脑子的话，我们这些潜伏人员确实也无处遁形啊！没错，我就是凤凰，我几年前之所以在易阳镇工作，其实就为守着汇龙山里的秘密，不想让你们插手进来查。胡小品案之后，我明白了凭借我们这么几个人，要想捂住这一切真不太可能了，汇龙山里的幻象还是在不断出现，难保下一个胡小品不会出现。而最好的办法，其实就是我自己躲在这山里，一旦发现有人起疑直接想办法灭口。"

"那老焦呢？老焦也知道这些吗？"我插嘴道。

高松摇了摇头："老焦啥都不知道！嗨，不说他了！我给你们说说当年在汇龙山里建造军事基地的整个经过吧！老孙知道的那些你们应该已经听他说了吧，而在他当年走了之后，接下来发生的事情，其实并不是很复杂，但也是因为不复杂，看上去非常简单的情况，却让人更加感觉恐惧……"

鬼面人老孙遭遇了那晚的恐怖经历后，撒腿就跑了，再也不肯回汇龙山。军部也听说了一些东西，于是专程从重庆调过来一个外号"鬼见愁"的家伙负责汇龙山建设项目。鬼见愁是个独眼，剩下的那只眼睛很大，眉毛也浓，出了名的大胆不怕邪，军部认为，这种人才是真正能派上用场，将在汇龙山里大张旗鼓干上一场的人。

鬼见愁到了汇龙山山下的营地那天，就当着那几百号兵和壮丁的面，毙了几个喜欢传那晚诡异事件的家伙，然后独眼一瞪，大声说道："党国需要达成的目的，务必赴汤蹈火。目前并没有遇到困难，就算有，也不过是一些神棍的伎俩。"鬼见愁挥了挥手，手下挑出一筐大洋，他对士兵和壮丁们夸下海口："能赶在计划进度之前完成汇龙山军工厂项目，这一筐大洋都是大伙的。"

当兵的本就是草芥命，尤其为当时的国民政府卖命的，还不是图个钱。之前那晚发生的一切，本就没伤到士兵和壮丁一分一寸，大伙自己一想想，寻思着不过是场幻象，似乎也不是多大个事，便也都沸腾了，当天就再次上山开始挖地。

汇龙山便热闹了几天，在鬼见愁这种土匪出身的头头带领下没日没夜地挖，一门心思想要把这军工厂早日建成。而我，也是在汇龙山开工的第七天，被派到的汇龙山协助鬼见愁工作。

可紧接着发生的事情就有点玄乎了，参与建造的士兵和壮丁在山上出现了失踪事件，而且绝对不是做了逃兵。好生生的一个人，你这一眼瞅上去的时候还在，满头大汗地忙活，可你一扭头，人就不见了，连地上的脚印都还清清楚楚的在。

鬼见愁自己没有亲眼见，始终说那些人都是逃跑了，说要逮回来直接正法。可接下来，那些毛子兵的幻象居然又出现了，不同于之前老孙带队开工第一晚的阵仗，一出就是两三百。而当时出现的是零散的，时不时这边的士兵汇报说看到了三五个端着枪的毛子幻象四处转，那边的壮丁又说看到了七八个毛子兵好像被人追赶一般四处跑，还对着空气打枪。半个月下来，类似的报告有十几次，但是人员伤亡却没有过，就是稀里糊涂少了几个人。士兵失踪这码子事，在当时国民党军队里本也常见，逃兵特别多。士兵和壮丁们慢慢也疲了，看到了也不再那么害怕，只是说这汇龙山阴气重，可能下面埋的死人多。

鬼见愁还是那句话：老子没有亲眼看到，谁和我扯这一套我就揍谁！当时我们身边还有一个负责协助的，是一个美国参谋，他倒是好像想明白一些东西，自己带着几个兵时不时上山下山，哪里说出现了那些毛子兵的幻象他就往哪里跑，据说还真被他遇到过两三次，其中还有两次出现的那些幻象说话声音居然都还能听到，完完全全好像放电影一样。

多年后胡小品案里，胡小品听到的那支毛子兵队伍的说话声，据说胡小品也听到过。我和老焦这些年在这林子里猫着，遇到的幻象里，也有过一两次是能听到声的，但大多数都和你们之前看到的那一幕一样，完全没声，就看到他们嘴巴一张一合的。

美国参谋那时候有个笔记本，他把在汇龙山出现的离奇情况都作了登记，还要人给他的上峰发过电报。可他的上峰不知道是不相信他的鬼话，还是压根没时间看他的汇报，一直也没搭理过他。美国参谋便有点憋屈，在营地他也不方便和别人扯这一切，毕竟都是下面的兵蛋蛋。鬼见愁那家伙普通话本就不标准，再说也不见得愿意听美国参谋说这一切。于是，有一天晚上，这个老美就跑到了我的营房，扯着我聊了一气。他是个中国通，中国话也还顺溜，他给我说的事，却让我后背直冒冷汗，因为他观察后得出的结论是，这汇龙山出现的幻象里的毛子兵，十有八九是两军对垒的阵势，一边就是他们美国的什么陆战队军人，另外一边竟然是苏联人，之前大伙看到的在汇龙山山顶掘土的，就是苏联人。

这倒算了，老美接下来的话却让我更是吓了一跳，他皱着眉头告诉我，这两股军队好像是在打仗，一方就是和我们同样在汇龙山挖地基要建什么玩意的苏联人，就是那天晚上在空地上开工的家伙，另一帮却是跑来破坏他们工作的美国兵。

美国参谋说完这一切后，软塌塌地靠在我身边的椅子上，一张脸雪白，然后对我说道："我听说过你们中国的阴兵的事，在我们美国南北战争时期，也出现过两军对垒的战场幻象。可是，像现在汇龙山里出现的一切，却这么像模像样，甚至好像每次出现的画面，都与其他画面是有联系的。好像是……好像是另外一个世界里正在发生的事似的。"

美国参谋说的这些话，当时也让我有点慌张。大伙都知道的，阴兵这种事很多情况下是古时候在现场发生过的一幕一幕，可是美苏两国的毛子兵就绝对不可能在我们中国内陆上演过这么一出啊，幻象里出现小日本都还勉强说得过去。我把我这想法和美国参谋说了，他也点头，但紧接着他说的话让我觉得更加不真实了，他告诉我："如果以前发生的事情会成为幻象在我们眼前出现，那有没有可能以后发生的事情也会因为一些我们无法解释的原因，在这个汇龙山上出现呢？"

那晚我和他聊了很久，我也读过几天洋学，也算懂科学的人，可我俩聊来聊去，却始终聊不出一个所以然来。到最后，两个人大眼瞪小眼，也不知道怎么说这事了。接着第二天就发生了那件让鬼见愁也发狂的事。

当时工程的进度也算很快，整块山顶的空地被挖了快二十米下去，按照美国人最初的设计方案，到二十五米后，便可以往这坑里下砖头下水泥，然后分五层建造一个用于军事项目的建筑物。鬼见愁是个急性子，一边指挥着士兵继续往坑里架支架往下刨，另一边也没闲着，拿着美国人的图纸，在空地一边挖了一个通道，铺上了台阶，也就是你们之前看到的那个暗道。鬼见愁好大喜功，准备早点把这个大门给建好，请上某个高官过来看看挂牌仪式。

到那天暗道也修好了，还装上了两扇铁门。铁门是建在水泥台子上的，铁门后面当时是空的，就是那个巨大的坑。鬼见愁专程到附近找了个石匠，刻了"中美技术合作所"几个字样到一块石碑上。之所以没有用当时比较普及的木质招牌，而用的是石牌，因为鬼见愁希望让这个招牌多彰显一下我们中华文化，不要太西化，目的只有一个，讨他的上峰高兴。

招牌挂在了铁门顶，被鬼见愁差人用红布包住，他自己专程去了趟省城，请下了那位高官。高官也很开心，当时国民政府把与美国人的合作看得很重，现在这个中美技术合作所工程进展迅速，之后老美的技术人员，科研项目就会被引进过来，也算他老人家的一个政绩。

那天早上，山顶的士兵和壮丁们站得整整齐齐，我和美国参谋也都在山顶候着。鬼见愁跟着高官上山了，高官看了下进度，又看到了那张体面的大铁门，心情很好！鬼见愁瞅准时机，对高官说道："要不您老今儿个就帮我们把这中美技术合作所的招牌给揭了呗！"

高官忙问："在哪啊？"

鬼见愁指了指铁门上方那红布包着的石牌，高官更得意了，夸鬼见愁懂事，知道在和美利坚合作事宜上，还弘扬我们中华文化教育一下他们。高官挺着大肚子走到了那块石牌底下，扯着红布下面的绳子，微笑着就要拉下那块红布。

红布被拉下的同时，我们最害怕出现的事情也同时出现了。只见在高官身边，凭空出现了几架楼梯，那些带着银色肩章，被美国参谋说像是苏联军人的幻象又出现了。只见他们站在楼梯下，胯下就是我们那位被吓得脸色苍白的高官。苏联军人们手里拿着铁锤和錾子，正在我们挂着的那块石牌上刻着字。

高官的警卫兵当时都被吓傻了，站在那目瞪口呆。鬼见愁大吼一声，亲自冲过去把高官给扛了回来站到了旁边。接着，在我们当时两三百人众目睽睽下，只见那些苏联军人的幻象有鼻子有眼的在那块石牌上刻上了一排俄文。我身边的美国参谋嘀咕了一声："阿门！"接着对我说道："他们刻上的是远东第三机械厂！"

鬼见愁当时也慌了，站在高官身边不断解释："这是幻象！这汇龙山可能以前埋过死人！这一切都只是幻象，等会就没了！"

也被这小子说中了，那些个苏联军人刻完字后还真的消失了，铁门前一下子空荡荡起来，可是，那块石牌上的字……我是说那一排俄文，却没有跟着他们一起消失，反而是留在了石牌上，和我们自己刻上的"中美技术合作所"几个字重合在一起。

高官当时脸色很不好看，也没有当场训斥谁，瞪了鬼见愁一眼就下了山。而美国参谋发出的电报在那天下午也有了回应，说会派人过来看看这边的情况，并要求我们停工！

第二天山下就来了五辆卡车，下来了很多美国军人，其中还有好几个戴着眼镜年纪比较大的白头发洋人。他们和美国参谋躲在营房里开了一上午会，中午出来就要鬼见愁先回省城，说汇龙山的项目他们开始接手。而我却没有被他们使唤走，留在了营地，但也没有给我安排什么工作，就只见他们三天两头的上山，拿着一些所谓的勘察仪器来回折腾。

那么折腾了有一个星期吧！美国人便要我们中国士兵和壮丁们重新上山，把我们挖的那个二十米深的坑给填了，然后挑选了五十个年轻力壮的士兵和那些壮丁们留下，其他人第二天就离开汇龙山。

士兵们临走前的那天晚上，我就有点坐不住，寻思着这老美到底演的是哪一出，想要去找着当时和我关系看上去还不错的那个美国参谋问问。我正准备出营房，谁知道那美国参谋自己倒过来了，还带着几个老美军官。他给了我几包叫作巧克力的糖果，然后开门见山地对我说有没有兴趣加入他们的一个叫拯救计划的方案。

我哪敢随便点头，说要请示上峰。谁知道那个美国参谋嘿嘿一笑，操着他那口地道的中国话对我说道："不用请示了，你们上峰说没问题，就看你自己意见怎么样？"

美国人讲究民主，这趟过来实际上早就和上峰商量好了的。我见他们都这么说了，便也点了点头。然后那个美国参谋便和我说起了在汇龙山建造这个中美技术合作所的目的，居然是要生产一种叫生物兵的项目。他当时给我解释了一大串，我也听得不是很明白，大体就是说他们老美现在有了核武器后，大规模杀伤能力已经天下无敌，所以接下来要研究的就是单个士兵的超强杀伤力。扯了一大圈后，最后说到了节骨眼上，居然是用大活人来进行改造，可以让大活人变成一种非常强大的生物，然后用真空袋封闭起来，能存活十几年。他们想把这些生物兵像埋地雷一般埋在各个军事要道，在需要的时候释放出来，成为一支能改变战争胜负的奇兵。

我听得一头雾水，反问道："你们现在都已经把汇龙山挖出的地基给填回去了，难道还准备另外开工吗？"

美国参谋摇了摇头："这座山太古怪了，所以这个项目决定另外换个地方进行！再说你们国家现在内战，恐怕也不安全，所以项目很大可能会放回本土去。"

接着他才说到了重点上，他们这次来的人里面有几个是科学家，他们对汇龙山里的蹊跷也解释不出来，只是觉得汇龙山里出现的幻象，很有可能是在未来会在这里发生的。而未来苏联军人在这里开设的这个远东第三机械厂，也可能会对美利坚威胁很大，所以才会出现那些穿着草绿色军装的美国士兵想要摧毁这一切的幻象。于是，他们决定把拯救计划里的生物兵在汇龙山里首次投入使用，也就是要改造一些大活人，用他们一种特殊材料的袋子真空包装起来埋到地下，在不时之需时放出来，以用来摧毁未来苏联人可能要在远山里做的建筑项目。而这些用来改造的大活人，他们瞄上了留下的那些壮丁。

我听着听着，感觉额头上不知道什么时候爬满了汗珠。我以前也是从事秘密工作的，知道有些真相是不能被人知道的，知道了之后只有两个选择，一个就是参与进来，还有一个就是你彻底消失，保守着这个秘密到九泉之下去。我犹豫了一会，最后终于点头了。

接下来的日子里，不知情的壮丁们和那五十个士兵，又上山在美国人的指挥下，在悬崖那边挖下了一个狭长的暗道，暗道很长，里面也比较宽，一直连着那张铁门旁边的机关，也就是你们之前发现的那个小格子。暗道里放了很多的炸药，外围用很厚的铁皮包着，最外面就是水泥。

到这个暗道建好了之后的一个夜晚，那一百多个壮丁被美国人在晚饭里下了药迷倒。美国人忙活了四五天，最后让那士兵们从他们的营房里抬出了一个个黑色的好像塑料包装的袋子，往那条暗道里塞。

唉！当时那一幕谁看着都害怕啊！那层包装袋摸上去软软的，特别薄，好像用手一捅就能捅破，里面可是一百多号人啊，就被那么活生生地塞进了那条狭长的暗道里。接着美国人让我们的士兵待在山下不要上去，他们自己那几十个人在悬崖边暗道的出口那又折腾了两三天才下山，一个个兴高采烈的，好像完成了一个什么伟大的事情。

他们下山的第二天，我就被上峰招回了省城，要求我提前准备进入潜伏，上峰还给了我一个代号，就是凤凰。我的任务就是，潜伏到汇龙山附近的县镇，维护好汇龙山里的机密，等到局势稳定后，美国人还会回来，再次详细调查汇龙山里的秘密。

接下来你们也都知道，解放军一路势如破竹打了下来，湖南即将解放。我和另外七个潜伏的特务再次被召集到了省城，而这次给我们开会的却是美国人。他用投影仪投出了一张图片，给我们说了一下汇龙山下面那条细长的暗道的构造，以及怎么释放里面埋着的生物兵，最后才说了里面炸药的引爆方式以及我们如果要进入那暗道需要的方法。这些细节我也不和你们说了，反正现在已经被夷为平地了，都被埋掉了……

高松说到这时，突然抬起头来对着沈头面带疑惑地说道："不过我自己也有一个问题搞不清楚，我们引爆炸药有个前提，就是需要我或者我的部下中的两个人才能开启锁。我听你们说了大刘也进入了汇龙山，可是他也只有一个人啊！当时负责维护汇龙山机密项目的特务之前已经死了三个，还有四个也不在汇龙山，那大刘为什么一个人就放出了生物兵，引爆了炸药呢？"

沈头一直默不出声地聆听着，到高松这下发问，他才好像刚从思绪里走出来。他扭头看了我和飞燕、大白三个人一眼，然后对高松说道："你们潜伏的特务里面有没有姓穆的？"

高松迟疑了一下，可能还在犹豫是不是要把其他人都供出来吧！他想了一会后叹了口气："是有一个姓穆的，现在的化名叫穆鑫。"

沈头点了点头："他也进入了汇龙山，你和老焦之前看到的那五具尸体，都是他的杰作。他和大刘应该就是趁着我们没注意，进入了你说的那暗道，完成了后续的特务行径后逃之夭夭了。"

高松摇了摇头："逃不走的！美国人的设计很歹毒，炸药爆炸的同时，开启机关的两个人必须是在你们发现的那个铁门旁边的小格子后面的暗道里。那么短短的时间，他们不可能再出来的，他们肯定已经死了！再也找不到的。"

说到这时，我们已经走到了距离悬崖不远的地方。我猛然想起了我和飞燕困在那个暗道里，脚上踩着软绵绵的东西那一幕，我往高松身边挪了挪问道："那些放生物兵出来的口子，是不是就是你们救出飞燕的那个洞啊？"

高松看了我一眼，点了点头："就是那！我现在带你们过去的位置，也就是去那里！"

我和飞燕同时脸色变白，之前我们自以为无人的温存空间，脚下居然是那一百多个苦命的被改造的生物兵身体……

尾 声

　　我们第二天中午离开的汇龙山，我、沈头、飞燕、铁柱、疯子、大白开着一辆卡车走的，车上还有老孙的尸体。之前一天我们带着高松到达悬崖边的时候，那边的战士也已经开了锅，对着那个塌方的暗道一筹莫展，里面也已经成为了平地，什么东西都找不到了。

　　高松被交给了后来赶到的负责国家安全的同志，沈头和那几个同志私底下还说了半个小时，具体说了啥我们几个人也不好过问。沈头后来要我们跟他回去的路上也有交代："我们只是负责调查和处理一些神秘事件的部门，让一些将会引起人民群众恐慌的问题消失，才是我们主要要做的。就算我们对最终的谜底还有好奇心，案子完了，也没必要追查下去。至于高松……"沈头顿了顿："抓敌特的工作本来就应该给专门机构去负责。"

　　陆总之所以没有跟我们一起回，因为他接了一个新的任务。那天山下工兵也架好了电话，沈头把一切跟首长说了后，首长的意见是为了不引起更多的群众恐慌事件，决定让汇龙山在这个世界上消失。于是，陆总与那一个加强营的士兵，接下来的任务就是让汇龙山从此在地图上被抹去，成为大通湖的一部分。当年老孙带的那个风水先生说的王八入水，看来也还真应验了。

　　我们坐在回去的卡车车厢上，一直都沉默着，因为整个事件里，还有很多问题只能用我们的分析来作为结论，并没有挖掘到我们需要的真相。到那天晚上，沈头要铁柱停下车，大伙生了团火吃点东西。到大伙肚子都填饱了后，围着火，沈头终于笑了，他对大白说道："大白，你看书看得多，一路上我看你也像是一直在琢磨。你想出了一些什么，给我们说说呗！"

大白讪讪地笑了："沈头，我的想法比较大胆，可能也有点深奥，我怕说了你们听不懂哦！"

疯子也笑了笑："老毛病又来了啊！又觉得自己是个万宝全书，说出的话都是科学，其他人都是白痴。"

大白在我们几个人面前也没啥好装的，他再次笑了笑，点了支烟说道："其实我一直觉得高松所说的那个美国参谋分析得是对的，汇龙山里出现的一切完全有可能是未来在汇龙山里发生的事情。我今天下午一直在琢磨，也琢磨出了一个一二三来。我不知道大伙有没有听说平行宇宙这么一个词，是老外一些科学家的构思。在他们觉得，我们现在所经历的世界不过是我们这些人所经历的，但是在这个世界之外，可能有另一个世界，甚至另外好多个的世界。他们把这套理论还冠以了一个名词，就是叫平行历史。假设……嗯，只是假设哦！假设没有工业革命，那么各个国家也不可能串门串得这么方便，那么第一、第二次世界大战也不可能打起来。都是一些赶着马车的土著，打到别人国家赶路都要几十年，压根就不可能的事。"

大白顿了顿，见我们听得都很仔细，便又吐了一口烟雾，继续道："我们现在坐在地球的这一个角落，思想上也可以把这套比较离谱的解释用到我们现在经历的历史中。咱也假设，假设第二次世界大战结束的时候，原子弹并没有被发明出来，那么现在这个世界上最大的两个军事强国会是哪两个呢？无非就是美帝和苏修，谁也没有真正能让对方吓破胆的原子弹的话，那他们十有八九要轰轰烈烈地干上一场。以美帝的技术，很可能能够攻到苏修境内，那么苏修的大后方，有没有可能退到和他们以前关系不错的中国内陆呢？于是……咱继续假设，假设在那个平行世界，嗯……在那个平行历史里面，苏修来到了汇龙山要建造一个所谓的远东第三机械厂，但在我们现在所经历的历史——出现了原子弹的历史里面，国民党当年也在这汇龙山里建造着一个军工厂，于是，两个历史里发生的事情，岂不是在汇龙山里重合了，于是，汇龙山岂不是成为了这两个平行世界的结界呢？"

　　大白说到这打住了，很安静地看着我们其他人。我们虽然不是很明白，但是也大致懂了他的意思。之后加入葬密者后，我也看了一些关于物理学，关于量子力学的书籍，大白说的这一切确实在这些书籍里有记载，但是也都是一些所谓伟大的设想而已。

　　于是，当时坐在火堆边的我傻傻地笑了，我扭过头对着我旁边神情木讷的疯子问道："不知道在那另外一个世界里还有没有我们哦？"

　　疯子皱着眉头随口说道："可能有吧！"

　　说完这话后，疯子突然身子一颤，接着他猛地扭过头对着沈头说道："我……我好像经历过老孙说的这种世界！我以前肯定是经历过这种世界……"

　　《葬密者2》预告：疯子所说的经历过的世界是怎么回事？王解放加入葬密者后负责调查的第一案又是否与疯子所说的有关？侵华日军与苏蒙联军当年为什么在一个不毛之地进行了一场亚洲地区机动化部队最大化的小型战争？有一股什么样的神秘力量能够让任何战争参战的军队立于不败之地？前满洲伪军高级军官朴老来到葬密者军营，带来的是一段什么样的过去呢？汇龙山离奇消失的伍大个，为什么会出现在中蒙边境呢？

　　《葬密者2》一段恐怖的历史又将被埋葬，被尘封的历史再次被翻开，一场最为诡异的真实战争背后，隐藏着……

　　恐怖真相，悄然逼近……

后 记

　　中国的悬疑类小说究竟能走多远，抑或能到一个什么样的高度。作为一个悬疑类小说的作者，时常琢磨这个问题。自己的文字写出来是给什么样一个群体阅读，他们阅读之后能不能接受我对于这个宏观世界的一些奇怪见地以及一些比较自我的臆想，也是我一直在思考的。

　　我始终认为，读者是睿智的。我所埋下的悬念，在每一个读者阅读的过程中，都是一个小宇宙封闭思维的过程。于是写《葬密者》时我在作一些自以为创新突破的尝试，那就是开放性的结尾。

　　这里所说的开放性并不是故事在一个没有结局的地方打住，用来吊住各位的心继续购买之后的系列，而是放弃了大部分悬疑类小说在最后跳出一个上知天文地理，下知鸡毛蒜皮的人用一言谈的方式说教解释，圆满自己所有的坑坑洼洼的方式。

　　便写下这段后记，来宣导自己的这种观念，能够引起大家对于小说悬念的讨论，那就是我真实希望达到的效果。举几个例子吧，先来个简单的：一百个人看完《葬密者》，脑子里会出现一百个容貌不同的王解放、飞燕、铁柱或者疯子。所以作为描述这一切的我，没必要把他的体貌特征这些给大家明确到非常细致的定位框架，那样限制了大家阅读过程中脑海中出现人物场景的多样性。同样的例子，对于《葬密者》里面的一些比较终极的巨坑，我也选择了不填上，只是露出一些线索，让每一个读者可以放飞自己的思维去猜测与设想。具体体现在那两百个学员失踪这个点上，最终出现的幻象里有一幕是他们在一场虚拟的爆炸中摔入了地下，那么，他们是不是就是泥土深处渗血的活人呢？又比如会锁骨术的战士被斩首的细节，大家可以猜到应该是敌特大刘和穆鑫的杰作，可他们是如何进入了那个只有纯氧与炸药的空间呢？

柯南每次在最后三分钟都会夸夸其谈，把每一个细节都圆满收尾，这也是当下悬疑小说的通病。可那只是一个年龄段里的年轻人喜欢的动画片，不能强行套在喜欢阅读悬疑小说的成熟读者身上。中雨不才，始终也不是一个面面俱到的多面手，但我希望喜欢我文字的读者朋友们在阅读过程中，可以窥探出一个宏伟的神秘世界——那个世界就是我脑海中想要描绘的世界。狰狞的怪兽，万能的宝物，诡异的迷宫……这些是对大家不负责任的欺骗；平行历史，分层次的宇宙，交错的时间空间……这一切我相信才是能让大家感兴趣的一个中雨想要通过说故事而呈现的世界。

当一本书阅读完，合上书本后，本就不应该是如完成一件任务般舒了一口气，而是应该能够产生一些思考和遐想！

《葬密者》，是我写的悬疑推理小说第三个本子，开笔时候有过害怕，怕自己走不出自己以前故事的影子。一路走来，尽管自己的小说没有成为一匹黑马，但也得到了一些朋友的支持与厚爱，我希望《葬密者》一书，能够让大家看到中雨是在进步，是在成长……而自己对于自己真实的定位，依旧是小写手一枚，分享出我脑子里的世界，希望能得到你的肯定！

中雨三十几年没有羽化，拘泥于姹紫嫣红俗世中与大伙雅俗大同！有幸得到你的厚爱，无以回报，定不以商业小说的态度对待我笔下的文字，认真地说我们喜欢的故事！谢谢支持！

图书在版编目(CIP)数据

葬密者. 1/中雨著. —上海:上海社会科学院出版社,2015

ISBN 978 - 7 - 5520 - 0885 - 2

Ⅰ. ①葬… Ⅱ. ①中… Ⅲ. ①科学幻想小说-中国-当代 Ⅳ. ①I247.5

中国版本图书馆 CIP 数据核字(2015)第 123372 号

葬密者 1

著　　者	中　雨
责任编辑	王晨曦
封面设计	周清华
出版发行	上海社会科学院出版社
	上海淮海中路 622 弄 7 号　电话 63875741　邮编 200020
	http://www.sassp.org.cn　E-mail:sassp@sass.cn
照　　排	南京理工出版信息技术有限公司
印　　刷	上海信老印刷厂
开　　本	710×1010 毫米　1/16 开
印　　张	16.25
字　　数	226 千字
版　　次	2015 年 7 月第 1 版　2015 年 7 月第 1 次印刷

ISBN 978 - 7 - 5520 - 0885 - 2/I · 158　　　　定价:29.80 元